Allen Mainzern gewidmet,
die immer so angestrengt hochdeutsch reden,
weil sie sich ganz furchtbar für ihren Dialekt schämen.

Vorwort

Weltweit strunzt die Stadt Mainz mit dem berühmtesten Mainzer aller Zeiten: Johannes Gutenberg. Deshalb ist es unmöglich, durch die Stadt laufen, ohne über den alten Gutenberg zu stolpern, zum Beispiel beim Gutenberg-Marathon. Hier gibt es eine Gutenberg-Buchhandlung, eine Gutenberg-Schule, eine Gutenberg-Universität. Man trifft sich am Gutenberg-Denkmal, besucht das Gutenberg-Museum, schlendert zum Gutenberg-Pavillon und besäuft sich in der Gaststätte zum Gutenberg. Die ganz Schlauen sind Mitglieder in der Gutenberg-Gesellschaft und halten immer feierliche Reden zum Gutenberg-Jubiläum.
Was der Gutenberg-Stadt noch fehlt, ist eine Gutenberg-Metzgerei, wo man die echte originale Gutenberg-Fleischworscht kaufen kann.

Das literarische Personal

Karl Napp: Expolizist, heute Privatdetektiv, Määnzer Hutsimpel
Erna Napp: Karls Frau, schlauer als er
Josephine-Auguste Mahlzahn: Wiesbadenerin, Mutter von
Monika-Ellen Napp-Mahlzahn: Karls Schwiegertochter
Karl-Heinz Napp-Mahlzahn: Karls missratener Sohn, Lehrer
Herbert Dickmilch: Hobbyjäger und rheinhessische Frohnatur
Rudi: Herberts Dackel, Sauvieh
Franky: Hilfsdetektiv, saumiserabler Gutenberg-Marathoni
Marianne Schtolte: arbeitet beim Fernsehen, verheiratet mit
Heribert Schtolte: geschwollener Restaurantkritiker
Hennes Gensfleisch alias Johannes Gutenberg: berühmtester Mainzer aller Zeiten, Erfinder des Gutenberg-Marathons
Annemarie: Trümmerfrau, tauscht 1945 das weltweit einzige echte Gutenberg-Porträt gegen eine Fleischwurst, weil sie Hunger hat
Bassemoluff: rheinhessischer Winzer mit Behördenallergie
Carlo: Exhausmeister im Puff „Rotkäppchen", Gutenberg-Experte
Katharina: Exterroristin von der Rheinhessischen Befreiungsfront (RHF), heute Sektenführerin in der Toskana
Helmut Schulte: Gründer der RHF, Exstecher von Katharina, heute Soziologe an der Mainzer Uni, Bruder von
Nobby Schulte: Lokalpolitiker, Mainzer Toskana-Fraktion, Sozialbolidische Bardei Deutschlands (SBD)
Dr. Grieser: Fraktionsvorsitzender der Konservativ-Demokradischen-Union (KDU), hat globale Gutenberg-Visionen
Renate Grieser: sympathische Ehefrau eines langweiligen Mannes
Hans Hundsinger: Frankfurter, Forzklopper, Imageberater
Brezelmüller: Pate der Mainzer Handkäsmafia, Kultursponsor
Fleischworschttoni: Busenfreund vom Paten, immer gut gelaunt und geil, Erfinder der original Gutenberg-Fleischworscht
Anwalt: das größte Tratschmaul von Mainz
Egon Erwin Kirsch: rasender Lokalreporter
Terroristenmüller: früher BKA- Zielfahnder, heute Kollege von
Heckler und **Koch:** rheinhessischer Verfassungsschutz
Kai: Hells Angel und V-Mann für das LKA

Trümmerfrau tauscht Gutenberg gegen Fleischwurst

„Ihr Bibbeswackeler!“, brüllte Gutenberg. „Wer war dess? Isch schlaach eisch uff die Fratz!“

Man schrieb das Jahr 1454. Mainz war pleite. Radikale Reformen hätten die Stadt retten können. Aber Adel, Pfaffen und Patrizier verhinderten Reformen, um Einfluss, Vetternwirtschaft und Posten zu bewahren. Der Stadtrat schloss die Augen, eierte herum und wurstelte einfach weiter. Mainz stürzte in den Bankrott. Zwischen Rathaus, Kaufhaus und Dom regierte politischer, wirtschaftlicher und geistiger Stillstand. Nur in einer Werkstatt war Bewegung. Hier wurde gerade die Gutenberg-Bibel gedruckt.

„Du Dollbohrer! Du iwwerzwersch Lochschtick!“

Gutenberg schnappte sich die bleischweren Buchstabenstempel und bewarf seine Angestellten. Gesellen und Lehrlinge duckten sich unter den Geschossen, gingen hinter Tischen und Schränken in Deckung. Die Gesellen grinsten, die Lehrlinge bibberten vor Angst.

„Wer war dess?“, brüllte Gutenberg. „Ihr Arschtörtscher! Isch dreh eisch de Krotze rum!“

Der Geschäftsmann Hans Fust stiefelte schlecht gelaunt durch Mainz. Er traf sich mit seinem Banker. Sie gingen in eine Wirtschaft und bestellten „Sauergeschpritzte“, Weinschorle.

„So geht dess mit dem Gudebersch nit weider!“, sagte der Banker.

Fust seufzte. Gudebersch hieß eigentlich Gutenberg. In Wahrheit hieß er Hennes Gensfleisch, nannte sich aber vornehm Johannes Gutenberg. Fust und Gutenberg betrieben eine Druckerei. Gutenberg druckte, gab Geld aus, vergraulte mit seinem Geschrei Angestellte und Geldgeber. Und Fust sollte alles bezahlen. Fust hatte die Faxen dick.

Der Banker trank aus und stand auf. Zurück blieb Fust und starrte fassungslos auf Gutenbergs Rechnungen. Miete, Papier, Farbe, Zulieferer, Personalkosten, alles summierte sich zu einem Betrag von geradezu astronomischer Höhe.

„Leck misch am Arsch“, stöhnte Fust.

„Ääner geht noch“, behauptete die Bedienung. Fust soff noch einen, wurde beim Saufen immer wütender auf Gutenberg, rülpste, zahlte, steckte die gesammelten Rechnungen in die Tasche und stampfte wütend zur Druckerei.

Schon von weitem hörte er Gutenbergs Geschrei durch die Gasse hallen. Hans Fust ging seufzend in die Werkstatt. Nicht immer, aber immer öfter zweifelte er an Gutenbergs Geisteszustand. Ein großes P flog haarscharf an seinem Kopf vorbei. Dann duckte er sich unter einem R, wich gerade noch einem S aus und suchte Schutz hinter der Druckerpresse, bis Gutenberg das gesamte Alphabet verschossen hatte. Fust wartete, bis der Schreihals nicht mehr brüllen konnte: „Was kreischste dann so rum, alder Hutsimpel?“

Gutenberg japste, krächzte und spuckte vor Zorn durch seine Zahnlücken. Er zeigte mit dem Finger auf eine Rötelzeichnung.

Druckergeselle Schöffer hatte seinen Chef porträtiert und das Ergebnis an einen Balken genagelt. Es war eine Karikatur Gutenbergs. Man sah einen schreienden Kopf mit faulen Zähnen, langen fettigen Haaren an der Seite, oben auf der Glatze eine speckige Mütze, darunter blutunterlaufene Augen, dazwischen eine dicke rote Säufernase mit geplatzten Äderchen. Die Zeichnung sollte ein Scherz sein, aber für Kokolores hatte Gutenberg überhaupt kein Verständnis. Fust versuchte, sich zu beherrschen, aber er konnte nicht.

„Huahhh!“, grölte Fust, bis ihm die Tränen kamen.

Die Gesellen schlossen sich an. Gutenberg wurde weiß vor Wut und wollte sich mit einem Papiermesser auf seinen Geschäftspartner stürzen. Zwei Gesellen hielten ihn zurück. Fust hängte das Bild ab. Es war auf die Rückseite eines Fehldrucks der Gutenberg-Bibel gezeichnet. Er rollte das Papier zusammen und nahm es mit nach Hause.

Seit diesem Tag sprachen Fust und Gutenberg kein Wort mehr miteinander, sondern prozessierten gegeneinander. Gutenberg schuldete Fust viel Geld. Er hatte aber Beziehungen, kam aus einer guten Mainzer Familie, kannte Richter, beeindruckte Schöffen, ging mit Gott und der Welt Handkäse essen und anschließend ins Badhaus, also ins Puff. Kurzum, der Prozess war ein Witz.

Aus Wut tat sich Fust mit Gutenbergs Porträtzeichner und Obergesellen Schöffer zusammen, um eine eigene Druckerei zu eröffnen. Fust und Schöffer hängten die Karikatur in ihrer Werkstatt auf. Immer, wenn sie müde wurden, sahen sie Gutenbergs Fratze, bissen die Zähne zusammen und legten noch eine Schippe drauf. Sie schufteten Tag und Nacht wie die Ochsen. Fust war sich nicht zu schade dafür, mit seinen Schwarten bis auf die Messe nach Paris zu zuckeln, um sie da zu verkaufen. In Paris herrschte aber gerade die Pest. Fust starb daran. Noch im Tod verfluchte er Gutenberg.

Für die Erben von Schöffer und Fust hatte das alte Gutenberg-Porträt schon weniger Bedeutung. Als die Werkstatt neu gestrichen wurde, hängten sie das hässliche Bild ab. Es verschwand in einer Truhe. Die Truhe hatte einen doppelten Boden. In das Geheimfach kamen die wichtigen Dinge: Goldmünzen und Familiensilber. Damit das Edelmetall nicht verräterisch klapperte, legten sie das unnütze Porträt darüber und verschlossen das Geheimfach. Dann füllten sie die Truhe mit Dokumenten. Neben Geschäftsunterlagen, gab es viele Fehldrucke, die Fust mit Notizen vollgekritzelt hatte. Notizen, die einzigartige Einblicke in die Anfänge der Buchdruckerei ermöglicht hätten.

Die Truhe überlebte Jahrhunderte. Sie überlebte Brände, Überschwemmungen, Kriege, Umzüge und andere Katastrophen. Solche Zufälle gibt es. Ohne solche Zufälle wären Museen und der Kunstmarkt sehr viel ärmer.

Immer wieder gab es Notzeiten. Als 1793 Mainz belagert wurde, wurden die alten Dokumente für einen Klicker und einen Knopf an eine Papiermühle verhökert. Dort machte man aus den wertvollen Unterlagen Papierkartuschen, um Schwarzpulver hineinzufüllen. Beweise, die Gutenbergs wahre Rolle bei der Erfindung des Buchdrucks enthüllt hätten, wurden einfach in die Luft gepulvert.

Im Lauf der Zeit wurde Johannes Gutenberg immer berühmter. Man fing an, ihn als Erfinder des Buchdrucks zu feiern und ihm Denkmäler zu errichten. Denkmäler ohne jede Ähnlichkeit mit dem Original. Niemand wusste, wie Gutenberg ausgesehen hatte. Niemand wusste, dass es ein authentisches Porträt von ihm gab, versteckt im doppelten Boden einer alten Truhe.

1939 stand die Truhe verstaubt auf einem Speicher. Als 1940 ein paar vereinzelte Bomben fielen, wurden alle Volksgenossen durch Zeitung und Radio nochmals aufgefordert, die Speicher zu entrümpeln. Als 1941 mehr Bomben fielen und es Tote gab, räumte eine Familie tatsächlich den Speicher auf. Sie schleppte die Truhe in den Keller und füllte sie mit Krimskrams.

Und nur deshalb, aus Zufall, überlebte die Truhe den 27. Februar 1945. Gegen Mittag dieses Tages starteten über 400 Bomber von britischen Flugplätzen. Geschützt von 120 Jagdmaschinen, formierten sie sich zu einem düster brummenden Strom. Die Bomber hatten den Auftrag, eine Stadt auszuradieren.

Ab 16.11 Uhr umkreiste der „Masterbomber“ in 8500 Metern Flughöhe die Stadt. Ab 16.25 Uhr markierten vorausfliegende „Pfadfinder“ mit Leuchtkugeln das Ziel. Dahinter flogen die Bomber in sechs Wellen in Flughöhen von 3800 bis 5800 Metern, aber alle über der Wolkendecke. Exakt nach Plan klinkten sie ab 16.29 Uhr die Ladung aus. Innnerhalb von 15 Minuten stürzten über 1500 Tonnen Brand- und Sprengbomben auf das Ziel mit dem militärischen Kodenamen PARR. Danach drehten die Flieger ab und flogen nach Hause. Dort freuten sich die Besatzungen, einen Angriff mehr überlebt zu haben, nur zwei Flugzeuge gingen verloren. Dann mussten Einsatzberichte geschrieben werden, Fotos mussten ausgewertet, Orden verteilt, Flugzeuge gewartet, die nächsten Angriffe vorbereitet werden. Die Fotoauswertung war allerdings ein Reinfall. Wegen der Wolkendecke konnte man kaum Treffer erkennen. Aber immerhin: Eine Bomberbesatzung hatte gegen 16.45 Uhr eine riesige Rauchsäule beobachtet, die über der Wolkendecke 4500 Meter hoch über PARR in den Himmel ragte. PARR war die Stadt Mainz.

Der Angriff kam überraschend. Vormittags gab es Fliegeralarm, nachmittags vorläufige Entwarnung. Ein anderer Bomberverband hatte Mainz nur überflogen, um Leipzig zu bombardieren. Die Menschen verließen mit ihren Notkoffern die Keller, gingen wieder nach Hause oder an die Arbeit.

Eine hochschwangere Mainzerin stellte sich mit ihren Kindern in die Schlange vorm Bäcker und zückte die Lebensmittelkarte. Umsonst. „Die Weck sinn all all!" Der Rolladen ging herunter, weil es nichts mehr gab. Annemarie hielt ihr jüngstes Kind auf dem Arm. Am andern Arm hing die fünfjährige Tochter. Sie war furchtbar enttäuscht: „Alle Weck weg? Wer war dann do do?"

Und dann heulten die Sirenen los, weil wieder Fliegeralarm war. Alle rannten wieder in die Keller. Der Alarm kam zu spät. Man hörte schon die ersten explodierenden Bomben. Dazwischen schoss die Flak auf gut Glück in die dichte Wolkendecke und traf nichts.

Hochschwangere können nicht rennen. Plattfüßig und breitbeinig tapste Annemarie in den Keller und suchte stöhnend einen Platz. Ihr war schlecht, sie hatte furchtbare Schmerzen und vor allem das Gefühl, dass es losging.

Und dann ging es los. Hundert Menschen saßen dumpf, atmeten schwer, spürten, wie die Erde bebte. Pressten sich aneinander und fühlten wie der Angstschweiß den Rücken hinunterlief, sich am Gummiband der Unterhose sammelte und dann durchbrach, zwischen die Arschbacken tropfte. Viele zitterten, manche beteten. Einige klapperten mit den Zähnen. Andere weinten. Manche strullerten oder kackten aus Angst in Blecheimer oder Unterhosen. Viele wimmerten.

Alle zuckten zusammen, wenn ein Einschlag nahe war und der Boden vibrierte. Alle stellten sich vor, wie eine 1000-Kilo-Bombe über dem Gewölbe explodieren und alle Menschenleben auf einen Schlag auslöschen würde. Klammheimlich schlichen einige Richtung Bunkertür. Sie hatten Angst, verschüttet zu werden, wenn sie ganz hinten saßen.

Die Ausdünstungen heizten den Keller und machten ihn zur Sauna. Menschen fühlten sich wie Ameisen, auf deren Bau ein gigantischer Stiefel herumtrampelt und Leben zerquetscht.

„Wumm,Wummm,Wummmm!“, tobte es von oben. Die Einschläge kamen näher. Stöhnen und Kreischen. Alle kauerten sich zusammen, duckten sich, als ob das gegen herabstürzende Trümmer helfen würde.

Und genau in diesem Moment stöhnte auch die Hochschwangere. Sie lag mit dem Hintern in der warmen Brühe ihrer geplatzten Fruchtblase. Wellenartige Schmerzen zuckten durch ihren Körper.

„Allewei kimmts raus!“, schrie sie.

Neben ihr saß eine Wehrmachtshelferin aus Braunschweig: „Mein Gott! Sie werden doch jetzt kein Kind gebären wollen?“

Annemarie lag auf dem Boden, hatte die angewinkelten Beine gespreizt, krallte die Hände in ihren Rock und schrie: „Babbel nit so dumm, Du doll Dunsel! Helf mir!“

„Wumm, Wummm, Wummmm!“ bebte die Erde. Von der Decke regnete Verputz und Staub auf hilflose Menschen.

„Helf mir!“, brüllte Annemarie in ihrem Schmerz.

Um sie herum bildeten Frauen einen Kreis. Eine alte Hebamme wurde gerufen. Ächzend stand sie auf, stampfte über Beine und Körper, trat einem Mann in die Seite, der nicht wegrückte. „Mach Platz, Du Hutsimpel!“

Die Hebamme krempelte die Ärmel hoch, zog der Schwangeren die nasse Unterhose aus, tastete ab, gab Kommandos und mümmelte Leberwurstbrote. Sie hatte keine Zähne mehr. Sie aß und redete gleichzeitig. Die Einschläge krachten, der Keller bebte, Annemarie wimmerte, die Hebamme schmatzte. „Glotz nit so bleed!“, herrschte die Hebamme einen Mann an. „Geb doin Wammes her!“

Die Hebamme zerrte ihm die Jacke von den Schultern und schob sie unter die gebärende Frau. Das war immer noch besser als der staubige Kellerboden. An diesem Tag starben viele. Einer aber wurde geboren. Ein Junge.

Eine gelungene Bombardierung bestand vor allem aus einem riesigen Stadtbrand, der kilometerhoch in den Himmel qualmte. In einem Keller hielten Menschen die Angst nicht mehr aus, stürzten panisch nach draußen und versanken schreiend in der Parcusstraße. Die Hitze hatte den Asphalt in eine kochende Masse verwandelt.

Noch tagelang kokelte das Holzpflaster der Altstadt. Tagelang nahm der beißende Qualm die Luft zum Atmen, verdüsterte den Himmel und der Wind trieb schwarze Partikel durch die ausgebrannte Stadt. Oft gab es keine Straßen mehr, sie waren unter zusammengestürzten Häusern begraben. Fassungslos krochen Menschen über Trümmerberge, wühlten im Schutt nach brauchbaren Dingen und fanden schwarz verkohlte, zusammengeschmorte Brandleichen.

Annemarie hatte jetzt drei gesunde Kinder. Begeistert vor Mutterglück war sie nicht. Ihre Wohnung war ausgebrannt. Sie musste mit den Kindern zu ihrer Schwiegermutter ziehen. Die beiden konnten sich nicht leiden. Als sie vor Monaten freudig mitteilte, dass das dritte Kind vor der Tür stand, hatte Schwiegermama den Mund verzogen und gefragt: „Saach bloss, dir macht die Mauserei aach noch Schpass?"

„Eischentlisch schunn", hatte Annemarie gesagt.

„Mir nit!", sagte Schwiegermama empört. „Isch war immer froh, wenn de Alt von mir runner iss!"

Und dann meinte sie noch: „So ä bleed Kuh. Lässt sisch vun dem Dollbohrer noch ä Kind mache. In dene Zeite!"

Schwiegermama war auch ausgebombt worden. Aber sie hatte noch eine Wohnung. Sie hauste im feuchten, kalten Keller ihres zerstörten Hauses. Gemeinsam zerrten die beiden Frauen einen Ofen aus dem Schutt und verlängerten das Ofenrohr bis zum Kellerfenster. Außer dem Ofen bestand die Einrichtung aus einer alten Truhe voller Plunder. Das war alles, was ihnen geblieben war.

Vom Erzeuger ihrer Kinder hatte Annemarie seit Wochen nichts gehört. Vielleicht lebte er, vielleicht auch nicht. Verwundet? Gefangen? Tot? Niemand wusste es. Realistisch, wie Meenzer Meedscher nun mal sind, ging Annemarie auf Nummer sicher. Sie taufte den Buben auf den Namen seines Vaters, um eine Erinnerung an ihn zu haben, falls er nie mehr nach Hause kam.

„Der Krischer iss grad emal drei Woche alt", maulte der Pfarrer.
„Unn weider?", fauchte Annemarie. „Wenn dem Bangert son Kracher uff de Kopp fällt, isser getauft unn kimmt in de Himmel."

„Alla gut“, seufzte der Pfarrer. „Komm morsche frieh!“

Der Pfaffe war schlecht gelaunt. Seine Kirche hatte kein Dach mehr. Wenn er bei Regen Gottesdienst hielt, wurden Pfarrer und Gläubige, Maria und alle Heiligen nass. Zudem gab es noch andere Sorgen. Die Amerikaner waren zum Rhein durchgebrochen und standen vor Mainz. Man hatte die Stadt zur Festung erklärt. Das bedeutete, dass jetzt Granaten auf die Stadt geschossen wurden, anstatt Brandbomben darüber abzuwerfen.

Annemarie wusste, dass auch Artilleristen gründlich daneben schießen. Weil sie müde sind oder ihre Geschütze in der Hektik falsch ausrichten. Oder weil sie einfach aus Lust und Laune um eine Flasche Schnaps wetten, wie viele Granaten sie brauchen, um ein fünf Kilometer entferntes Gebäude zu zerstören. Das hatte ihr Mann auf Heimaturlaub erzählt und dabei gelacht. Der diente bei der Artillerie.

Die Taufgesellschaft ging zur Kirche. Unterwegs kam ihr ein Haufen Jungs in zu großen Uniformen entgegen. Die stolperten verängstigt durch die Trümmer, bewacht von einem Feldwebel, der die Front suchte: „Wo geht’s denn nach Hechtsheim?“

Annemarie: „Hexem iss dort, wo es bummst unn kracht.“

Schwiegermama: „Geht hääm, ihr Bube. Hat doch kään Wert meh.“

Der Feldwebel tat, als hätte er nichts gehört. Er hatte seinen Glauben an die großdeutsche Wehrmacht verloren. Seine vorgesetzten Offiziere waren immer betrunken. Sie hatten ihren Gefechtsstand in die Kupferbergkeller verlegt, damit sie schon tagsüber Sekt aus Flaschen saufen konnten. Um die allgemeine Kampfmoral zu heben, ließen sie zwischendurch noch ein paar Hechtsheimer erschießen, weil sie voreilig weiße Fahnen aus den Fenstern gehängt hatten.

Abgestumpft, müde und gleichgültig trottete die Taufgesellschaft zur Kirche. Aus Richtung Hechtsheim wurde das Schießen und Krachen lauter. Deshalb war die Taufe kurz und wenig erbaulich.

Annemarie: „Mach vorwärts, isch hab nit die Zeit gepacht!“

Mürrisch nuschelte der Kuttenbrunzer am Taufbecken herum: „Im Namen des Vadders, des Sohnes und des heilischen Geistes. Isch taufe disch wie doin Vadder auf den Namen ...“

„Wummms!“, rumpelte es in der Nähe.
Annemarie schnappte den kleinen Täufling, klemmte ihn unter den Arm und flitzte in den nächsten Keller.

Mai 1945. Die besiegte Stadt war nur noch ein riesiger Trümmerhaufen ohne Heizung, Strom, Wasser. Ganze Familien hausten in einem Raum, in Baracken, Kellern, Ruinen.

Aber das Schlimmste war der Hunger. Glücklich war, wer Verwandte auf dem Land hatte, die Essen spendierten. Zehntausende überflutenden die Dörfer, tauschten Familiensilber gegen Schinken, arbeiteten für ein Brot bei Bauern. Verzweifelte Frauen und Mädchen prostituierten sich in der Stadt für Lebensmittel. Ein 18-jähriges „Fraulein“, das einen GI zum Freund hatte, konnte die ganze Familie aus amerikanischen Armeebeständen verpflegen. Dankbar mampfte man Corned Beef, rauchte hinterher Lucky Strike und schimpfte hinter der Hand über die „dreckisch Ami-Schlamp“.

Annemarie war dünn wie ein Nagel. Annemarie, Schwiegermama, die zwei Töchter und der plärrende Sohn hatten Kohldampf. Alle fünf hausten im Keller. Jeden Tag starrten sie fassungslos die alte, unnütze Truhe an. Dann hatte Annemarie eine Idee. Sie nahm eine Axt und zerhackte das Ding zu Brennholz. Als sie den Boden der Truhe zerschlug, traf die Axt auf Metall.
„Guck emol da!“

Unglaublich, die alte Truhe hatte einen doppelten Boden. Darunter waren alte Goldmünzen und Silberbesteck versteckt. Und ein Bild. Eine hässliche Zeichnung eines hässlichen Mannes mit Mütze. Auf der Mütze standen zwei Buchstaben; „J. G.“
„Wer soll dann dess soi?“, fragte Annemarie.
Schwiegermama stemmte die abgemageren Arme in die Seite: „Ei, wer werd dann dess soi, du dumm Dunsel? Jot Geh, dess iss die Abkerzung fer Johann Goethe.“
„Egal“, sagte Annemarie. „Hauptsach, mer habbe Brennholz.“
„Noch besser“, meinte Schwiegermama, „wär’s, wenn mir aach was zu fresse hätte!“

Annemarie packte den Plunder in einen Bollerwagen. Mit dem „Karrnsche“ zuckelte sie zu einem „Jaggela“, einem Trödelhändler. Aber der Jaggela hatte auch Hunger. Was interessierte ihn eine Pickelhaube von 1914? Ein Orden von 1870/71? Eine alte Zeichnung von anno Tobak?

Annemarie packte verzweifelt ihr Taschentuch aus. Im Taschentuch lagen 10 Gulden von 1455.

„Na gut“, sagte der Jaggela. „Dadefier unn den ganze Kokolores gibt's ä halb Pund Bohnekaffee.“

Annemarie lief das Wasser im Mund zusammen, wenn sie daran dachte, wieviel Essen ein halbes Pfund Bohnenkaffee auf dem Schwarzmarkt wert war. „Abber dadefier will isch aach noch ä Kaffeekann samt Tasse.“

„Weil isch son guude Kerl bin!“, grummelte der Jaggela.

Während er in seinem Gerümpel kramte, ging Annemarie zu einem Spiegel. Sie hob die Bluse und zog den Rock herunter. Sie sah erbärmlich aus. Zwischen Schamhaar und Brust konnte sie jeden Bauchmuskel, jede Rippe einzeln zählen.

Wieder zurück, stellte der Jaggela eine alte Kaffeekanne ohne Deckel und Tassen ohne Henkel auf die Theke: „Die Henkel sinn ab, abber sunst sinn die Tasse wie nei.“

Dann gab er noch das alte Bild zurück. Er hätte unzählige Porträts von Goethe, Schiller und sonstigen Geistesgrößen. Zeichnungen, Ölgemälde, Radierungen. Sie seien dazu gut, morgens Feuer anzuzünden, damit man „Muckefuck“ kochen könne.

„Halsabschneider“, sagte Annemarie, packte ihre Beute in den Bollerwagen und zuckelte nach Hause.

Den Bohnenkaffee tauschte sie auf dem Schwarzmarkt gegen amerikanische Zigaretten. Die Zigaretten tauschte sie gegen Essen. Sie bekam einen abgezogenen Hasen ohne Kopf. Wahrscheinlich war es ein Dachhase, eine Katze. Als die mutmaßliche Katze gefressen war, band sie im Morgengrauen den Bollerwagen an ihr Fahrrad. Sie packte die restlichen Münzen, das Silberbesteck und das hässliche Bild hinein. Obendrauf setzte sie die älteste Tochter. Die Tochter war wichtig. Das hungrige Mädchen sollte Mitleid erregen. Im schlimmsten Fall sollte es laut schreien, falls ihnen unterwegs ein geiler Mann begegnete.

So fuhren sie hamstern. Weil in Mainz Zehntausende hungrige Städter lebten, gab es im Umkreis ein Überangebot an Silberbesteck, Schmuck, alten Bildern und sonstigen Antiquitäten. Annemarie wurde sehr schnell klar, dass sie weit fahren musste, um ihre Schätze gegen Essen tauschen zu können. Manche Bauern schickten ihr den Hofhund auf den Hals, manche beschimpften sie, andere sagten höflich nein, andere waren nett. Achtzehnmal wurde sie gefragt: „Mädsche, Du bist jo derr wie ä Gaasereff! Haste heit schunn was gesse?" Achtzehnmal sagte Annemarie nein. Achtzehnmal mampfte sie Brote mit Butter, Leberwurst oder Schmierkäse. Es war seit Wochen der erste Tag, an dem sie richtig satt wurde.

Etwa ab Wörrstadt konnte sie auch tauschen. Silberbesteck und Münzen gegen Kartoffeln, Brot, Einmachgläser voll Wurst. Nur das hässliche Bild wurde sie nicht los. Bauern und Winzer tippten sich an die Stirn, wenn sie die Zeichnung sahen. „Isch bin doch nit bleed? So ä eklisch Fratz häng isch mer nit in die guud Schtubb!"

Dann aber geschah ein Wunder. In Wallertheim stand Annemarie im Hof eines Winzers. Ihre Beine zitterten vor Erschöpfung.

„Horch emol!", keuchte sie. „Isch hab da ä alt Erbschtück. Des iss ä eschtes Bild vum alde Goethe. Vorneweg zwähunnert Jahr alt."

Der Winzer zog an seinem Stumpen und sah kopfschüttelnd auf das hässliche Bild mit dem uralten Holzrahmen drumrum. Dann aber wurde er stutzig. Er nahm einen Zollstock, maß das Bild und verschwand im Haus. Wieder zurück, gab er Annemarie eine Fleischwurst und hängte das Bild in sein Wohnzimmer.

Der Winzer war kein Kunstfreund, sondern ein starker Raucher. Die Wand in seinem Wohnzimmer war nikotingelb. Nur an der Stelle über dem Volksempfänger prangte ein quadratischer weißer Fleck. Bis zum 18. März 1945 hatte hier der Führer in Öl gehangen. Kurz bevor amerikanische Panzer durch das Dorf walzten, warf der Winzer sein Parteiabzeichen auf den Misthaufen, schlug seinen geliebten Führer klein, verbrannte ihn samt Parteibuch im Ofen und hängte ein weißes Betttuch aus dem Fenster. Damit war die Entnazifizierung von Wallertheim in fünf Minuten vollständig abgeschlossen.

Die Karikatur hatte zufällig dieselbe Größe wie das Führerbild. Darauf angesprochen, sagte der Winzer: „Iss mer doch scheißegal, was dess fern hässlische Kerl iss. Hauptsach, isch seh den weiße Fleck nit mehr. Außerdem hats so gut wie nix gekost!"

So hing das Bild jahrzehntelang. Der Winzer rauchte immer noch wie ein Schlot, die Wand wurde immer gelber und wenn ihn jemand auf das hässliche Bild ansprach, sagte er: „Na unn? Immer noch besser als wie moderne Kunst, odder?"

Der Winzer war vom alten Schlag. Er gab keinen Pfennig für „neimoderne Ferz" aus. Weder für Hausrenovierung noch für Betriebsmodernisierung. Es gab immer ein Riesengeschrei, wenn Sohn und Schwiegertochter eine neue Maschine kaufen oder gar ein Bad im Haus einbauen wollten. Der Sohn zog aus. Er baute am Ortsrand einen modernen Aussiedlerhof mit Straußwirtschaft.

Der Alte blieb in seiner Bruchbude und grummelte über die modernen Zeiten. Er rauchte, soff und wurde uralt. 1995 starb er in seinen Stiefeln. Beim Keltern im Keller fiel ihm die Zigarre aus dem Mund. Er brach zusammen, fiel in den Bottich mit Maische und erstickte. Friede seiner Seele.

Der Sohn nutzte das alte Haus samt Gebäuden als Lager und Rumpelkammer. Der alte Hof war zu eng für neue Traktoren und Maschinen. Dass in der Wohnstube eine millionenschwere Zeichnung unter Spinnweben verstaubte, ahnte niemand.

Der Mann kam auf die Idee, sein 300 Jahre altes Elternhaus zu sanieren und zu vermieten. Die Denkmalschutzbehörde machte aber irrsinnige Auflagen. Zum Beispiel sollte er eine kitschige Holzhaustür für 5000 Euro einbauen, damit ihm die Behörde 300 Euro Zuschuss gab. Dachgauben durfte er nicht einbauen und die vorhandenen winzigen Fensteröffnungen nicht vergrößern.

„Du saudummes, schtudierdes Arschloch!", sagte der Winzersohn zum Denkmalschützer. „Uff doim Ämtsche sitze unn annere Leit bleede Vorschrifte mache! Dess kannste, du Korindekacker!"

Als ihn der Denkmalschützer deswegen mit einer Beleidigungsklage ärgerte, versuchte er wütend eine Abrissgenehmigung zu bekommen. Er wollte die denkmalgeschützte Bruchbude platt machen und einen Neubau hinstellen. Der Denkmalschützer verhinderte den Abriss. Der Winzer prozessierte dagegen und verlor. Beim Prozess gab er dem Denkmalschützer eine Backpfeife. Deshalb bekam eine saftige Strafe wegen Körperverletzung.

Es gab nur noch eine Möglichkeit: Das Haus so lange vergammeln zu lassen, bis es baufällig war und abgerissen werden mußte. Das aber dauerte. Jedes Mal, wenn der Winzersohn auf dem Trecker an seinem Elternhaus vorbeibretterte, bekam er einen Tobsuchtsanfall. Langsam und mit jedem Jahr mehr, ähnlich wie eine gute Trockenbeerenauslese, reifte in ihm ein feuriger Gedanke. Er hatte die Idee, die Bruchbude nach guter alter Sitte warm zu sanieren. In Wallertheim, so beschloss er grimmig, würde es demnächst brennen. Wozu sonst zahlte er die Brandversicherung?

Karl Napp: Ernas großes Kreuzworträtsel

„Du Hutsimpel!“, schrie Karl Napp in den Fernseher, weil ein Spieler den Ball übers Tor semmelte. Es war auch nicht zu fassen. Der FSV Mainz Nullfümf war gerade dabei, den Aufstieg in die Erste Bundesliga zu vergeigen. Um den Blutdruck zu senken, mischte Karl noch eine Weinschorle.

„Ääner geht noch“, fluchte er verzweifelt.

Mainz Ende Februar, Anfang des dritten Jahrtausends. Die Gutenberg-Stadt war pleite. Der Stadtrat schloss die Augen, eierte herum und wurstelte einfach weiter. Deshalb gab es ein protziges neues Theater, aber kein Geld mehr, um das Orchester zu bezahlen. Es gab zwei schicke Einkaufszentren, drumherum standen Geschäfte leer. Mit viel Aufwand schminkte man die Mainzer Fassade rund um das Gutenberg-Denkmal, einen Kilometer weiter vermehrten sich die Graupelze, weil bei der Müllabfuhr gespart wurde.

„Geiz ist nicht geil!“, rief der Kardinal verzweifelt und sammelte Spenden, um seinen Dom zu renovieren. Darüber donnerten die Flieger vom Frankfurter Flughafen, um der bankrotten Stadt noch mehr großstädtisches Flair zu verleihen. Der letzte Hilfeschrei bestand in dem verzweifelten Versuch, Subventionen zu ergaunern, indem man irgendwas zum Weltkulturerbe erklärte, womöglich das Rathaus. Im rheinland-pfälzischen Bermudadreieck zwischen Rheingoldhalle, Staatskanzlei und Lerchenberg regierte politischer, wirtschaftlicher und kultureller Stillstand. Nur im Schatten einer Eichenschrankwand, geschmückt mit Kegelpokalen, regte sich was.

Karl Napp kratzte sich in der Trainingshose und brüllte: „Idiot! Des war kää Door. Dess war Abseits! Der Schiri iss ä Eierkopp!“
Erna Napp brütete über einem Kreuzworträtsel: „Karl, isch such en idalienische Bildhauer. Fängt mit M an.“
Karl dachte nach. Er kannte einige Italiener, aber keine Bildhauer.
„Makkaroni“, sagte Karl.
„Dollbohrer“, sagte Erna. „Des Wort hat zwölf Buchschtabe. Wenns um Kunst unn Kuldur geht, bisde abber grad gar kää Hilf.“
Schließlich rief Erna ihren Sohn Karl-Heinz an. Der hatte nicht nur studiert, sondern war obendrein auch noch Lehrer.
„Mischelanschelo häässt der Borsch“, sagte Erna zu Karl.
„Den hab isch doch gemäänt“, behauptete Karl.
Erna schickte eine Postkarte mit dem Lösungswort weg und vergaß den guten Michelangelo.

An einem Samstagmorgen aber kam Post.
„Sehr geehrte Frau Napp! Wir freuen uns, Ihnen mitteilen zu dürfen, dass Sie eine Bildungsreise für zwei Personen nach Florenz gewonnen haben.“
„Ha“, sagte Erna. „Was saachsten jetzt?“
„Des iss es äänzische Mal in 33 Jahr, dass de Karl-Heinz fer irschendebbes gut iss!“
„Es Problem iss abber, dass isch da nit mitfahre kann“, sagte Erna.
„Wieso?“, fragte Karl. „Dess kost doch nix.“

„De Karl-Heinz un es Moni habbe abber grad Beziehungsprobleme. Deshalb wolle se übber Ostern Beziehungstherapieurlaub mache, odder son Käs. Uff alle Fäll wollen se es Kind bei uns abschtelle."
„Uff alle Fäll habbe die zwää was an de Erbs", maulte Karl.
„Babbel nit so dumm. Du wäást doch, dass de Karl-Heinz un es Moni e bissje depp sinn."
Karl graute bei dem Gedanken an seine Enkelin. Gwendolin-Virginia Napp-Mahlzahn hieß sie und benahm sich auch so.
Erna: „Fraach doch de Mummerummer Herbert, ob er mitfährt."
Das tat Karl. Er rief in Mommenheim bei seinem Kompagnon Herbert Dickmilch an. Gemeinsam betrieben die beiden Expolizisten ein Detektivbüro.
„Herbert! Du musst mit mir in die Toskana fahrn. Es kost aach nix. Hat es Erna im Kreizworträtsel gewonne, kann abber nit mitfahre, weil unser Enkelsche ibber Ostern bei uns ... unn ..."
„Alles rodscher", sagte Herbert. „Dann fahr isch halt mit. Abber nit ohne de Rudi!"

Herbert Dickmilch war 65 Jahre alt, Single, Hobbyjäger, Hundefreund und vor allem eine rheinhessische Frohnatur. Er klemmte das blutige Messer zwischen die Zähne und zog dem Hasen das Fell über die Ohren. Der Hase hing kopfüber am Scheunentor. Im selben Moment donnerte ein frisiertes Moped in den Hof. Auf dem Moped saßen ein Junge und seine Freundin.
„Unn?", fragte Herbert. „Alles klar unnerum in Mummerum?"
So, wie der Junge und das Mädchen um den ausgezogenen Hasen herumstanden, war untenrum in Mommenheim irgendetwas gar nicht klar. Sie druckste herum, er rauchte hektisch.
Mädchen: „Äh, Herbert?"
„Was?"
„Dürften wir mal, äh, heute bei dir im Haus übernachten? Du gehst doch samstagabends sowieso immer saufen."
„Vun mir aus. Habbe eier Alde eisch dehääm enausgeschmisse?"
„Nein", sagte der Junge und bekam rote Ohren.
Herbert dämmerte, was los war.
„Wisst ihr ibberhaupt schunn, wie dess geht mit de Berschterei?"

„Ist das erste Mal", stammelte das Mädchen. Sie zog ein Päckcken Pariser aus der Tasche, um Herbert zu beruhigen.
„Alles rodscher. Abber macht kää Flecke uffs Sofa, hähä."

Herberts Haus und Hof waren so etwas wie das inoffizielle Jugendzentrum von Mommenheim. Im ehemaligen Weinkeller probte die Hardrock-Band, im ehemaligen Stall frisierten sie ihre Mofas, in der Scheune feierten sie Parties, kifften, und manchmal brutzelten sie mit Herbert Stechapfeltee oder Fliegenpilze. Nur in den Keller durften sie nicht. Dort hatte Herbert seine Waffensammlung gebunkert.

Pünktlich um 15 Uhr saßen Betze-Fan Herbert und Dackel Rudi dort, wo sie samstags immer saßen. Beim Italiener, um Fußball zu sehen. Herbert soff Weinschorle und aß Schnitzel mit Pommes. Giovanni machte das beste Wiener Schnitzel im ganzen Umkreis. Ansonsten klopfte Herbert dumme Sprüche, provozierte die Bayern-Fans und lernte ein paar Brocken Italienisch.
Am Sonntagmorgen frühstückte er mit den beiden Verliebten.
„Unn, wie wars?"
Sie grinsten verliebt, mit einer Mischung aus Scham und Stolz.
„An Ostern kennt ihr noch ä bissje kachele. Isch fahr weg unn geb eisch de Schlissel. Abber saacht dess nit eier Alde! Sunst hetze die mir widder de kadolisch Parrer uff de Hals!"

Eine Busladung voller Wiesbadener

Detektivgehilfe Franky war schwer genervt. Er saß im Büro der „Detektei Napp und Dickmilch. Investigationen aller Art". Um ihn herum standen Hausbesitzerin Erna Napp, Oberdetektiv Karl Napp, Reichsjägermeister Herbert Dickmilch und Dackel Rudi.
Erna: „Haste jetzt alles? Aach die frisch Unnerwäsch?"
Karl: „Frängie, haste alles ins Audo gelade?"
Herbert: „Unn bis mer zurick sinn, haste alle Kardeikarte uff Compjuder umgeschtellt, gell?"
„Ja!", sagte Franky.
Herbert: „Haste aach es Hundefudder oigelade?"
„Jaa!"

Erna: „Unn wenn die zwä Hutsimpel weg sinn, dann räume mir hier uff, gell Frängie?“
„Jaaa!“

Der Bus stand in Wiesbaden am Platz der deutschen Einheit. Er war voll besetzt, vor allem mit Wiesbadener Bildungsbürgern. Nur zwei Plätze waren leer. Nervös sah die Reiseleiterin auf die Uhr. Die Reisegäste murrten. Eigentlich wollten sie schon seit zehn Minuten auf dem Weg nach Süden sein. Als der Busfahrer den Motor anließ, heizte ein tiefergelegter BMW mit extrabreiten Reifen und Mainzer Kennzeichen heran. Der Fahrer trug eine Sonnenbrille und ein Muskel-Shirt. Er hupte und stellte den Wagen mit einer Vollbremsung quer vor den Bus. Dann ging die Tür auf. Zuerst stieg ein großer fetter Mann aus. Er rauchte Zigarre und trug ein grünes Jägerhütchen. Über seinem gewaltigen Bauch wölbte sich eine zeltgroße Breitbandkordhose mit Hosenträgern, die bis zu den Brustwarzen reichte. Zu ihm gehörte anscheinend ein Dackel, der den Bus anbellte. Dann stieg ein kleiner dicker Mann mit Halbglatze aus. Auf dem Kopf trug er eine Mütze mit dem Emblem des FSV Mainz Nullfümf. Der Nullfümfer stiefelte zum Bus und begrüßte die Reiseleiterin: „Ei Gunde Frolleinsche! Isch bin de Karl Napp aus Määnz, saach Karl zu mir. Es ging nit schneller, weil em Frängie soi scheiß Audo widder nit angeschprunge iss!“

Der Busfahrer stieg fluchend aus und öffnete wieder die Gepäcktüren. Die Kulturtouristen sahen kopfschüttelnd zu, wie der Schlägertyp mit der Sonnenbrille das Gepäck in den Bus wuchtete. Unter anderem eine Kiste Weißwein und einen Sack Hundefutter.
„Wollen Sie etwa den Hund mitnehmen!?“
„Ei sischer“, sagte Herbert, hustete und spuckte etwas Auswurf auf den Boden. Rudi wollte das grünbraune Häufchen aufschlabbern.
„Loss dess soi, du Sauvieh!“, befahl sein Herrchen.
„Wau,wau!“, bellte Rudi und enterte kampflustig den Bus.

Als der Busfahrer endlich losfahren wollte, konnte er nicht. Der BMW sprang nicht an. Karl und Herbert stiegen fluchend wieder aus, um das Auto anzuschieben.

Kopfschüttelnd tuschelten die Wiesbadener und verrenkten die Hälse, um zu erfahren, was sich in Reihe acht rechts tat. Rudi knurrte dauernd, weil ihm der penetrante Parfümgestank der Dame vor ihm auf die Nerven ging. Herbert verseuchte die Luft mit Zigarrengestank, bis ihm der Busfahrer Rauchverbot erteilte. Deshalb nahm er Schnupftabak und nieste, dass der Bus wackelte. Karls Handy klingelte endlos lange und laut, bis er es fand. Erna war am Apparat. Sie teilte mit, dass sich eine Mieterin beschwert hatte und mit Mietminderung drohte.
Karl fluchte ins Handy: „Saach de Schtolte, der bleed Bichs, dasse misch hinnerum heebe kann. Wenn de Rollade klemmt, soll se halt es Licht anlasse!“
„Des warn moi bleede Mieter!“, erläuterte er seinen Mitreisenden. „Als Hausbesitzer iss mer immer es Arschloch!“
Dann wuchtete Herbert die große Kühltasche aus dem Gepäcknetz. Der Geruch von Limburger Käse verbreitete sich im Bus.
Karl rief Erna an: „Saach emol! Wie soll isch dann jetzt Woi saufe? Haste kään Korkezieher oigepackt?“
„Den brauch isch selber“, sagte Frau Napp.
„Weiber!“, fluchte Karl durch den Bus.
„Du kannst mer de Huwwel ausblose!“, rief Erna und legte auf.
Karl ging zum Busfahrer und sprach ins Mikrofon: „Ei Guude! Mir habbe Dorscht. Hat jemand vun eisch än Korkezieher odder ä Schweizer Messer debei? “
Anscheinend nicht. Typisch.
„Wiesbadener!“, schnaubte Karl enttäuscht ins Mikrofon und vergaß, das Ding abzustellen.

Herbert drückte den Korken mit seinem dicken Zeigefinger ein, setzte die Flasche an den Hals und gab dem Flaschenboden aufmunternde Klapse, bis der Korken nach oben wanderte.
„Um 10 Uhr morgens!“, empörte sich ein Kulturreisender.

12 Uhr: „Frolleinsche, wann mache mir Rast? De Rudi muss emol dringend brunze!“

Das Busreiseunternehmen „Himmelreisch“ hatte sich auf preiswerte Städtereisen spezialisiert. Hier leistete man sich sogar den

Luxus einer kompetenten Reiseführerin. Sie war Handelsvertreterin für den Verlag Du Mont. Das heißt, sie verkaufte im Bus keine Heizdecken, sondern verscherbelte teure Kunstbildbände. Am liebsten verkaufte sie repräsentative Toskana-Kochbücher mit vielen Bildern und wenigen Rezepten.

Gegen 14 Uhr gab es Aufruhr. Das Wiesbadener Pärchen in Reihe sieben beschwerte sich empört bei der Reiseleitung. Die Reiseleiterin ließ anhalten und quartierte um. Die Wiesbadener tauschten die Plätze mit zwei kernigen Frauen vom Landfrauenverein Mainz-Kostheim. Jetzt tranken sie zu viert Weißwein und rissen Witze über die Bewohner der hessischen Landeshauptstadt.

Kostheimerin: „Wo dran erkennste dann e Wiesbadenerin?"

„Kä Ahnung."

Die Kostheimerin stellte sich in den Gang und zeigte auf ihre Brüste: „Dess iss die Äppelallee."

Dann auf den Bauch: „Des iss de erste unn de zwädde Ring."

Dann zeigte sie auf ihren Schritt: „Unn des iss de Faulbrunne!"

„Huaahh!", grölten Karl, Herbert und Rudi. „Alt, abber gut!"

Gegen 16 Uhr fingen sie an, zotige Lieder zu grölen. Die Mitreisenden fingen an, wütende Beschwerden zu schreiben.

„Dess iss en eins a Jachthund", sagte Herbert stolz.

„Schön", sagte der Mann aus Reihe neun, „ich wäre Ihnen sehr verbunden, wenn Sie diesem eins a Jagdhund sagen würden, dass er sich nicht mehr länger an meinem Bein reiben soll!"

Herbert: „Dess macht de Rudi nur bei Leit, die er gut leide kann."

„Wau, wau", stimmte Rudi zu.

Herbert: „Es gibt Mensche, die sinn rischdisch indollerant."

„Dolle gibts ibberall", sagte Karl.

Michelangelo, Gutenberg, und die deutsche Toskana-Fraktion

Florenz, 9 Uhr 30, Hotel Lupo di Toskana. Im Frühstücksraum drängelten sich die Wiesbadener. Am Katzentisch saßen die beiden Kostheimerinnen. Alle warteten auf die Oberproleten.

„Bon Tschorno!", grüßte Herbert höflich.

„Salve!“, sagte Karl und inspizierte das Frühstücksbuffet.
Sie schnappten Teller, stellten sich hinten an und nahmen sich, was die Kulturbürger übrig gelassen hatten.
Herbert: „Wenns ums Esse geht, iss son Urlaub wie Kriesch.“
„Wieso?“
„Hinne schtellste disch in die Schlang, unn bis de vorne bist, gibt's nix mehr zu fresse!“
Die Wiesbadener hatten schon alles weggeputzt, was gut roch. Karl und Herbert rochen auch. Gemeinsam hatten sie eine Riesenfahne.
„Mensch, habt ihr widder die Heef!“, kicherte eine Kostheimerin.

Herbert kratzte sich gähnend mit dem Messer den Rücken. Die Nacht war anstrengend gewesen. Spätabends hatten sie mit dem Hotelpersonal einen deutsch-italienischen Freundschaftsabend gefeiert. So lange, bis die Wiesbadener Banausen wegen Ruhestörung gemeckert hatten, weil Herbert zu laut „Una festa suiprati“ gesungen hatte.
Karl fragte die Reiseleiterin: „Frolleinsche? Was schteht dann heit uffem Programm?“
„Heute Morgen“, sagte die Reiseleiterin bedeutungsvoll, „heute sehen wir uns den berühmten David von Michelangelo an.“

Das taten sie auch. Zuerst einmal stellten sie sich 45 Minuten im Regen in die Warteschlange, und dann wurden sie eingelassen. Ein ganzes Museum, voll mit Marmorfiguren, alle von Michelangelo persönlich gemeißelt, zumindest angeblich. Es war wirklich beeindruckend. Karl stand mitten in einer Horde Touristen, die mit maschinengewehrartiger Geschwindigkeit Fotos schossen. Vor ihnen stand, sechs Meter hoch und sechs Tonnen schwer, David.

„Moi lieber Scholli“, pfiff Herbert durch die Zähne und hob Rudi hoch, damit er auch was sehen konnte. David war ein schöner junger Mann mit einer Keule über der Schulter und ansonsten „nackisch“. Selbst Kunstfreund Karl Napp hatte nichts auszusetzen. Dann aber fiel ihm etwas auf. Er zeigte mit dem Finger auf Davids marmornes Gemächt.
„Warum hat der so breite Schultern, abber so en klääne Bibbes?“
Herbert zuckte mit den Achseln: „Ei, dess iss wie mit de Audos. Wie Fiat. In Idalie iss alles e bissje klääner.“

Eine Kostheimerin widersprach. „So was gibt's aach bei uns. Hochheim, Flörsheim, Wicker: korzer Bibbes, klääne Klicker!"
„Huah", brüllte Herbert.
Angewidert drehten sich die Wiesbadener weg und taten, als ob die vier nicht zu ihnen gehörten.

Danach trottete die Herde in geschlossener Marschordnung zu den Uffizien. Vor dem Museum stand eine endlose Besucherschlange. Hunderte kleiner Japaner standen da, bis an die Zähne mit Kameras bewaffnet. Hunderte grosser Amerikaner mit Cowboyhüten standen da und suchten den schiefen Turm von Pisa. Hunderte italienischer Schüler, die alle gleichzeitig mit zwei Handys telefonierten. Hunderte Rucksacktouristen mit riesigen Gepäckbergen auf den Rücken. Wenn sie sich einmal umdrehten, fielen die kleinen Japaner wie Dominosteine um. Und natürlich die Allergrößten: deutsche Bildungsbürger, die im Museum ihre Nasen ganz dicht an die Vitrine hängten, um allen anderen die Sicht zu versperren. Die dann noch ungefragt schlaue Vorträge hielten, damit alle erkennen konnten, was das für gebildete Vordrängler sind.
„Dess geht mer langsam uff die Erbs!", meinte Karl Napp.
„Alles rodscher", sagte Herbert. Sie entfernten sich von der Truppe, um in einem Café den teuersten Kaffee ihres Lebens zu trinken. Karl schrieb eine Postkarte.
„Liebe Erna!
Florenz ist so, wie die Drosselgasse in Rüdesheim, nur viel größer."
„Und teurer!", schrieb Herbert dazu.

Sie liehen ein Auto und fuhren übers Land. Die halbe Toskana war fest in deutscher Hand. Viele Teutonen kauften hier von Papas Erbe alte Bauernhöfe, um den Italienern die Immobilienpreise zu versauen. Das konnte man daran erkennen, dass sie ihre grün-alternativen Wohlstandsburgen mit deutscher Gründlichkeit renoviert hatten. Herbert fotografierte begeistert.
„Huah! Guck emol, wie dess Arschloch soi Hecke geschnitte hat!"

Karl fand einen schönen Landgasthof. Sehr gut. Riesige rustikale Portionen. Als Vorspeise Bohnensuppe, auf die man wunderbar furzen konnte. Am besten waren die Wildschweinbratwürste, die sie mit viel Chianti herunterspülten.

Auf der Rückfahrt nach Florenz verfuhren sie sich. Es regnete. Die Landstraßen waren eigentlich nur schmale betonierte Feldwege. Als sie mit dem Fiat wenden wollten, blieben sie im Acker stecken. Karl stieg aus und versuchte zu schieben. Herbert blieb sitzen und gab Gas. Das rotierende Rad schleuderte den Ackerdreck an Karl hoch. Ruck zuck sah er aus wie eine gesprenkelte Wildsau.

„Du Wutz!", brüllte Karl.

„Drick halt fester, du Hutsimpel!"

Karl schob fester, Herbert gab noch mehr Gas. Jetzt spritzte der Dreck bis in Karls Gesicht. Das Auto blieb trotzdem stecken. Also stiegen sie aus und und liefen durch den Regen. Irgendwo mussten sie klopfen und um Hilfe bitten. Pitschnass standen sie vor einem großen Gehöft.

„Ganzheitliches Seminarzentrum Ravi Schrankar", stand am Tor. Irgendwann öffnete ein Mensch mit einem verklärten Gesicht, eingehüllt in ein weißes, wallendes Gewand. Sie liefen hinterher und trafen noch mehr glückliche Menschen in langen Gewändern und Jesuslatschen. Rudi knurrte böse.

Karl fragte flüsternd: „Sinn des Kuttebrunzer?"

Sie wurden zu einer Frau geführt. Anscheinend die Chefin. Sie war sehr mager und strahlte sehr viel Erleuchtung aus.

„Salve, Seniora. Excusi. Mir habbe una Panna del Automobile unn sinn nass wie die Katze."

„So isses", sagte Karl.

„Dann kommt mal rein", sagte die Frau und lachte über einen Dialekt aus ihrem früheren Leben. „Hängen sie ihre Wammes an den Haken, mein Mann ist noch im Schtall bei den Wutzen."

„Ha", lachte Herbert. „Der iss gut."

Als sie die nassen Klamotten aufhängte, purzelte Karls Visitenkarte aus der Tasche. *Zwei Mainzer Privatdetektive, das sind genau die richtigen Opfer*, dachte sie hocherfreut.

Karl und Herbert bekamen trockene Gewänder. Sie saßen in einer Kombination zwischen Verkaufsraum und Sektenbüro. Überall an

der Wand hingen selbst gemalte Bilder. Auf dem Boden standen selbst getöpferte Töpfe.
„Ich heiße Katharina“, sagte die Frau.
„Isch bin de Karl.“
„Isch hääß Herbert.“
„Na dann prost, Karl und Herbert. Ich komme aus Wallertheim bei Wörrstadt und lebe seit 20 Jahren hier.“
„Biste Künstlerin odder so was?“, fragte Karl.

„So ähnlich“, sagte Katharina. „Ich lebe von deutschen Alternativtouristen. Die lernen hier ein bisschen töpfern, Tai Chi und Banalpsychologie. Dazu afrikanische Trommelkurse, dass der Hut wegfliegt. Zwischendurch indianische Binsenweisheiten und eine südindische Kacktechnik. Dafür zahlen die einen Haufen Geld.“

„Haha“, lachte Karl. „Dess wär was fer moin bleede Sohn Karl-Heinz unn soi Fraa, es Moni. Er iss griener Gesamtschullehrer unn sie Sozialpädagogin. Unn beide wisse nit, wasse mit sisch unn ihrer Freizeit anfange solle!“
„Genau das sind meine Kunden“, sagte Katharina.
In der Ecke stand ein Regal voller Bioprodukte. Wein, Olivenöl und eingelegte Tomaten zu astronomischen Preisen.
„Unn aldernadive Landwirtschaft machste aach?“
„Quatsch. Kommt alles aus der Agrarfabrik. Da kleb ich nur mein Bio-Etikett drauf.“
„Hoho“, lachte Herbert. „Da haste ja e rischdisch schä Lebe!“
„Kann man so nicht sagen. Ärger du dich mal mit alternativen Wohlstandsbürgern und ihren verzogenen Bälgern rum.“
„Des schtimmt aach widder“, sagte Karl mitfühlend.

Katharina spendierte noch zwei Grappa und führte sie durch das Seminarzentrum. Es war unglaublich. Wenn die Touristen ankamen, bekamen sie alles abgenommen, außer Geldbeutel und Kreditkarten. Dann wurden sie in weiße Gewänder gesteckt und pausenlos beschäftigt. Ein Trommelkurs jagte die nächste Meditationsübung. Abends fielen die Esoteriker im großen Gemeinschaftsschlafraum todmüde um. Es gab weder Heizung noch warmes Wasser oder elektrisches Licht. Und ihre Kutten mussten die Esoteriker selbst waschen. Mit der Hand, in kaltem Wasser.

„Erstens“, erläuterte Katharina, „sollen sie lernen, im Einklang mit der Natur zu leben, zweitens spart das Kosten und Personal.“

Hinter dem Seminarzentrum gab es ausgedehnte Gemüsefelder. Die Esoteriker mussten im Garten arbeiten und ihr Essen in der großen Gemeinschaftsküche selbst zubereiten.

„Gartenarbeit und Küchendienst sind wesentliche Bestandteile ganzheitlicher Bewusstseinsbildung.“

Hobbyjäger Herbert sah angewidert auf den Speiseplan. Es gab ausschließlich vegetarischen Körnerfraß.

„Fleisch ist im Einkauf viel zu teuer“, sagte die Sektenführerin. „So, jetzt zeig ich euch die Abteilung Gehirnwäsche.“

Karl und Herbert folgten ihr staunend zum ehemaligen Kuhstall, wo ein großes Schild hing: „Meditationsraum.“ Unterwegs wurden sie von vielen Esoterikern mit verklärten Gesichtern überholt. Alle grüßten ehrfürchtig die Sektenchefin. Im Kuhstall stellten sich die Esoteriker schweigend auf den Kopf, bis sie knallrote Birnen bekamen. Manche fielen dabei dauernd um, aber alle waren glücklich. Vom Band dröhnte nervenzerfetzende indische Musik. Eine Vorbeterin murmelte Gebete, die Esoteriker wiederholten den Refrain. Dann ertönte ein großer Gong. Feierliche Stille breitete sich im Kuhstall aus.

„Warte die uff ebbes Beschtimmtes?“, fragte Karl.

„Die warten auf den Guru“, flüsterte Katharina.

Und da kam er, der Guru. Vier Esoteriker trugen ihn mit einer Sänfte in den Kuhstall. Der Guru sah sehr indisch aus. Dunkle Haut, spindeldürr. Hinten reichten die langen weißen Haare bis zum Arsch, vorne der Bart bis zu den Eiern. Auf der Stirn trug er das Zeichen unendlicher Weisheit. Er faltete die Hände in Gebetshaltung und brabbelte etwas in den Bart.

„Ravi Schrankar grüßt seine Jünger“, übersetzte die Vorbeterin.

Alle Esoteriker gingen ehrfürchtig auf die Knie und berührten mit den vernebelten Köpfen den Kuhstallboden.

Der Guru sprach mit indischem Akzent: „You have to feel the total emptiness in your head.“

„Ihr müsst die totale Leere in euren Köpfen fühlen“, übersetzte die Vorbeterin bedeutungsvoll.

Karl zweifelte keinen Moment, dass alle Esoteriker die totale Leere im Kopf fühlten. Kein Wunder, bei Schwindelgefühlen nach 20 Minuten Kopfstand, schwerer Feldarbeit und Hasenfutter. Herbert hielt die innere Leere nicht mehr aus und ging raus.

„Ha! Dess halt isch im Kopp nit mehr aus! Huahh! Die Deppe zahle freiwillisch Geld devor, dasse im Urlaub schaffe misse unn so dumm Gebabbel anhern! Hah!"
„Und zwischendurch", erklärte Katharina, „kaufen sie pausenlos Bioprodukte, indianische Heilsteine, esoterischen Firlefanz und Kassetten mit den weisen Worten des Gurus."
Inzwischen saßen sie in Katharinas Wohnzimmer. Die Privatgemächer der Sektenchefin lagen 100 Meter außerhalb des Seminarzentrums hinter einer hohen Mauer. Natürlich mit Heizung, Strom, Satellitenschüssel und einem großen Kühlschrank. Dann ging die Tür auf, und der Guru kam herein.
„Mein Stecher", sagte Katharina.
„Ei Guude, Guru", sagte Karl.
Der Guru grüßte, drehte einen Joint und nahm sich ein Bier.
„Iss der werklisch aus Indie?", fragte Herbert.
„Quatsch", sagte der Guru. „Isch bin ä eschter pälzischer Ami. Baba war Koch bei de US-Army, Mama Barfraa aus K-Town."
Dann verschwand der Guru in der Küche, brutzelte etwas und kam mit einem Berg voller Hamburger heraus. Dazu gab es Bischof-Pils aus der Heimat. Katharina trank wenig Wein, weil die italienischen Winzer bis zum Tag vor der Ernte Unkrautvernichtungsmittel in den Wingert blasen durften, was sie meistens auch taten. Der Guru versetzte sich mit seiner Wasserpfeife in eine höhere Bewusstseinsebene, holte seine Gitarre und fing an zu singen:
„In Lautre vorm Rathaus, do schtehn zwä Affe,
de äänt schafft im Gusswerk, de anner beis Paffe"
Dann: „In Odderbersch uff de Brick, mit de Batschkapp im Gnick"
Am liebsten aber: „Unn heit geh mer uff de Betzebersch!"
Betze-Fan Herbert war begeistert. Karl auch. Ein lustiger Abend. Alle vier sangen und tanzten durch das Wohnzimmer. Dabei

rutschten Katharinas Brustattrappen auf Bauchnabelhöhe. Sie warf sie in die Ecke und tanzte weiter.
„Lass der doch so Silikondinger oibaue, dess iss doch jetzt in."
„Du meinst so dicke Kunstmelonen wie Pamela Anderson?"
„Genau. Odder mit Ventil unn Druckluft."
„Damit ich zum Aufpumpen an die Tankstelle fahren muss?"
Atemlos fielen sie in die Sessel. Karl sah zu einer vergrößerten Fotografie an der Wand. Sie zeigte eine rötliche Zeichnung auf vergilbtem Papier. Die Zeichnung war die Karikatur eines hässlichen, schreienden alten Mannes mit Zahnlücken. Schwarze Haarbüschel wuchsen aus seinen Ohren. Auf seiner Mütze standen zwei Buchstaben, J und G. Er sah aus wie einer, der immer Standgas vom Weinschorle saufen hat, beim Friseur niemals Trinkgeld gibt, aber immer verlangt: „Frolleinsche, schneid mir mal die Haar aus de Ohre!"
Karl: „Wer iss dann der Hutsimpel da an der Wand?"
„Das", sagte Katharina feierlich, „ist das weltweit einzige originale Porträt vom berühmtesten Mainzer aller Zeiten."
Karl dachte angestrengt nach. Jockel Fuchs hatte anders ausgesehen, Ernst Neger hatte niemals so eine komische Mütze getragen, und beider Namen passten nicht zu den Buchstaben.
„Das ist Johannes Gutenberg", sagte Katharina.
„Verarsche kann isch misch selber", lachte Karl Napp.

Am nächsten Morgen hatten alle Kopfweh. Katharina hatte sogar Brustschmerzen, obwohl sie keine Brüste mehr hatte.
„Ich glaub, ich muss wieder in die Klinik", fluchte sie.
Weil der Guru heute kein Esoterikergeschwätz ertragen konnte, befahl er seinen Jüngern einen bewusstseinserweiternden Schweigetag. Als ein Querulant meckerte, wurde er in Einzelhaft gesteckt und mit indischer Volksmusik gefoltert. Die vier Sänftenträger wurden abkommandiert, um das Auto aus dem Acker zu schieben. Karl und Herbert fuhren in ihren weißen Gewändern wieder nach Florenz ins Hotel.
Um sich alle dummen Fragen zu ersparen, sagte Herbert zur Reiseleiterin: „Mir warn in some ganzheitlische Kamasutrapuff.

Am geilste war die Tantramasasch. Sagenhaft. Die Mädscher kenne der im Koppschtand ääner lutsche unn singe noch debei.“

Den Rest des Urlaubs wurden sie von den Wiesbadenern absolut in Ruhe gelassen. Karl und Herbert mussten dauernd grübeln. Irgend woher kam ihnen Katharinas Gesicht bekannt vor.

Katharina aber schickte einen wütenden Brief an ihren Betreuer vom Bundeskriminalamt:

Ich habe Ihnen in den letzten Monaten schon häufiger Beobachtungen mitgeteilt, aus denen ich schließen muß, dass meineTarnung nicht mehr sicher ist. Gestern kreuzten hier zwei Männer auf, die sich als Touristen ausgaben. Angeblich haben sie im Kreuzworträtsel eine Toskanareise gewonnen. Und zufällig hatten sie eine Autopanne und ganz zufällig suchten sie ausgerechnet hier Hilfe. Ihre richtigen Namen lauten Karl Napp und Herbert Dickmilch. In Wahrheit betreiben sie gemeinsam ein Detektivbüro in Mainz. Ich finde, das sind zuviele Zufälle. Überprüfen Sie die beiden! Wir haben eine klare Abmachung. Durch meine Aussagen sind einige Genossinnen und Genossen verhaftet worden. Als Gegenleistung boten Sie mir lebenslänglichen Schutz und Tarnung. Ich habe meinen Teil der Vereinbarung eingehalten. Sie wissen, dass ich als Verräterin gelte, und Sie kennen die Drohungen, die in der Szene gegen mich kursieren. Ich glaube auch nicht, dass dem BKA daran gelegen ist, dass die Öffentlichkeit erfährt, mit wie viel Steuergeldern Aussteiger wie ich unterstützt werden. Tun Sie was! Dafür werden Sie bezahlt!

Mit weniger freundlichen Grüßen, Katharina.

Die Gutenberg-Fleischworscht-Imagekampagne

Während Karl Napp in Florenz seinen geistigen Horizont erweiterte und dabei ins Fadenkreuz der Geheimdienste stolperte, taten sich zu Hause große Dinge. Die Handkäsmafia hatte geistige Blähungen in Form globaler Visionen, auch „Ferz mit Kricke“ genannt.

Weil Mainz von einer großen Koalition regiert wurde, wurden auch alle Bimbeseinnahmen halbe-halbe geteilt. Deshalb gingen immer zwei Parteivertreter gemeinsam auf Spendentournee. Dr. Grieser von der KDU und Genosse Nobby Schulte gingen zusammen

Klinken putzen. Wenn sie Parteispenden ergaunerten, durften sie zehn Prozent Provision in die private Tasche stecken. Schwarz natürlich.

Hans-Peter Müller, genannt Brezelmüller, war schlecht gelaunt. Die Geschäfte liefen schlecht. Noch schlechter wurde seine Laune, als Grieser und Nobby kamen. Immer, wenn sie Geld brauchten, kamen sie zu Brezelmüller. Brezelmüller war nämlich Mitglied bei beiden Parteien. Er war der Pate der Mainzer Handkäsmafia.

„Könnt ihr vergessen", knurrte Brezelmüller. „Ich habe euch schon Hunderttausende in den Arsch geblasen. Aber das ist vorbei. Wir haben Rezession. Ich muss sogar Leute entlassen."

„Brezelmüller", flehte Grieser. „Wenn du nischts schpendest, dann schpenden auch alle anderen nischts!"

Grieser und Nobby wandten sich verzweifelt an Brezelmüllers Busenfreund, den Mainzer Großmetzger Fleischworschttoni.

Toni stand in der Wurstküche und sagte: „Du kannst die Worscht-küch butze. Wenn de ferdisch bist, dann schpend isch 20 Euro."

Sie bettelten trotzdem weiter. Umsonst. Toni sprang auf einen Arbeitstisch, ließ die Hosen herunter und grinste: „Greif emol eme nackische Mann in die Dasche!"

Dann ließ er die Unterhose runter und zeigte ihnen den blanken „Bobbes". Seine Fleischereiverkäuferinnen lachten sich halb tot.

Grieser und Nobby zogen weiter und klingelten bei dem Bauunternehmer Hohlblockfriedel. Hohlblockfriedel bekam immer öffentliche Bauaufträge von der MUB, der „Määnzer Uffbau-gesellschaft". Als Dankeschön gab er Parteispenden. Jetzt waren aber schlechte Zeiten. Friedel bellte: „Die Baukonjunkdur iss am Arsch! Gib mer en Ufftrach, dann gibts aach Schpende. Vorher gibt's nur Hundsforze!"

Grieser und Nobby schlichen deprimiert ins Rathaus.

Nobby war Mitte 50, mittelgroß und drahtig, weil er jedes Jahr am Gutenberg-Marathon teilnahm. Sein politisches Mandat hatte er von seinem „Babba" geerbt. Das war in Mainz nichts Ungewöhnliches, weil hier die SBD in jahrzehntelanger Alleinherrschaft ein sehr eigenes Demokratieverständnis entwickelt hatte. Nobby war Vorsitzender der Mainzer Toskana-Fraktion, ansonsten vertrat er die Interessen der Handkäsmafia. Damit geriet er nicht in Konflikt mit seinen politischen Überzeugungen. Er hatte keine.

Nobby passte gut zu seinem Koalitionspartner Dr. Grieser. Grieser war Mitte 40, groß, schlaksig, hatte breite Hüften und schmale Schultern. Grieser war der Sohn eines ehrbaren Schlossermeisters, aber handwerklich zu ungeschickt, um diesen anspruchsvollen Beruf auszuüben. Deshalb hatte er Jura studiert und war politischer Berufsfunktionär geworden.

Gemeinsam schlurften Grieser und Nobby ins Rathaus. In der Haushaltssitzung wurden die neuesten Schätzungen für das Gewerbesteueraufkommen noch einmal nach unten korrigiert. Das war noch deprimierender als die erfolglose Spendensammlung. In Mainz gingen die Lichter aus, als Kommunalpolitiker war hier kein Blumentopf mehr zu gewinnen. In ihrer Verzweiflung vereinbarten sie einen Termin mit dem anerkannt größten Dummschwätzer im Rhein-Main-Gebiet, dem Imageberater Hans Hundsinger.

Fleischworschttoni war Metzger mit Leib und Seele. Deshalb hatte er an seinen schönen alten 190er SL eine Anhängerkupplung angebracht, damit er mit dem Viehanhänger drei Schweine aus dem Schlachthof holen konnte. Nötig war das nicht, aber er hatte seine Freude daran, das Ding in der Fußgängerzone zu parken und im Metzgerkittel ein schickes Bistro-Café-Restaurant heimzusuchen. Oder seinen Freund HaPe.

Hans-Peter Brezelmüller hatte einen überdimensional schlechten Geschmack. Deshalb thronte er hinter seinem überdimensionalen Schreibtisch in seinem überdimensionalen Büro und bekämpfte seine überdimensional schlechte Laune, indem er alle Angestellten mit Gehaltskürzungen motivierte.

Toni stampfte in Gummistiefeln herein und ließ sich in den überdimensionalen Ledersessel plumpsen. „Warn unser zwää Bolidiger schun bei dir?“

Brezelmüller nickte grimmig.

„Unn? Haste was geschpend?“

„Die sollen mich am Hobel blasen“, sagte Brezelmüller.

„So seh isch des aach“, stimmte Toni zu. „Die Phrasedrescher solle emol was fer misch mache, anschtatt umgekehrt!“
„Und sonst?“
Toni bekam große leuchtende Augen. „Isch hab e nei Fleischereiverkäuferin!“
„Und?“, fragte Brezelmüller. „Schon flachgelegt?“
„Dess isses ja! Dess iss so e rischdisch goldisch Schnecksche! Du glaabst nit, was isch fer Uffzüsch mach! Isch lad die zum Esse oi, isch hab er Klamotte kaaft, abber määnste, die dät sisch vun mer berschte lasse? Peifedeckel!“
HaPe grinste. „Taugt sie wenigstens in der Metzgerei was?“
„Denk nit dran!“, grummelte Toni. „Die kann kä Rindsworscht vun Gulasch unnerscheide unn bringt die ganz Kass dorschenanner!“
„Deine Probleme möchte ich haben.“
„Lach nit so bleed! Dess iss e ernst Sach. Isch renn da rum, wien geile Muli. Isch krie en Harte so lang wie die Gaugass, wenn isch nur an des Schnecksche denk.“
„Da hilft nur eins“, sagte Brezelmüller.
„Was?“
„De Bibbes in die Tür klemme unn mittem Schlabbe druffhaue!“
„Depp!“, maulte Toni, beleidigt von so viel Unsensibilität.
„Mal was anderes“, wechselte HaPe das Thema. „Was hältst du eigentlich von Kultursponsoring?“
„Kuldurschponsering?“, wiederholte Toni. „Isch glaab, du hast de Arsch offe. Isch unn Kuldurschponsering! Nää, werklisch nit. Alle Meenzer Metzjer däte sisch dotlache.“
„Denk doch mal nach! Die ganze feine Gesellschaft aus Kultur und Politik müsste dir die Hand geben und die Honneurs machen!“
Toni kam ins Grübeln. Er stellte sich vor, wie Presse, Kultur und Politik um ihn herumwieseln und schwülstige Lobreden halten würden. Vielleicht würden sie ihm sogar das Landesverdienstkreuz um den dicken Hals hängen. Und anschließend beim Buffet würde Toni so lange Bier saufen und Blondinenwitze reißen, bis die Kulturschickeria entsetzt Reißaus nähme.
Brezelmüller: „Kultursponsoring ist in. Der Kulturetat wird zusammengestrichen, die gehen jetzt überall betteln.“

Toni witterte Lunte. „An was hasten gedacht? Moderne Kunst odder son Käs?“
„Nein“, sagte Brezelmüller. „Das ist zu albern. Es muss was mit den alten Römern zu tun haben, oder noch besser mit Gutenberg. Das gibt überregionale Schlagzeilen. Überregionale Schlagzeilen sind gut für die Geschäfte. Das sind globale Visionen!“

Blitzartig heizte Toni mit dem Viehanhänger durch die Fußgängerzone und parkte vorm Gutenberg-Museum. Im Anhänger grunzten drei arme Schweine um ihr Leben. Das wiederum störte den Gastronomiebetrieb, der sich stilvoll im Hof des Museums einquartiert hatte. Die Gäste beschwerten sich über Schweinegeruch, Gegrunze und Tierquälerei. Jemand rief per Handy einen Abschleppwagen. Als der Abschlepper kam und das Nummernschild sah, fuhr er wortlos wieder weg. Wichtige Mitglieder der Mainzer Handkäs'-mafia bekommen weder Strafzettel noch werden sie abgeschleppt. Derweil stiefelte Toni durchs Gutenberg-Museum. „Ei Guude! Isch will zum Scheff. Isch bin de neie Gudebersch- Kuldurschponser.“
Die Museumsleiterin war mittelprächtig entsetzt, als Toni im Kittel hereinstampfte und ihr die Metzgerpranke entgegenstreckte. „Isch bin de Toni, saach du zu mir. De Brezelmüller un isch wolle mal e bissje was fer die Kuldur mache. Mir hadde so an 50000 Euro gedengt. Kannste mit dem Geld irschendwas anfange?“
Sie konnte. Abermals ging eine altehrwürdige Druckerei vor die Hunde. Insolvenz, Firmenauflösung. Im Privatbesitz des Exunternehmers befand sich eine uralte Druckerpresse aus dem 17. Jahrhundert. Der klamme Besitzer brauchte Geld und hatte diese historische Rarität dem Gutenberg-Museum angeboten. Das Museum hatte aber kein Geld, um das Ding zu kaufen. Und weder Stadt noch Land hatten Geld, um den Kauf mitzufinanzieren.

Einen Tag später saßen sie zusammen. Brezelmüller, Toni, die Museumsleiterin, Nobby und Grieser.
„Also alles geritzt“, sagte Toni. „De HaPe unn isch, mer kaafe die alt Druckmaschin, unn ihr sorscht fer die Press. Unn dann mache mer die feierlische Enthüllung vun dem alt Ding. Isch mach es

Büffee unn schpendier de Schampes. Unn vorne in de erst Reih sitze moi ganze Angeschtellte. Die klatsche nämlisch am laudeste! Dadefier wern se ja aach vun mir bezahlt."

Brezelmüller mauschelte noch ein bisschen. „Wenn sich die Stadt Mainz ein wenig am Kauf der Druckmaschine beteiligt, dann könnten Toni und ich doch ein bissi für eure Parteien spenden."

Grieser: „Wie sollen wir das machen bei der Haushaltslage?"

Irgendwie ging es doch. Die Stadt kürzte ein Projekt für arbeitslose Jugendliche und stellte den Zuschuss für den Kauf der Druckmaschine bereit. Im Gegenzug spendeten HaPe und Toni je 5000 Euro für jede Partei. Natürlich schwarz. Und Toni setzte Grieser das Metzgermesser auf die Brust. Bei öffentlichen Empfängen der Stadt würden ab jetzt nur noch und ausschließlich Häppchen von Tonis Partyservice gereicht.

„Mer kenne uns, mer helfe uns", drohte Toni grinsend.

Die Schlagzeilen in den Mainzer Zeitungen waren erhebend: „Die beiden namhaften Mainzer Unternehmerpersönlichkeiten Hans-Peter Müller und Anton Geiz sponsern Kauf von weltweit einzigartiger Druckmaschine aus dem 17. Jahrhundert für das Mainzer Gutenberg-Museum. Feierliche Präsentation am 1. Juni."

Zudem gab es großartige Fotos samt Unterzeilen: „Brezelmüller und Fleischworschttoni: Zwei bodenständige Unternehmer mit globalen Visionen in bester Tradition Gutenbergs."

Grieser und Nobby bekamen auch schöne Artikel: „Mainzer Lokalpolitiker beschreiten zukunftsweisende Wege der Kulturförderung am globalen Medienstandort Gutenberg-Stadt."

Fleischworschttoni war ein Mann der Tat. Egal, was er tat, er gab immer Vollgas. Deshalb plante er schon den nächsten Coup. Die Umbenennung seiner Hauptfiliale in „Gutenberg-Metzgerei".

Atemlos walzte er in die Frauenlobstraße zu einem Grafik- und Werbeatelier. Mit einem dicken Stift kritzelte er aufs Zeichenbrett: „Angebot der Woche: Die Meenzer Gutenberg-Fleischworscht nach altem Hausrezept von 1454 für nur 5 Euro! Geiz iss Geil!"

„Ist das dein Ernst?", fragte der Grafiker.

„Nää!“, sagte Toni. „Dess iss moi Karlsche! Außerdem brauch isch Tischörts. ‚Ihr Gutenberg-Metzgerteam’ muss da druffgedruckt wern. Isch will, dass alle annere Metzjer kotze misse, weil ganz Meenz moi Gudebersch-Fleischworscht frisst! Buswerbung mach isch sowieso. Unn isch brauch e Indernetseit mit bunde Bilder: www.gudeberschfleischworscht.de.“
„Subber“, sagte der Grafiker.
„Wenn isch was mach“, drohte Toni, „dann mach isch’s aach rischdisch!“

Der große Forzklopper: Imageberater Hans Hundsinger

Hans Hundsinger war einer dieser Unternehmensberater, die mit ihrem Geschwätz in kürzester Zeit ganze Betriebe lahmlegen können. Meistens hielt er alle Zuhörer in endlosen Meetings vom Arbeiten ab. Er laberte ununterbrochen den ganzen neudeutschen Käse von „Buisinesskäs“ über „Käsmanagement“ bis „Worstkäs“. Hundsingers Konzept war totsicher. Unten sparte er Kosten, indem drei Leute für weniger Geld so viel arbeiten mussten, wie vorher fünf. Dann ruinierte er die Firma, indem der Kundendienst outgesourct wurde. Anschließend baute er eine irrsinnige Marketingabteilung auf, wo viele kleine, überbezahlte Hundsingers ihr Unwesen trieben. Wenn die Firma dann folgerichtig bankrott ging, hatte Hundsinger schon seine Kohle kassiert und ruinierte den nächsten Kandidaten. Kunden fand er auf diesen vollidiotischen Managerseminaren, wo er Vorträge über Unternehmensphilosophie hielt, was immer das sein soll. Jedenfalls verdiente er mit dieser billigen Masche viel Geld. Auf dem Höhepunkt seines Erfolges verkaufte er die Hundsinger Consult. Er gründete in Frankfurt eine Werbefirma und spezialisierte sich auf Imageberatung für politische Berufsfunktionäre aller Parteien.

„Ah, die Herren aus Mainz“, strahlte Hundsinger und ließ Grieser und Nobby im Vorzimmer warten. Die staunten. Hundsingers Büro lag im teuersten Viertel Frankfurts. Die Bilder an der Wand waren der letzte Schrei der Frankfurter Kunstszene. Beim Hinsehen taten sofort die Augen weh. Und nach fünf Minuten sitzen tat auch der Hintern weh. Die Designermöbel waren die teuersten, hässlichsten und unbequemsten von ganz Frankfurt. Es war wirklich für den Arsch. Aber beeindruckend. Außer hässlichen Kunstwerken hingen da auch die Bilder von Hundsingers Kunden.

Nobby zeigte auf einen Verteidigungsminister, der grinsend an der Wand hing. „Hundsinger hat dem Genossen beigebracht, schneller zu reden, und hat ihm jede Menge Beraterverträge verschafft.“

Nobby rieb ehrfürchtig Daumen und Zeigefinger aneinander. Grieser war beeindruckt.

Hundsinger war gut vorbereitet. Er ließ eine Videoaufzeichnung abspielen. Auf dem Film sah man Grieser und Nobby bei der Einweihung eines katholischen Kindergartens in Mainz. Grieser hielt seinen üblichen 08/15-Vortrag über christliche Familienwerte.

Nach Griesers Rede stoppte Hundsinger das Video.

„Herr Grieser. Wie beurteilen Sie Ihren Auftritt?“

„Nischt schlescht. Man sieht ja, wie die Leude klatschen.“

„Herr Grieser, um die Wahrheit zu sagen, Ihr öffentliches Auftreten ist unter aller Kanone. Ihre Gestik ist genau so desaströs wie die Mimik. Und dann diese Frisur und der Anzug! Einfach verheerend. Vor allem dieser katastrophale Akzent! Das ist der rhetorische Worstcase. Sie verkörpern den muffigen Idealtyp des biederen Provinzpolitikers. Sie wirken wie der Sohn eines Handwerkers, der zufällig Jura studiert hat.“

„Mein Vader war Schlossermeister, und isch habe Jura schtudiert.“

„Das merkt man“, sagte Hundsinger. „Mit diesem Akzent müssen Sie Ihr ganzes Leben lang katholische Kindergärten einweihen. Wollen Sie das?“

Grieser lief rot an. Nobby kicherte.

„Jetzt zu Ihnen, Herr Schulte.“

Hundsinger spulte Nobbys Rede ab.

„Tiefstes Provinzniveau!“, schnaubte Hundsinger und hielt drei Weinkorken hoch.

Einen steckte er sich, die beiden anderen Grieser und Nobby zwischen die Zähne. Trotz Korken sprach der Imageberater astreines Hochdeutsch.

„Mit Ihrem Akzent“, dozierte Hundsinger, „sind Sie als Politiker außerhalb von Rheinland-Pfalz untragbar. Einfach nicht gesellschaftsfähig. Kein Mensch in Berlin nimmt jemanden ernst, der solche Schwierigkeiten mit der korrekten deutschen Aussprache hat. Wiederholen Sie!“

„Wir haben Schwierischkeiden mit der korregden Ausschprache der deutschen Schprache“, grunzten Grieser und Nobby. Dabei sabberten sie auf die Korken.

Danach kam eine Typberaterin. Sie schleifte einen affigen Modefriseur und einen Herrenaustatter hinter sich her. Nobby und Grieser mussten sich ausziehen und schicke Anzüge anprobieren.

„Ah“, grunzte Nobby durch den Korken, „ein Anzug von Brioni.“

„Igitt“, rümpfte die Schneiderin mit Blick auf Griesers Unterhose die Nase. „Schießer Feinripp!“

Während Nobby noch ein paar Designerbrillen durchprobierte, fing der Friseur an zu schnippeln. Danach lud Hundsi zum Essen ein. Beim Kauen durften sie die Korken aus dem Mund nehmen. Hundsinger laberte und laberte und laberte.

„Ich werde aus Ihnen zwei unverwechselbare Marken machen. Sie werden eher kürzer als länger ein Image haben, das Sie weit über die Stadtgrenzen von Mainz hinaustragen wird und ...“

„Wie denn als Lokalbolidiger?“, fragte Grieser schmatzend.

„Indem Sie ein politisches Themenfeld besetzen, mit dem Sie sich bundesweit profilieren können!“

„Da fällt mir aber nischts ein“, sagte Nobby.

„Ein Thema, das einen bundesweiten Bekanntheitsgrad hat.“

„Fassenacht?“, orakelte Grieser.

„Um Gotteswillen!“, stöhnte Hundsinger. „Damit machen Sie sich höchstens bundesweit lächerlich!“

„Wie wär’s als Schportbolidiger?“, fragte Nobby. „Mainz Nullfümf hat einen bundesweiten Schtellenwert als ...“

„Sind Sie wahnsinnig?“, fragte Hundsinger entsetzt. „Ich arbeite nicht mit sympathischen Verlierern! Ich will Siegertypen!“

Hundsinger machte einen Gegenvorschlag.

„Wie wär’s mit Gesundheitspolitik? Krebsvorsorge! Das Fernsehen könnte eine Enddarmuntersuchung live übertragen, und Sie könnten

während der Untersuchung Interviews geben. Das gäbe garantiert bundesweite Schlagzeilen."
Grieser lehnte ab. Der Mainzer Humor würde sich zu einem brüllenden Erdbeben erheben und das Rathaus erzittern lassen.
„Johannes Gutenberg", sagte Nobby plötzlich.
„Johannes Gutenberg", wiederholte Hundsinger begeistert. „Right. Das ist es. Der Erfinder der Dampfmaschine."
„Der Erfinder des Buchdrucks", verbesserte Grieser.
„Haha", redete sich Hundsinger heraus. „War ja nur ein Witz."
Er nahm sich aber vor, noch heute im Internet nachzulesen, wer dieser Gutenberg gewesen war.
Nobby erzählte sofort die Geschichte mit der alten Druckpresse.
„Right!", strahlte Hundsinger. „Kulturpolitik. Gutenberg. USP!"
„Was heißt USB?", fragte Grieser. „Universitätsbuchhandlung?"
„Unique selling proposition", erläuterte Hundsi, „einzigartiges Verkaufsargument!"
Hundsi entwarf aus dem Stegreif ein medienpolitisches Konzept.
„Ich manage die Pressearbeit. Ich habe bundesweite Kontakte. Und dann organisiere ich Talkshow-Auftritte ..."
„Bundesweite Talkshow-Auftritte?", staunte Grieser.
„Allright!", strahlte Hundsinger. „Aber vorher müssen wir an Sprache und Auftreten feilen. Einmal die Woche bekommen Sie hier Nachhilfeunterricht. Im Seminarraum werden Sie viele Kollegen aus der ganzen Region und allen Parteien treffen."
Wieder zurück im Büro, bekamen die beiden „unverwechselbaren Marken" ihre maßgeschneiderten Anzüge samt schickem Schuhwerk. Und Hundsinger drückte ihnen Videokameras in die Pfoten. In kurzen Sequenzen sah man einen Schauspieler Reden halten.
„Also", erläuterte Hundsinger. „Sie stellen sich zu Hause vor die Videokamera. Dann imitieren Sie den Schauspieler. Zur Kontrolle spulen Sie den Film zurück. Solange und so oft, bis Aussprache, Betonung und Bewegung perfekt sind."
„Aha", sagte Grieser und fragte: „Und was kostet das alles?"
„Nichts", sagte Hundsinger großzügig und drückte ihm eine Rechnung in die Hand. Sie war an die Stadtkasse Mainz gerichtet: „Power-Point-Produkt-Präsentation konzeptionell innovativer Ver-

marktungsstrategien für Kommunen im globalen Frame finanziell angespannter Haushaltslage ... blabla ... 10000 Euro."

Nobby verstand. Die Stadt Mainz würde Anzüge, Essen, Friseur, Videokamera und Schulung bezahlen. Ein schlauer Hund, dieser Hundsinger. Er beriet Politiker, und die bezahlten mit öffentlichen Aufträgen für seine Werbeagentur. Alle Achtung.

„Vergessen Sie Ihre Korken nicht", sagte der Imageberater.

Auf der Rückfahrt über die A3 sorgten sie für Jubel, Trubel, Heiterkeit. Autofahrer lachten sich kaputt, wenn sie die Schnarchsäcke mit Korken im Mund bei Sprechübungen überholten.

Ganz besonders aber lachte Renate Grieser. Sie kam spätabends zugekifft nach Hause. Weil sie öffentlich die treu sorgende Mutter und langweilige Gattin eines christlichen Familienpolitikers spielen musste, gönnte sie sich ihren privaten Spaß. Sie hatte mit ihrem aktuellen Liebhaber ein paar Joints geraucht und gevögelt, dass die Bettplanken wackelten. Grieser akzeptierte das, weil er meinte, eine Scheidung würde seinem Image als konservativem Parteipolitiker schaden.

Renate Grieser überraschte ihren Ehemann im Wohnzimmer. Er stand mit Korken im Mund vorm Spiegel, übte gekünstelt sprechen und fuchtelte verkrampft mit den Armen. Seine großen Plattfüße hatte er in kleine italienische Schuhe gezwängt. Darüber trug er einen sauteuren Anzug mit einer schreiend bunten Krawatte. Auf seiner Knollennase saß die passend hässliche Designerbrille mit roter Tönung ohne Metallrand. Statt seines altbackenen Rechtsscheitels hatte er eine verwegene Frisur mit modischen Koteletten, etwa so wie der Nationaltorwart. Es sah wirklich aus wie Hund.

„Wie seh isch aus?", fragte er stolz.

„Huah!", brüllte Renate Grieser.

„Lach nischt so blöd! Wenn die Kinder wach werden!"

„Mensch Grieser, sag bloß, du hast eine Freundin?"

„Nein", sagte Grieser verärgert. „Isch hab einen Imitschberader!"

„Mir auch egal", kicherte Renate. „Aber nimm wenigstens den Korken aus dem Mund. Du hast dein ganzes Hemd vollgesabbert."

Erna Napp, Frau Schtolte und ein Päckchen aus Italien

Marianne Schtolte telefonierte mit ihrer Freundin: „Mein Gott ist das heute stressig. Stell dir vor, wir müssen ein Konzept erstellen, um die Mainzelmännchen schlanker und moderner zu machen und ... “, und da fiel ihr Blick auf die Uhr. „Herrje, ich muß Chluss machen, es ist ja chon gleich Feierabend.“

Marianne Schtolte arbeitete beim Fernsehen, weil ihr Papa Nobby Schulte gute Beziehungen zum roten Freundeskreis des Lerchenbergs hatte. Es war eine dieser gehobenen Abteilungen, in denen es nichts zu tun gab. Also schlug man die Zeit mit Klatsch und Mobbing tot.

Marianne surfte noch eine halbe Stunde im Internet, bis endlich der Gong zum schwer verdienten Feierabend ertönte. Dann ging sie zum Friseur. Sie ließ sich immer so frisieren wie diese Nachrichtensprecherin, egal, wie scheiße das aussah.

Später ging sie Klamotten kaufen. Sie quälte erst die Verkäuferinnen von „Marc Cain“, folterte anschließend die Mitarbeiterinnen von „Schey“ und landete schließlich bei einer nervenstarken Fachkraft von Mode „Kapp“. Die Verkäuferin hatte sich schon lange abgewöhnt, Frauen wie Marianne Schtolte passend zu beraten. Sie verkaufte ihnen einfach das, was die Nachrichtensprecherin anzog, egal, wie scheiße das aussah.

„Sehr chön“, flötete Marianne. Sie bewunderte im Spiegel ein auberginfarbenes Sacko, das wie ein Sack von ihren abgemagerten Schultern hing und wie die Faust aufs Auge ihre solariumgegerbte Lederhaut betonte.

Wenn schon scheiße, dann abber rischdisch, dachte die Verkäuferin und holte eine Hose in grünbrauner Kackfarbe.

Frau Schtolte war begeistert. „Klemmt ein wenig im Chritt, passt aber wunderchön zu meinem Taint.“

„Sieht subber aus“, sagte die Verkäuferin und dachte: *Hinne kä Arsch, vorne kä Titsche, sieht aus wie Schneewittsche.*

Marianne kramte wichtig in ihrer Handtasche. „Wissen Sie, ich arbeite ja beim Fernsehen.“

Des musste mir nit saache, dachte die Verkäuferin.

„In gehobener Position.“
Du oigetrocknet Quetsch, dachte die Verkäuferin.
„In der Kulturredaktion“, sagte Marianne.
Des sinn die Allerschlimmste, dachte die Verkäuferin.
„Wie viel Prozent krieg ich denn?“, fragte Marianne und legte ihre wichtige ZFD-Visitenkarte auf die Theke.

„Die bleed Nuss hat mir grad gefehlt“, fluchte die Vermieterin Erna Napp, als die Mieterin Marianne Schtolte die Treppe hochkam.

Es war Anfang Mai, vier Wochen nach Karls Bildungsurlaub. Erna putzte das Treppenhaus. Fünf Stockwerke von oben nach unten. Von den Dachwohnungen, wo die Studentenköppe hausten, bis in den Keller, wo Karls Detektivbüro lag. Erna hatte ein gutes Verhältnis zu ihren Mietern, außer zum Ehepaar Schtolte. Zwei Spitzklicker, die ihr Kind mit Geigenunterricht quälten und mit viel Nachhilfeunterricht aufs Gutenberg-Gymnasium prügelten. Deshalb sprach Marianne auch dieses affige Hochdeutch ohne sch.
„Chönen guten Tag, Frau Napp“, sagte die Chtolte vorwurfsvoll.
„Ei Guude“, stöhnte Erna, strich die verschwitzten Haare aus dem Gesicht und dachte: *Was will dann die Deppschees schunn widder?*
„Frau Napp! Gestern haben wir Ihre Nebenkostenabrechnung bekommen. Wir sind nicht bereit, eine derart astronomiche Forderung widerspruchslos zu akzeptieren.“

Sie zog die Nebenkostenabrechnung aus der Tasche. Deutlich konnte Erna sehen, dass alle Rechtschreibfehler mit Rotstift verbessert waren. Solche Deutschlehrermanieren konnte Erna besonders gut leiden. Sie tauchte den Wischer ins Putzwasser: „Des iss mir worscht, ob Sie da widerschpresche odder nit, Hauptsach, Sie zahle. Es kost halt so viel, wie isch uff den Zeddel geschribbe hab.“
„Wo sollen denn diese exorbitant hohen Kosten herrühren?“

Erna stemmte beide Fäuste in die stämmigen Hüften. „Fraa Chtolte! Isch saach Ihne jetzt, warum dess so deier iss. Wenn isch es ganz Jahr nix fresse unn Diät mache dät, unn noch dezu de ganze Daach faul im Bürro rumsitze misst, dann hädd isch aach Kreislaufprobleme unn schleschte Dorschbludung. Unn deshalb dät isch

immer friern! Unn deshalb dät isch aach im Summer die Heizung uff hunnertachtzisch drehe!"
„Das ist ja wohl die allerunterste Chublade!"
Marianne Schtolte war Mitte dreißig, sah aber viel älter aus, weil sie überhaupt keinen Spaß am Leben hatte. Sie hatte keinen Spaß am Essen, weil sie immer Angst hatte, zu dick zu werden. Sie hatte keinen Spaß am trinken, weil sie Angst hatte, in betrunkenem Zustand „ordinär" zu wirken.
Marianne starrte feindselig auf Ernas rosige Haut. Eine kleine, dicke Frau um die fünfzig mit Kittelschürze. Mutmaßlich traute sich diese fette Frohnatur sogar ins Freibad, ohne eine Sekunde zu überlegen, welchen Badeanzug sie anziehen sollte. Wahrscheinlich hatte sie nur einen! Im Sommerschlussverkauf billig erstanden! Womöglich rosa!
„Iss noch was?", fragte Erna.
Sie bückte sich, um den Putzlappen auszuwringen. Dabei rutschte der Träger ihres BHs über die Schulter. Erna hatte ordentlich Holz vor der Hütte. Marianne Schtolte hatte nur kleine, diätgeschädigte „Hutzele". Schtoltes Blick ging auf Ernas Beine. Erna hatte dicke Beine und große Füße, die in alten Turnschuhen steckten.
Dieses ordinäre Weibsstück rasiert sich noch nicht einmal ihre Haare an den Beinen, dachte Marianne Schtolte angewidert.
Erna quetschte den Putzlappen aus. Als ihr Oberkörper hochschnellte, flog ein Schweißtropfen von ihrer Nasenspitze in Schtoltes Gesicht.
„Außerdem iss des ä Sauerei, wenn mer im Sommer die Heizung uffdreht. Dess iss Verschwendung vun frossile Brennschtoffe!"
„Das heißt fossile Brennstoffe, Frau Napp, nicht frossile!"
„Iss mir scheißegal, wie dess rischisch hääßt. Hauptsach, Sie wisse, was gemäänt iss!"
„Ich werde zum Mieterchutzbund gehen", drohte Frau Schtolte.
„Vun mir aus kenne Sie zum Kaiser vun Schina gehe."
„Ihre Argumentation ist unsachlich, emotional und ordinär!"
„Sie kenne mer emol de Howwel blase", sagte Erna wütend. „Schtehn se nit im Weg erum, isch bin am Schaffe!"
Beleidigt verschwand Frau Schtolte in ihrer Wohnung.

„Hinne Lyzeum, vorne Museum“, brummte Erna hinterher, was Frau Schtolte aber nicht verstand.

Erna fing den Briefträger ab. Er brachte ein Päckchen für Karl. Sie stampfte energisch in den Keller: „Karl! Erstens kannste jetzt anfange, die Schtoltes aussem Haus zu ekele, isch hab die Faxe dick mit dene Schpitzklicker. Zwäddens hab isch Post! Driddens butz isch jetzt es Bürro. Wie dess aussieht! Männer sinn alles Dreckwutze!“

Rudi und die Detektive flüchteten hinter die Theke. Das Päckchen enthielt Fotos, Negative und einen Brief:

Hallo Karl, Herbert und Rudi!

Ich liege in der Klinik, und es ist unwahrscheinlich, dass ich noch mal lebend hier rauskomme. Der Abend mit euch war wohl der letzte schöne in meinem Leben. Deshalb schicke ich die Fotos.

Sie zeigen die Vorder- und Rückseite einer Karikatur. Mit einem Rötelstift auf die Rückseite eines Fehldrucks der Gutenberg-Bibel gezeichnet. Den Buchstaben nach zu urteilen, ist das Blatt aus dem Jahr 1454. Die Zeichnung hing im Haus meines Nachbarn in Wallertheim. Er hat sie 1945 von einer Mainzerin gekauft, die auf dem Land hamstern war. Sie und der Winzer glaubten, dass Johann Goethe abgebildet ist, weil auf der Mütze ‚JG‘ steht. 1967 habe ich in Mainz angefangen, Kunstgeschichte zu studieren. Ich habe die Zeichnung damals fotografiert und Fachliteratur gewälzt, bis ich mir sicher war. Natürlich habe ich dem Winzer nicht gesagt, was für eine Sensation er da in seinem Wohnzimmer hängen hat. Dann bin ich aber nach Berlin gegangen und hatte ganz andere Dinge im Kopf. Wenn ihr wollt, spielt doch ein bisschen Kunstdetektive. Die Zeichnung dürfte ein paar Millionen wert sein. Es ist das weltweit einzige authentische Gutenberg-Porträt. Fragt einfach in Wallertheim nach dem Elternhaus von Katharina Weirisch, das ist mein Mädchenname. Rechts daneben wohnte der Winzer.

MFG, Katharina

Karl kramte Katharinas Visitenkarte heraus und rief an.

„Wegen Krankheitsfall ist unser esoterisches Seminarzentrum bis auf weiteres geschlossen“, leierte der Anrufbeantworter.

Der Schrecken der Johannes Gutenberg-Universität: Professor Doktor Josephine-Auguste Mahlzahn

Karl Napp grübelte: „Erna, was määnsten Du?“
Erna staubte Pokale ab: „Haste Ahnung vun Kunstgeschischte?
„Nä“
„Wääßte was ibber de Gudebersch?“
„Eher wenischer“, sagte Karl.
„Dann musste en Fachmann fraache!“
Karl dachte nach. Er kannte einen Haufen Leute in Mainz, aber keine Experten für historische Kunstwerke. Oder doch?
„Fraach Fraa Dogder Josephine-Auguste Mahlzahn“, sagte Erna, und Karls Nackenhaare stellten sich nach oben. Mahlzahn war die Mutter von Karls Schwiegertochter Monika-Ellen Napp-Mahlzahn.
„Viel Schpass“, lachte Erna.

Karl rief einen Kegelbruder an, einen Hausmeister auf der Uni.
„Was iss Karl, willste schtudiere?“
„Babbel nit so dumm, machs Dor uff!“
Die Schranke ging hoch, Karl parkte und stiefelte planlos durch die riesige Johannes Gutenberg-Universität. Er regte sich sofort auf. Wie in Zeitlupe schlurften tausende Studenten beiderlei Geschlechts durch die Gebäude. Geschickte Schuhmacher konnten ihnen beim Laufen die Schuhe besohlen. Viele saßen auch einsam in Ecken herum und unterhielten sich mit ihrem Laptop. Vor allem war es unmöglich, einen dieser Mutanten nach dem Weg zu fragen.
„Hm. Die Kunsthistoriker? Ich denke, dass Sie mal spontan so im dritten Stock nachfragen sollten, oder im zweiten, die sind dahinten irgendwo, aber halt, ich denke eher, dass ...“
„Denk weider!“, grummelte Karl und irrte durch endlose Gebäude und Flure, über Treppen und Gänge. Er klopfte verzweifelt an einer Tür. Dahinter saß ein Mann am Computer.
„Ei Guude, kenne Sie mir saache, wo ...“
„Ich habe jetzt keine Sprechstunde!“
Karl versuchte, mit dem Idioten keinen Streit anzufangen. „Isch will doch nur wisse, wo isch die Dogder Mahlzahn find!“

„Kenne ich nicht, wer soll das sein?"
„Ei so ä Kunsthisdorigerin."
„Hier sind Sie im Fachbereich Soziologie!"
„Unn wo sinn die Kunsthisdoriger?"
„Ich bin nicht die Auskunft! Unten hängt ein großer Lageplan. Wenn sie lesen können, dann finden Sie auch die Kunsthistoriker!"
„Du Arschtörtsche!", knurrte Karl und schlug wütend die Tür zu. Auf der Tür stand: Dr. Helmut Schulte, Dozent für Soziologie.
Er klopfte am soziologischen Sekreteriat und schilderte sein Elend.
„Mach der nix drauß", sagte eine Angestellte, „Soziologe sinn all ä bissje depp. Unn de Schulte iss son ganz Oberschlaue. Schtellt sisch immer dran wie ä Fut beim Heurobbe."
Sie wies ihm den Weg, warnte aber gleich: „Die Kunsthisdoriger sinn noch bleeder als wie die Soziologe!"
Irgendwann landete Karl im Fachbereich Kunstgeschichte bei einer altgedienten Sekretärin. Als er nach Mahlzahn fragte, zog sie genervt Luft durch die zusammengebissenen Zähne.
„Was iss? Schtimmt mit der Mahlzahn was nit?"
„Wääste", sagte die Sekretärin. „Isch bin seid 35 Jahr hier unn hab schon en Haufe beknackte Agademiger erlebt, abber die Mahlzahn iss die Krönung. Die rescht misch heit noch uff!"
„Wieso?", fragte Karl interessiert.
„Wie isch als jung Mädsche herkomme bin, hab isch gedacht: Uni iss gut, Agademiger sinn gebildet, die kenne sisch benemme."
„Unn weider?"
„Peifedeckel", sagte die Sekretärin. „Als immer hinnerum unn nie direkt! Unn was iss de Professor so wischdisch! Unn wer kriescht welsches Bürro? Unn wer hat angeblisch zu wem hinnerum ibber wen was gesaacht? Unn wieso hat der Vorlesung um 10 Uhr, unn warum muss isch Vorlesung um 18 Uhr halde? Unn die Mahlzahn, dess iss die allergreßt Schnersch. Die hab isch gefresse, die Schnerrbichs!"
Derart vorbereitet, stapfte Karl durch den Flur, bis er vor Mahlzahns Büro stand. Dort lungerte aber schon eine ganze Traube Studenten herum. Karl stellte sich neben einen älteren Mainzer, der gekünstelt hochdeutsch sprach: „Sind Sie auch Seniorstudent?"

„Nää“, sagte Karl. „Isch bin Dozent fer vergleischende Sexualwissenschaft. Isch will vun de Kolleschin Mahlzahn wisse, ob die Sauerei, wo die alde Grieche uff ihr Vase gemalt habbe, ob der Wutzekram jetzt Kunst odder Pornografie iss.“

„Das ist aber eine interessante Frage“, sagte der Seniorstudent und fing an, einen todernsten Vortrag über erotische Motive in der klassischen Kunst Griechenlands zu halten. Karl ließ ihn labern und hörte den jungen Studenten zu. Die waren noch langweiliger. Anscheinend hatten Studenten heute drei Gesprächsthemen. Erstens Scheine, zweitens Scheine und drittens Scheine. Zwischendurch klingelten ihre Handys. Andere Studenten riefen an und erzählten über Scheine.

Einer dieser Langweiler saß gerade bei Mahlzahn im Büro. Er hatte ein Referat über irgendeine sauwichtige Schnupftabakdosensammlung von anno Tobak geschrieben.

„Schlamperei“, tobte Mahlzahn. „Sie haben beim Zitieren von Fachliteratur immer Strichpunkte gesetzt, anstatt Doppelpunkte!“

Der Depp ließ sich das auch noch gefallen. Immerhin ein Mensch Anfang zwanzig, volljährig und wahlberechtigt. Wie ein geprügelter Hund schlich er aus dem Büro und drückte Karl die Klinke in die Hand.

„Ei Guude, Finsche!“

Josephine-Auguste Mahlzahn räusperte sich. Wenn es einen Menschen gab, der ihr zuwider war, dann war es der Schwiegervater ihrer Tochter, Karl Napp. Vor allem mochte sie nicht diese ordinäre Abkürzung ihres Vornamens. Ekelhaft!

„Finsche, isch war in Idalie, in Florenz.“

„Du warst in Florenz?“

„Nit freiwillisch“, erläuterte Karl. „Es Erna hat im Kreuzworträtsel so ä Bildungsreise gewonne. Fer umme.“

„Ah so“, sagte die Dozentin.

„Dadrum gehts abber aach gar nit“, erläuterte Karl.

„Um was geht es dann?“, fragte Finchen. „Ich habe wenig Zeit.“

„Ei, der ganze alde Krempel in Florenz hat misch so begeistert, dass isch misch bei Dir als Gasthörer anmelde wollt.“

Finchen ließ entsetzt den Kugelschreiber fallen.

„Nä Quatsch“, beruhigte sie Karl. „Des war nur ä Schpässje.“
„Uff“, stöhnte die Dozentin erleichtert. „Also was willst du?“
Karl legte das Foto von der hässlichen Fratze auf den Tisch.
„Des is es Fodo vum äänzische eschte Gudebersch-Porträä, dess wo es jemals gebbe hat!“

Finchen lachte arrogant. Karl legte das Foto von der Bildrückseite auf den Tisch. Das Foto mit dem Fehldruck von 1454. Finchen hörte auf zu lachen.
„Das ist die Gutenberg-Bibel“, sagte Finchen und holte aufgeregt ihre Lupe. Dann warf sie die Lupe weg und schrie durchs Büro: „Das ist die 42-zeilige Gutenberg-Bibel von 1454. Woher hast du diese Fotos?“
„Saach isch nit. Moin Mandant lescht Wert uff Diskretion!“
„Dafür bist du ja der richtige Mann“, sagte Finchen spitz.
„Isch will nur wisse, was son Porträä wert iss.“

„Wenn es so ein Porträt gibt, dann hat es einen unschätzbaren Wert. Zum Vergleich: Die Gutenberg-Bibel wird heute mit über zehn Millionen Euro bewertet. Und erst der Imagewert für die Stadt Mainz! Gutenberg ist auf der ganzen Welt berühmt. Millionen Touristen würden nach Mainz kommen, um dieses Bild zu sehen.“
„Unn wie kann mer nachpriefe, ob dess escht iss?“

„Wenn man die Zeichnung findet, kann man feststellen, wie alt sie ist. Man kann die Zusammensetzung des Papiers, der Druckfarbe, des Rötels untersuchen. Man kann heute mit chemisch-physikalischen Methoden fast alles analysieren und bestimmen.“
„Dange. Dess is alles, was isch wisse will. Tschee, machs gut.“

Karl war keine fünf Minuten zu Hause, als auch schon das Telefon klingelte. Josephine-Auguste Mahlzahn wollte unverbindlich zu einem Kaffeeplausch vorbeikommen.
„Finsche“, sagte Erna. „De Karl macht sisch grad ferdisch fer zum Bobbesdogder zu gehe. Wesche soine Hämoirhidde! Inzwische isses mit de Hämoirhidde so weit, dass er beim Kacke so rode ...“

Erna konnte Finschen genauso wenig leiden wie Karl. Josephine-Auguste Mahlzahn kam aus einem vornehmen Wiesbadener Elternhaus und war absolut unfähig, mit einem Nichtakademiker drei vernünftige Sätze zu reden. Als Hochschullehrerin war sie eine Katastrophe. Sie war absolut unfähig, über den Zaun ihres wissenschaftlichen Schrebergartens hinauszublicken. So erzog sie auch ihre Studenten.

Privat machte Mahlzahn das Gleiche. Ihr Hobby war moderne Kunst. Deshalb hatte sie in der Kunstszene einen guten Ruf als geschwollene Festrednerin auf blödsinnigen Vernissagen.

Und jetzt konnte sie nicht mehr schlafen. Vor ihrem geistigen Auge sah sie eine Weltsensation. Prof. Dr. Mahlzahn enthüllte das weltweit einzige authentische Porträt des Erfinders der Buchdruckerei, Johannes Gutenberg. Sie gab dem weltberühmten „Man of the Millennium" ein Gesicht. Und glänzte in dessen Ruhm. Und hielt vor der verblüfften Fachwelt hochwissenschaftliche Vorträge in Berlin, Paris, London, New York.

Mahlzahn bekam Jagdfieber. Zuerst einmal ging sie mit ihrem Anwalt essen. Es ging um die juristischen Grundlagen bei der Suche nach alten Kunstwerken. Der Anwalt war aber nicht nur der Haus- und Hofjurist der Handkäsmafia, sondern auch das anerkannt größte Tratschmaul von Mainz. Ruck zuck waberten Gerüchte durch die Stadt. Ruck zuck „lubberten" auch merkwürdige Typen um die Detektei Napp und Dickmilch herum. Daran war Detektivgehilfe Franky schuld.

Der Bock als Gärtner: ein Hells Angel als V-Mann

Spargel-Tarzan Franky stemmte im Fitness-Center 5-Kilo-Kurz-Hanteln und bewunderte sein Spiegelbild. Rechts daneben stand Izetbegovic, genannt „Terminator". Der Terminator pumpte seine 45er Oberarme mit 25 Kilo schweren Kurzhanteln auf. Links neben Franky stand Ergün mit 35-Kilo-Hanteln und tat das Gleiche. Ergün hieß nur „das Tier", was drei Gründe hatte. Erstens stemmte er beim Bankdrücken tierische 180 Kilo, wobei er zweitens immer animalische Kampfschreie ausstieß. Drittens hatte er eine tierisch robuste Leber. In den letzten Jahren hatte er zentnerweise Muskelpillen gefressen und immer noch keine Leberzirrhose. Zwischen den beiden Schränken sah Franky in der Mitte aus wie ein Strich. Deshalb nannten ihn alle nur „de Schparschel".

Nach den Bizeps-Curls drehten sich die drei um, verschränkten die Arme und sahen voller Verachtung in die andere Hallenecke. Dort brüllte eine Fitness-Trainerin ins Mikrofon: „Left-Right!"

Dabei rannte sie auf der Stelle. Immer, wenn sie mit dem rechten Fuß aufkam, schlug sie eine linke Gerade in die Luft und umgekehrt. Sie trug eine schicke Tarnhose und ein schickes Tank-Top in modischer Tarnfarbe über dem freien Bauchnabel. Vor ihr hüpften dreißig Idioten nach Kommando und schlugen gleichzeitig Löcher in die Luft. „Army-Drill", militärisches Konditionstraining, war schwer modern. Die Trainerin brüllte jetzt: „Up-down!"

Im Takt machten die Idioten Liegestützen und ließen sich nach Feldwebelart anbrüllen.

„Alles totale Scheiße", sagte der Terminator. „Diese neue Fitness-Scheiße ist voll für den Arsch!"

„Genau", sagte das Tier und schnallte den Kraftgürtel um: „Bank-drigge isse immer noch Königsdissiplin in Boddibilding!"

Spargel und Terminator packten Gewichte auf die Langhantel und stellten sich dahinter. Das Tier legte sich darunter, hob die Hantel, ließ sie langsam auf die Brust sinken und stieß sie mit einem tierischen Schrei nach oben: „Uuuuaaaarrrh!"

Terminator: „Eij, Frängie, an was ferm Fall schaffsten grad?"

Franky schob seinen Kaugummi in den Mundwinkel: „Ich schwör dir, Alter. Wir sind gerade einer megamäßigen Sensation auf der Spur. Es geht um ein uraltes Bild. 550 Jahre alt."

„Och jo?"

„Genau. Ein Bild von Gutenberg. Paar Millionen Euro wert!"

„Voll grass eij!"

„Uaaaarrrhhh!", brüllte das Tier.

„Up-down!", schrie die Trainerin.

Das Tier und der Terminator waren zwei nette Kerle. Aber weil die Army-Fitness-Trainerin so brüllte, sprach Franky lauter als üblich. Deshalb hörte ein dubioser Bodybuilder und Türsteher mit, der sofort eine grandiose Idee hatte. Statt mit Ecstasy, Koks und Anabolika, beschloss er, könnte man ja auch mal versuchen, mit alten Kunstwerken Kohle zu machen. Außerdem machte er gerade bei den Hells Angels eine Ausbildung als Rockerlehrling.

Der Rocker-Azubi verließ das Fitness-Center, setzte sich auf seine Maschine und brauste in die Zanggasse zu einer Eckkneipe. Bei den Hells Angels gibt es keinen bestimmten Zeitrahmen, in dem ein Lehrling zum Gesellen befördert wird. Beförderungen werden nach Eignung erteilt. Deshalb machte der eifrige Stift bei seinem Vorgesetzten Meldung.

„Hör mal, Kai. Ich hab da was gehört."

Kai hörte seinem Azubi zu. Kais Vater hatte mit Antiquitäten gehandelt, von daher hatte er Ahnung. Mehr noch, er witterte das Geschäft seines Lebens.

„Bleib da dran", sagte Kai. „Sofort! Ab jetzt!"

„Mach ich", sagte der Azubi stolz. Kai gab ihm ein Bier aus.

Kai war ein Mann, wie es viele gibt. Allein eher harmlos, wurde er gefährlich, sobald er zu einer Gruppe gehörte, weil er dann den dicken Max markierte. Weil er den ganz dicken Max markieren wollte, ging er zu den Hells Angels. Zuerst machte er Drecksarbeiten, holte seinen Chefs Zigaretten und Bier oder putzte ihre Motorräder. Weil er nicht dumm war, wurde er fix Full Member, dann Secretary. Er wurde sogar eine Art Schriftführer, zuständig für den Kontakt mit auswärtigen Engel-Abteilungen. Das Leben bei den Hells Angels gefiel ihm. Von oben bekam er klare Anweisungen, und nach unten konnte er die Neuen schikanieren. Am besten gefielen ihm Männer, die ängstlich die Straßenseite wechselten, wenn er in seiner Kutte ankam.

Ansonsten lief es weniger gut. Zur zivilen Tarnung gründete er eine Gartenbaufirma. Seine beiden Mitarbeiter hießen „Zerstörer" und „Headbanger". Zerstörer und Headbanger konnten Oleander nicht von Brennesseln unterscheiden, aber Gärten mit Motorsensen in Wüsten verwandeln. Ruck zuck häufte die Firma hohe Miese an, die Bank drehte den Hahn ab. Dazu kamen Kais langes Vorstrafenregister und ein laufendes Verfahren, das mit einer Gefängnisstrafe ohne Bewährung winkte. Kai brannte der Kittel.

Deshalb sah er nur noch einen Ausweg. Er stellte sich dem Landeskriminalamt als inoffizieller Mitarbeiter zur Verfügung. Das

LKA war begeistert, bezahlte ihn und animierte Kai zu Straftaten aller Art. So begann die Glanzzeit des „Chapter Mainz“. Unbelästigt von Polizei und Justiz durften die Rocker tun, was sie wollten. Das taten sie auch. Sie breiteten sich mit atemberaubender Geschwindigkeit in Mainz aus. Sie wussten nicht, dass das LKA ihr Klubheim in Ginsheim verwanzt hatte und Kai wie ein Wasserfall plauderte. Schon Wochen bevor die Herrn mit den Lederkutten bei einem Wirt auftauchten, wusste das LKA, wieviel Schutzgeld er zahlen sollte. Als das Klubheim eine neue Schließanlage bekam, hatte das LKA schneller den Generalschlüssel als der Präsident des Chapter Mainz.

Hennes Gensfleisch alias Johannes Gutenberg

Karl Napp schlurfte durch den schönen Mai, ging in die Gutenberg-Buchhandlung und legte sich auf die Lauer, bis er seine Lieblingsbuchhändlerin erwischte: „Ei Guude Frolleinsche!“
Die Buchhändlerin zog die Augenbrauen hoch. *Nicht schon wieder dieses primitive Ekel!*
„Frolleinsche, isch such ä Buch.“
„Herr Napp, welchen Konsalik wollen Sie denn?“
„Nix Konsalik. Isch such ä Buch ibber unsern Gudebersch.“
Überrascht zeigte sie ihm ein Buch über Gutenberg.
„Des hat abber viele Seite“, sagte Karl enttäuscht. „Da brauch isch ä halb Jahr, bis isch des gelese hab.“
„Das glaub ich“ , sagte die Buchhändlerin genervt. Schließlich fand sie ein Buch mit relativ vielen Bildern und wenig Text. Karl nahm es, verabschiedete sich mit einem schönen Frauenwitz und ging ins ‚Bistro Clou’ am Bismarckplatz. Zwischen Daddelautomat und Trara unterhielt er sich mit dem Wirt über den alten Gutenberg. Der war gerade Thema Nummer eins. Demnächst ging der Gutenberg-Marathon am Clou vorbei, da war immer volles Haus.
Kellnerin: „Warum mache mer dann nit ä Gudebersch-Menü? Gudebersch- Erbsworscht mit extra Werschtscher, drei Euro.“

Koch: „Was fer Werschtscher? Vum Rind odder vun de Wutz? Vum Metzjer odder vum Lidl? Korze dicke odder lange dinne?"
Karl: „Korz unn dick, der Fraue Glick, lang unn schmal, der Fraue Qual."
Kellnerin: „Dollbohrer!"
Wirt: „Ihr geht mer all uffs Arschloch! Mir schmiern 150 beleschte Gudebersch-Weck fer äns fuffzisch, Basta!"
Koch: „Unn wenn ä paar iwwerisch bleiwe?"
Wirt: „Dann fresse mer se selbst!"
Der Wirt kannte übrigens auch einen Gutenberg-Experten: „Fraach doch de Carlo, du Hutsimpel!"
Karl schlug sich mit der flachen Hand an die Stirn und ließ sich die Handynummer geben.
„Ei Guude Carlo. Isch bins, de Karl. Haste en Moment Zeit?"
„Hab ich."
„Wo bisten grad?"
„Im Biergarten vom Clou", rief Carlo und winkte zur Theke.
„Huah", grölten der Wirt und seine Stammgäste.
Carlo wickelte gerade per Handy Geschäfte ab: „Hallo, ich bins. Ich hab da gerade eine Kaffeekanne von 1880 an der Hand. Original Meißner Porzellan. Kann ich zum Freundschaftspreis von 200 Euro abdrücken. Nein. Keinen Scheck. Nur Bares."

Carlo war schon immer Geschäftsmann. Oft arbeitete er als Maler. Eigentlich war er Antiquitätenfachmann und vor allem Künstler. Er konnte Betonsäulen so anmalen, dass sie aussahen wie original Marmor aus Carrara. Deshalb war er sehr gefragt. Dem Mainzer Bauunternehmer Hohlblockfriedel hatte er einmal das private Domizil ausgemalt. Dessen Gattin bekam einen Tobsuchtsanfall, als sie das Gemälde sah. Frei nach dem Maler Courbet hatte er, 1,50 mal 2 Meter groß, ein weibliches Geschlechtsteil über das Ehebett gezaubert. Frau Hohlblock war entsetzt.
„Hast du was an de Erbs?", hatte sie gefragt.
„Ja, was willste dann? ", sagte Carlo stolz zur Hausherrin. „Iss doch ä schää Schnecksche, odder nit?"

Bundesweit berühmt geworden war er aber als Hausmeister vom ‚Rotkäppchen'. Das Rotkäppchen war das berühmteste Mainzer

Puff aller Zeiten. Offiziell war es ein Hotel. Eine Konzession als Bordellbetrieb war überflüssig, weil die zuständigen Behördenvertreter gute Gäste waren. Nicht nur sie. Die ganze Mainzer Handkäsmafia aus Politik, Wirtschaft, Fernsehwelt, Fassenacht und Kirche schunkelte im Puff. Auch auswärtige Delegationen auf Landes- und Bundesebene kamen gerne ins Rotkäppchen. Der hauseigene Callservice wurde sogar für Staatsgäste aus Afrika bemüht. Das Beste am Rotkäppchen war aber der Sado-Maso-Käfig gewesen. In diesem Käfig zu schaukeln, galt damals in Mainz als große gesellschaftliche Auszeichnung, mehr wert als ein Fassenachtsorden oder das rheinland-pfälzische Landesverdienstkreuz. Alle Männer aus den oberen Mainzer Kreisen litten unter sexuellem Gruppenzwang. Wer noch nie im Rotkäppchen war, der stand vor seinen wichtigen Freunden als langweiliger Spießer und unkollegiale Spaßbremse da. Wenn 1981 ein Taxi zum bischöflichen Ordinariat bestellt und der Taxifahrerin wortlos 60 Mark in die Hand gedrückt wurde, dann war klar: „Aha, der geile Kuttebrunzer will widder gepeitscht werde."
Auch die öffentlich-geschlechtliche Prominenz vom Lerchenberg war damals dicke dabei: „Gestern war isch im Rotkäppsche!"
„Unn, haste aach im Käbbisch gehockt?"
„Nä. De Tim Wölke unn de Tolf Röpperwien hadde de Käbbisch fer die ganz Nacht reserviert."

Statt einer Bordellkonzession hatte man ein leibhaftiges Hausschwein, das mit Kaviarresten gefüttert wurde. Frieda, so hieß die Sau, erfüllte auch ihre Aufgabe als Glücksschwein. Jedenfalls so lange, wie das Rotkäppchen in Mainzer Händen war. Als es an einen Kölner verkauft wurde, ging's die „Bachgass" runter. Der Bordellbetreiber beschiss seine Frauen und betrieb noch andere Geschäfte. 1985 stürmte die Polizei den Laden.

Beim Rotkäppchen-Prozess 1986/88 regierte zwischen Rathaus, Staatskanzlei, Dom und Lerchenberg die nackte Angst. Die ganze Handkäsmafia betete und kungelte, damit die berüchtigte Kundenkartei vom Rotkäppchen nicht auftauchte. Die Kartei hätte viele Karrieren rucki, zucki beendet. Wundersamerweise hielten alle Zeugen dicht.

Carlo, vor Gericht über seine Funktion im Rotkäppchen befragt, sah den Richter treuherzig an und sagte mit glaubwürdiger Stimme: „Herr Rischter, isch hab nur die Wutz gefüttert.“

Und jetzt hielt er einen fundierten Vortrag über Gutenberg.
„Hennes Gensfleisch wurde vermutlich um das Jahr 1400 geboren. Seine Familie gehörte zur Mainzer Hottwollee, den so genannten Patriziern. Die Patrizier waren damals das, was heute die Handkäsmafia ist. Schon mit Geburt bekommt man die richtigen Jobs in Partei, Stadtverwaltung, Fernsehen, Fassenacht ...“
„Jaja“, sagte Karl. „Isch verschteh, was de määnst.“
„Weil sich sein Name Hennes Gensfleisch so ähnlich anhörte wie Gustav Gans oder Fritz Fleischworscht nannte er sich vornehm Johannes Gutenberg. Ansonsten war er ein gerissener Geschäftemacher. Vor allem hatte er eine globale Vision. Er wollte mit Religion Geld verdienen.

Zunächst ging er nach Straßburg, weil seine Familie Geschäftsbeziehungen ins Elsass hatte. Dort lernte er ein paar Metallhandwerker kennen. Die hatten kein Geld, aber gute Ideen. Sie wollten religiöse Nippesfiguren für Wallfahrten herstellen. Religionstourismus war damals ein Riesengeschäft. Pfaffen gruben alte Knochen aus und behaupteten, das seien Überreste von Heiligen. Und wer zu heiligen Knochen pilgerte, der tat ein frommes Werk. Die Heiligen vergaben nämlich Sünden, wenn man ihnen Geld spendete. Und die Pilger kauften Nippes, damit die Alte zu Hause nicht fragte, wo sich der Alte wieder herumgetrieben hatte.“

Karl dachte mit: „Also so ähnlisch, wie es heit noch Wallfahrte nach Marpinge im Saarland gibt. Wo die Saarländer Jungfraueerscheinunge habbe, weil se zu viel Bit saufe?“
„Genau“, sagte Carlo und erzählte weiter: „Gutenberg war begeistert von diesem windigen Geschäft. Großspurig gründete er eine Firma für ‚Aventur und Kunst‘, begeisterte ein paar Geschäftspartner und machte sich ans fromme Werk: die Herstellung von Zinnspiegeln für die Wallfahrt nach Aachen, so genannte Aachener Spiegel. Schon damals zeigten sich seine großen Talente: Erstens

fand er Partner, um das finanzielle Risiko zu teilen. Zweitens beschiss er sie, um den Gewinn in die eigene Tasche zu stecken.

Zunächst einmal wurde das Geschäft ein Reinfall. Die Wallfahrt fiel wegen einer Seuche aus. Damals gab es dauernd Seuchen und die Menschen starben daran wie die Fliegen. Die hygienischen Verhältnisse waren beschissen, die medizinische Versorgung katastrophal, die Lebenserwartung niedrig und die Sterblichkeitsrate hoch. Deshalb spendete man der Kirche Geld und kaufte frommen Nippes. Und deshalb fiel man auch so leicht auf Geschäftemacher wie Gutenberg herein.

Gutenberg und Co. blieben wegen der Seuche auf ihren Nippesfiguren sitzen und die Gläubiger kratzten an der Tür. Gutenberg hatte jetzt ein Lager voll Zinnfiguren und viel Zeit zum Nachdenken. Da kam seinen Mitarbeitern - sie hatten ja gerade nichts zu tun - aus Langeweile eine neue Idee. Sie wollten fromme Texte maschinell herstellen.

Die Erfindung des Buchdrucks lag damals in der Luft. Es gab den Holzdruck. Man schnitzte ein Bild oder einen kurzen Text in Holz, pappte Farbe drauf und presste es auf Papier. Es gab auch schon Kupferdrucke, die technischen Grundlagen waren also bekannt. Statt Nippesfiguren, gossen Gutenbergs Edelzwicker Buchstabenstempel aus Metall, so genannte Lettern. Die Kunst dabei war es, gleichmässige Lettern herzustellen, die man zu Wörtern zusammenfügen konnte und in einen Rahmen stellen, der so robust war, dass er mit einer Presse aufs Blatt gepresst werden konnte. Lange mussten sie an der richtigen Zusammensetzung des Metalls herumtüfteln, die Lettern durften sich beim Drucken nicht abnutzen. Die richtige Mischung für die Druckerfarbe war auch ein Problem. Dazu kam noch die Konstruktion der Presse und vieler Einzelteile, die zusammenpassen mussten. Das alles war teuer und kostete viel Zeit. Gutenberg war ständig auf der Suche nach Geldgebern. Deshalb verlobte er sich mit einer Straßburgerin, die eine ordentliche Mitgift in Aussicht stellte. Aber kurz bevor es ernst wurde, machte er sich aus dem Staub. Eine geplatzte Heirat war damals eine große Schande für eine Frau. Gutenberg scherte sich nicht darum und ließ das Mädchen sitzen.

Er wusste jetzt, dass er in der Lage war, mit der Druckerei ein großes Geschäft zu machen. Zwischendurch verkaufte er doch noch die Aachener Spiegel und machte einen schönen Reibach. Aber halbe Sachen waren nicht sein Ding. Deshalb versetzte er nicht nur seine Verlobte, sondern beschiss auch noch seine Geschäftspartner. Jetzt hatte er wenigstens zwei Gründe, um von Straßburg wieder nach Mainz zu gehen.

In Mainz ließ er den guten Namen seiner Familie und deren Beziehungen spielen. Er belaberte so lange den Kaufmann Fust, bis der ihm Geld gab. Gutenberg baute mit Fusts Geld eine neue Werkstatt auf und wandte sich an die Kirche. Die Kirche hatte auch sofort einen großen Auftrag, nämlich den Druck von Spendenquittungen.

Damals zogen Ablassprediger durchs Land. Das waren Pfaffen, die den Leuten schlechtes Gewissen wegen ihrer Sünden einredeten. Wer Geld an die Kirche spendete, dem wurden die Sünden abgelassen, das heißt vergeben. Und als Beweis bekam der Sünder einen Ablasszettel, eine Spendenquittung. Die konnte er mit ins Grab nehmen und Petrus zeigen.

‚Geil', sagte Gutenberg und machte sich die Taschen voll.

Er druckte die Dinger und beschiss seinen Partner Fust bei der Abrechnung. Aber er wollte nicht nur reich, sondern auch berühmt werden. Deshalb wollte er die Bibel drucken. Im Vergleich zu den einfachen Ablasszetteln war das ein riesiges Projekt, das irrsinnig viel Zeit und Geld kosten würde, bevor die erste Einnahme in Sicht war. Um die Bibel zu drucken, kaufte Gutenberg nur das Teuerste vom Teuersten und produzierte unzählige Fehldrucke.

Hinzu kam sein geschäftsschädigendes Verhalten. Gutenberg benahm sich wie ein Meister vom alten Schlag. Er erklärte seinen Lehrlingen wenig, brüllte aber wie ein Stier, wenn sie etwas falsch machten. Außerdem hielt er sie mit Lohn und Essen sehr knapp. Deshalb machten seine Angestellten blitzartig die Biege, sobald sie ausgelernt hatten. Sie wanderten in andere Städte, eröffneten eigene Werkstätten und machten dem alten Schreihals Konkurrenz.

Etwa 1454 verkrachte sich Gutenberg mit seinem Geschäftspartner Fust, dem er viel Geld schuldete. Er verkrachte sich auch mit seinem Werkstattleiter, Peter Schöffer. Fust und Schöffer machten eine eigene Druckerei auf. Als sich Gutenberg endgültig mit allen Mainzern verkracht hatte, zog er hinüber auf die ebsche Rheinseite nach Eltville. Dort kaufte er sich einen Titel als Hofschranze des Erzbischofs und ging damit strunzen, bis er etwa 1468 starb."

Karl: „Hat er jetzt de Buchdruck erfunne, odder nit?"

„Dass er den Buchdruck erfunden hat, ist eine fragwürdige Behauptung. Wie so viele Erfindungen, hat auch der Buchdruck viele Väter. Aber kleine Handwerker tauchten damals nicht in kostbaren Dokumenten auf. Sicher ist nur, dass man wenig über Gutenberg weiss, ausser, dass er seine Partner beschissen hat."

Karl Napp: „Woher wäästen du so viel ibber den Borsch?"

„1976 war ich dicke im Antiquitätengeschäft. Bei einer Entrümpelung fiel uns ein Packen uraltes Papier in die Hände. Weil ganz Mainz versucht, mit Gutenbergs Namen Geld zu machen, haben wir das auch getan. Wir haben einzelne Blätter der Gutenberg-Bibel gefälscht und als Originale verkauft."

Karl gab Carlo noch einen aus. Immerhin hatte er sich soeben erspart, ein ganzes Buch lesen zu müssen. Carlo versuchte noch, ihm ein Buch über Gutenberg aus dem Jahr 1823 zu verkaufen. In Schweinsleder gebunden. Echte Rarität zum Freundschaftspreis.

„Nä Dange", sagte Karl. „Isch les nur Bild unn Kicker."

Die Hells Angels: der erste Versuch

Während Karl Napp Nachhilfeunterricht in Sachen Gensfleisch nahm, machten die Hells Angels erste Nägel mit Köpfen.

Der Zerstörer stellte seine Maschine in der Zanggase ab, stiefelte in die Kneipe und grüßte seinen Vorgesetzten.

„Wo ist Headbanger?", fragte Kai.

„Der beschattet schon den ganzen Tag diesen Karl Napp."

Kai sah auf die Uhr: „Dann lös ihn ab, du Arschloch!"

Zerstörer fuhr schlecht gelaunt zum Bismarckplatz. Headbanger stand sich schon seit Stunden die Beine in den Bauch.

„Na endlich“
Zerstörer übernahm die nächste Schicht und fragte schlauerweise: „Wie sieht denn dieser Karl Napp aus?“
„Klein, Bierbauch, Mitte fünfzig, trägt eine Nullfümferkappe. Karl Napp, der Mann mit de Kapp, haha.“
„Alles klar“, sagte Zerstörer schlecht gelaunt und wartete, bis ein kleiner dicker Mann mit Fußballmütze aus der Kneipe kam. Nach zwei Stunden kam er, Zerstörer folgte ihm. Als der Mann in eine Ecke pinkelte, schnappte er ihn.
„Eijh! Wo ist dieses scheiß Gutenberg-Bild?!“
Der Mann war betrunken und verstand gar nichts. Weil er aber Angst hatte, zog er seine Brieftasche heraus und gab sie dem Rocker. Zerstörer schlug ihm mit dem Handrücken auf den Mund, damit die Lippe platzte. Der Betrunkene blutete jetzt, wusste aber trotzdem nicht, wo dieses Bild war.
Zerstörer schlug ihm mit dem Handballen von unten gegen die Nase, damit sie brach. Es knackte, der Mann hatte jetzt eine gebrochenes Nasenbein, wusste aber trotzdem nichts.
Zerstörer rammte ihm ein Knie in die Eier. Der Mann brach zusammen, krümmte sich vor Schmerzen, wusste immer noch nichts. Zerstörer trat ihm wütend in die Rippen, schnappte die Brieftasche und fuhr zu Kai.
„Karl Napp weiß nichts“, sagte er, bestellte ein Bier und wühlte in der Brieftasche. „Scheiße, kein Geld drin.“
Kai nahm ihm die Brieftasche ab, sah auf den Ausweis und schlug mit dem Handrücken auf Zerstörers Mund, damit die Lippe platzte. „Du Vollidiot hast den Falschen zusammengeschlagen!“
Es gab in Mainz noch mehr kleine dicke Männer mit Nullfümferkappen, die aussahen wie Karl Napp. Der richtige Karl Napp saß immer noch im Clou und babbelte.
Am nächsten Tag hatten die Rocker keine Zeit für Karl Napp. Zerstörer hatte Schulden bei seinen Chefs und musste deshalb einen Supermarkt in Mainz-Kastel überfallen.

Das Flintenweib von Wallertheim

Franky peitschte seinen alten BMW auf die A63 Richtung Alzey, verließ mit 160 Sachen an Abfahrt Wörrstadt die Autobahn und machte eine Vollbremsung vor einem Ortsschild. „Wallertheim“, stand auf dem Schild.

Die Wallertheimer beäugten misstrauisch das Gefährt mit dem Mainzer Nummernschild. Ein alter, tiefergelegter BMW mit getönten Scheiben und extrabreiten Reifen. Noch merkwürdiger waren die Insassen: Der kaugummikauende, dunkelhäutige Fahrer mit der Sonnenbrille. Der kleine Dicke mit der Halbglatze. Der große Dicke mit Zigarre, Jägerhütchen und kläffendem Dackel. Sie fragten Passanten und fuhren im Schritttempo durch die Gassen. Einmal gaben sie sich als Antiquitätenhändler aus, die altes Gerümpel aufkaufen wollten. Dann als Mitarbeiter der Mainzer Fenstermafia, die Altbauten abklapperten, um neue Fenster, der neuen Wärmeschutzverordnung entprechend zu verkaufen. Deshalb fotografierten sie auch alte Häuser. Um Kunden den Unterschied zwischen vorher und nachher zu zeigen. Egal wie, jedenfalls kam ruck zuck eine Polizeistreife.

„Saach emol Kolleesch. Warum kontrollierstcn uns ibberhaupt?“

„Jemand hat uns angerufen. Ein verdächtiges Auto würde langsam durch den Ort fahren und Häuser fotografieren. Wahrscheinlich Mitglieder einer organisierten Diebesbande.“

„Alles rodscher“, lachte Herbert.

„Warum seid ihr wirklich hier?“, fragte der Polizist.

Franky: „Wir sind Immobilienmakler. Unser Mandant ist ein hohes Tier auf dem Lerchenberg. Er will sich einen schönen romantischen Bauernhof in Rheinhessen kaufen und ...“

„Dann haut besser ab“, sagte der Polizist. „Die Leute hier haben die Schnauze voll von diesen zugezogenen Fernsehfuzzis. Die bauen hier oder kaufen Häuser, weil’s billiger als in Mainz ist. Und dann meckern sie, weil der Misthaufen stinkt und der Hahn kräht.“

Die Polizeistreife fuhr wieder weg.

Es war merkwürdig. Die Zugezogenen und die jüngeren Wallertheimer kannten keine Katharina Weirisch.
Aber eine alte Frau blitzte böse mit den Augen: „Die Weirisch? Was wolle Sie vun der?"
Franky: „Ich bin Privatdetektiv. Frau Weirisch hat geerbt. Der Nachlassverwalter hat mich beauftragt, sie zu suchen."
„Isch kenn kä Kadarina Weirisch!", sagte die Frau.
Am Dorfende ackerte ein alter Bauer auf dem Feld herum.
„Gun Dach, isch such ä Fraa. Kadarina Weirisch hääßt se."
Der alte Mann spuckte auf den Boden und sagte: „Lass misch bloß in Ruh mit dem dreckische Flinteweib!"
„Isch will doch nur wisse, wo se frieher gewohnt hat!"
„Mach disch vum Acker!", zischte der Mann und fuhr mit dem Trecker ins Dorf.
„Irschendwas ist da faul", behauptete Karl. Er rief per Handy die Mainzer Polizei an und verlangte den alten Kollegen Binger Hansi.
„Bolizei Määnz, was gibts dann?"
„Hansi, du alder Schtaubsaucherpilot! Guck emol ganz schnell in de Kombjuder, isch brauch Informazione ibber Kadarina Weirisch aus Wallertheim."
„Warum willsten des wisse? Schaffste an eme neie Fall?"
„Babbel nit so viel, guck nach, unn ruf misch zurick!"
Sie gingen in die Dorfwirtschaft, bekamen aber nichts zu trinken. Kein Wunder, vor der Tür stand der Trecker. Drei Stammgäste sahen sie schweigend an.
„Mer mache jetzt zu", sagte der Wirt.
Karls Handy klingelte. Binger Hansi war aufgeregt. „Da iss was obberfaul, Karl. Die Weirisch hats gebbe. Vielleischt gibts die heit aach noch. Abber dess kann isch nit saache. Im Kombjuder iss en Schperrvermerk!"
„Sperrvermerk?", fragte Franky
Hansi: „En Schperrvermerk vum Bundeskriminalamt. Dess muss ebbes mit de Rode-Armee-Fraktion zu du habbe, odder so!"

Die Gutenberg-Imagekampagne: eine alte Druckerpresse

Derweil Karl Napps Ermittlungen an der Rote-Armee-Fraktion hängenblieben, ging es woanders in Sachen Gutenberg zügig voran.

Kultursponsor Brezelmüller terrorisierte noch ein wenig seine Untergebenen und begab sich auf Geschäftsreise. Er quetschte seine 120 Kilo in den knallroten Porsche, heizte zu Tonis Metzgerei und hupte so lange, bis er herauskam. Der stämmige Toni quetschte sich dazu. Zusammen füllten sie den Innenraum des Porsche aus, dass kaum noch eine Scheibe Brot hineinpasste.

Toni: „Du bist e halb Schtund zu schpät!“

„Das hol ich auf“, drohte Brezelmüller und trat auf das Gaspedal. Dann aber legte er eine Vollbremsung hin.

„Wassen los?“

„Ich hab den Experten vom Museum vergessen“, fluchte Brezelmüller. Er heizte zurück zum Gutenberg-Museum. Verzweifelt stand da ein blasser Doktor der Buchwissenschaft, Experte für historische Druckmaschinen. „Hallo, sind Sie ...?“

„Ja bin ich“, knurrte Brezelmüller, beleidigt, weil es in Mainz jemanden gab, der ihn nicht kannte. „Steigen Sie ein!“

„Wohin denn?“

Toni quälte sich aus dem Sitz. Der Wissenschaftler quetschte sich nach hinten in den Verdeckraum. Jetzt passte noch nicht einmal mehr eine Fliege ins Auto. Brezelmüller ließ den Motor aufheulen und die Reifen quietschen. Toni sah beeindruckt auf den Tacho. Er zeigte 180 an, rechts am Auto flog ein Schild mit Geschwindigkeitsbegrenzung 80 vorbei. Brezelmüller wettete um eine Flasche Schampus, dass er in einer Stunde in Würzburg sei.

„Schaffste nit, bei dem Verkehr.“

Brezelmüller trat das Gaspedal durch und gab Dauerlichthupe.

„Mir ist schlecht“, wimmerte der Wissenschaftler. Toni mampfte ein Fleischkäsebrötchen und reichte dem Wissenschaftler die leere Tüte nach hinten.

„Da, haste e Kotzdutt!“

Pünktlich nach 59 Minuten und 116 Verkehrsübertretungen standen sie in Würzburg vor dem Haus des bankrotten Druckereibesitzers. Der Wissenschaftler taumelte käseweiß aus dem Auto. Seine Knie zitterten.

Der bankrotte Exunternehmer zuckte zusammen, als er durch den Türspion spähte. Ein gedrungener Mann mit mächtigen Pranken und Unterarmen starrte ihn an. Er sah aus wie ein Metzger. Neben ihm stand anscheinend sein Chef. Etwa 1,70 m groß und 120 Kilo schwer. Er trug einen teuren Anzug und eine sauteure protzige Golduhr. Man sah ihm an, daß er in seinem Leben auch schon andere Dinge gehoben hatte als nur goldene Uhren. Kein Zweifel, vor der Tür warteten zwei Geldeintreiber der schlimmeren Sorte. Und dahinter stand eine merkwürdige Figur, bleich wie der Tod. Toni zog ein Geldbündel aus der Tasche und wedelte damit vertrauensvoll vor der Tür herum.

Brezelmüller rief in die Sprechanlage: „Herr Klüpfel, öffnen Sie. Wir kommen im Auftrag des Mainzer Gutenberg-Museums, um die Druckmaschine zu kaufen."

Klüpfel öffnete erleichtert und zuckte wieder zusammen, als ihm Toni die Hand quetschte. „Ei Guude, saach Toni zu mir!"

Der Exunternehmer führte sie seufzend zu seinem Schatz. Es tat ihm weh, sich von seinem besten Stück zu trennen.

Der Experte befummelte begeistert den alten Schrotthaufen. „Das ist eine original Druckerpresse aus dem 17. Jahrhundert."

„Unn es babbt noch kään Kuckuck druff", stimmte Toni zu.

Der Besitzer drückte dem Experten traurig eine Mappe in die Hand. „Hier ist das Zertifikat. Die Druckmaschine ist 350 Jahre alt, ein Unikat. Weltweit gibt es nur drei, die einen ähnlich großen historischen Wert haben. Ich habe sie damals ..."

„Iss in Ordnung", sagte Toni, „unn jetz mach uns en guude Preis!"

„Wieso Preis?", fragte Klüpfel verdattert. „Als Kaufpreis waren 50000 Euro vereinbart."

Toni zog Geldbündel aus den Taschen. Als echtes Mitglied der Mainzer Handkäsmafia besaß er keinen Geldbeutel, sondern nur silberne Geldringe, in die er gerollte Scheine steckte. Toni zählte laut 35 Tausend-Euroscheine ab und legte sie auf den Tisch.

„Isch geb der 35 Mill", sagte Toni. „Des iss so viel wie sieb-zisch-dau-send Mack. In bar."

Der Druckereibesitzer fing an zu schwitzen. Verzweifelt starrte er auf die Geldscheine. Man sah deutlich, was er dachte. Gläubiger jagten ihn, der Insolvenzverwalter stocherte in den Büchern, sein guter Ruf war dahin, und vor ihm lagen 35000 Euro in bar.
„50000 waren ausgehandelt. Diese Druckmaschine ist mindestens, mindestens 150000 Euro wert."
Brezelmüller zuckte mit den fetten Schultern. „Im Moment ist Rezession. Es gibt niemanden, der Ihnen 50 Mille zahlt. Kein Kultursponsor, kein Museum, niemand."

Toni spielte den Jovialen: „Horch emol. Isch bin en guude Kerl, mit mir kannste redde. Abber isch saach der ganz ehrlisch: Fer misch iss dess Ding nur en alde Haufe Schrott. Isch muss den Klumbatsch nit kaafe. Isch verkaaf moi Fleischworscht aach so. Isch brauch des nit, dass mer ääner uff die Schulder kloppt, nur weil isch jetzt son Kuldurschponser bin. Da kann isch aach druff scheiße unns Geld in de Puff traache."
Dem feingeistigen Druckmaschinenbesitzer stand der Mund offen. „Warum", stotterte er, „warum sollte ich so eine weltweit einzigartige Rarität für lächerliche 35000 Euro verkaufen?"
Toni zeigte mit dem Finger auf ihn und dann auf sich. „Weil du schtier bist unn isch nit."
„Was heißt denn schtier?"
Brezelmüller: „Schtier ist mainzerisch und bedeutet pleite."
Toni: „Also, was iss jetzt?"
„Nein!", zischte der Verzweifelte.
Toni steckte das Geld ein. „HaPe, mir fahrn widder hääm!"

Brezelmüller zuckte bedauernd mit den Schultern und ging mit Toni hinaus. Sie setzten sich ins Auto. Der Wissenschaftler protestierte entsetzt: „Ich fahre mit dem Zug nach Hause!"
„Babbel nit", sagte Toni.

Brezelmüller nickte grimmig und zerrte den Wissenschaftler ins Auto. Er drehte den Schlüssel nach rechts und ließ den Motor aufheulen. Blitzartig flitzte der arme Mensch aus dem Haus und stellte sich vor den Porsche. Brezelmüller drehte den Zündschlüssel nach links. Zu viert gingen sie wieder ins Haus.
„45000 Euro", sagte der Mann gepreßt.

Toni zog wieder die Geldringe aus der Hosentasche, legte Scheine auf den Tisch und bei 35 hörte er wieder auf zu zählen.
Der Mann war am Ende. „45000“, bettelte er.
Toni schlug ihm auf die Schulter. „Fünfedreißisch Mill“, sagte er und legte gönnerhaft 3000 dazu, „unn dreidausend schwarz!“
Der Mann war gebrochen: „Gut, aber bitte mit Mehrwertsteuer.“
„Babbel kä Blech!“

Toni strahlte ihn an und schloss nach Metzgerart einen Handschlagvertrag. Er hielt seine offene Pfote hin. Der Exdrucker schlug müde ein und gab Pfötchen. Toni schlug zu, dass es krachte.
„Siehste, mit uns kann mer doch Geschäfte mache, odder?“

Brezelmüller ließ ihn den Kaufvertrag über 50000 Euro unterschreiben und das Bargeld quittieren. Dann fuhren sie in die Stadt und gingen essen.
„Mir habbe grad 12000 Mill geschpart“, schmatzte Toni.
Brezelmüller: „Wenn alle Museen so verhandeln würden, dann kämen die Kulturpfeifen mit ihrem Etat locker über die Runden.“

Der Wissenschaftler verdrehte gequält die Augen. Er konnte immer noch nichts essen und schämte sich furchtbar, mit diesen Proleten an einem Tisch zu sitzen.
Toni rief Grieser an. Grieser flehte: „Toni! Isch bin gerade in der Haus-halts-de-badde!“
„Idiot!“, sagte Toni und legte auf. „De Grieser iss än Depp.“
Brezelmüller rief Nobby an: „Nobby. Wir haben gerade die alte Druckpresse für 50 Mille gekauft. Du kannst jetzt die Medienkampagne starten. Gib Gas!“
„Und jetzt?“, fragte der Wissenschaftler.
„Jetzt geh mer in de Puff!“, sagte Toni und verlangte die Rechnung.
Der Wissenschaftler sprang entsetzt auf. „Ich gehe jetzt zum Bahnhof! Ich fahre mit dem Zug nach Hause!“
„Selber schuld“, sagte Toni. „Isch als Gudebersch-Kuldurschponser hätt dir jetzt e schee Nummersche schpendiert, hähä.“
Der Wissenschaftler ging empört zum Würzburger Hauptbahnhof, die Kultursponsoren gingen „berschte“.

Terroristenmüller klärt auf

Karl fuhr zu seinem Schulfreund Müller, genannt „Terroristenmüller“. Er hatte mit Karl bei der Polizei angefangen, wechselte zur Kripo, und ging zum BKA, als das Amt zur Mammutbehörde ausgebaut wurde, um 20 Terroristen zu jagen. Karl fuhr ins Gonsenheimer Villenviertel, stoppte vor einem noblen Anwesen.

Die Gattin des Hauses öffnete: „Hallo Karl, setz dich einen Moment an den Pool, mein Mann hat heute seinen Sporttag. Möchtest du einen Kaffee?“

„Nä, lieber Bier. Kaffee iss schlecht fer moi Hämoridde.“

Karl plauderte und ließ sich aus Langeweile das Haus zeigen. Sehr gediegen. In riesigen Bücherregalen stapelten sich zentnerweise Bücher nach dem Motto: Die Juden sind an allem schuld.

Schließlich kam er. Müller sah auf Karls dicken Bierbauch und fragte: „Machst du keinen Sport?“

„Schport mach ich nit. Än Mann ohne Bauch iss än Krippel.“

„Haha“, sagte Müller und nippte Orangensaft. „Wie gefällt dir mein kleines Häuschen?“

„Ganz ordentlisch. Mit was ferm Geld hasten des bezahlt?“

„Das bezahlt der Steuerzahler“, erklärte Müller fröhlich. „Ich bin jetzt Funktionär bei der Nationalbolidischen Bardei Deutschlands. In Wahrheit bin ich ein hervorragend überbezahlter V-Mann für den Verfassungsschutz.“

Karl war baff.

„Alles Tarnung“, erläuterte Müller. „Privat wähle ich seit vielen Jahren Grün. Ich finde es zum Kotzen, dass mir die Frankfurter Flughafen AG sonntags dicke Flieger über meinen Pool schickt.“

„Wieso Verfassungsschutz, isch denk, du schaffst beim Bundeskriminalamt?“

„Hab ich auch. Aber nur bis 1992. Damals hatte die Rote-Armee-Fraktion klein beigegeben, die DDR gab es nicht mehr, linke Organisationen lösten sich auf und verschwanden in der Versenkung. Ich hatte nichts mehr zu tun. Also was sollte ich noch als Terroristenfahnder beim BKA? Deshalb bin ich zum Verfassungsschutz gewechselt. Der Verfassungsschutz hatte zwar auch

nichts mehr zu tun, setzte aber rechtzeitig aufs rechte Pferd. 16 Landesämter und das Bundesamt wetteifern heute darum, möglichst viele Spitzel bei den Rechten unterzubringen. Ein völliger Blödsinn. Eigentlich reicht pro Bundesland ein Beamter, der Zeitungsartikel ausschneidet. Aber dann wären hunderte Staatsschützer arbeitslos. Verfassungsschützer werden danach beurteilt, wie viele V-Leute sie anwerben. Und deshalb wird die ganze rechte Bande mehr oder weniger vom Staat finanziert."
Karl bestellte noch ein Bier.

Müller: „Katharina Weirisch war die Topterroristin von der RHF, der Rheinhessischen Befreiungsfront. Sie kam aus Wallertheim. Sie war die uneheliche Tochter des katholischen Pfarrers, der eine junge Kriegerwitwe getröstet hatte, eine arme Tagelöhnerin. Gegen lebenslängliche Verschwiegenheit über die Person des Kindsvaters zahlte die Alimentenstelle des Bischöflichen Ordinariats Mainz. Ein uneheliches Kind in einem katholischen Dorf war damals eine Katastrophe. Ihre Mutter wurde von vielen nicht mehr gegrüßt, Katharina blieb immer Außenseiterin. Zuerst studierte sie Kunstgeschichte in Mainz, dann wechselte sie nach Berlin. Westberlin war damals eine ungeheuer aufregende Stadt für ein Mädchen vom Land. Katharina verlor die Lust am Studieren und ihre Schüchternheit. Stattdessen entdeckte sie ihre Sexualität und die Politik. Sie verteilte Flugblätter, vögelte und diskutierte Nächte durch. Sie sammelte Verfahren wegen Widerstand gegen die Staatsgewalt und heftete sie wie Orden an ihre Brust. Nachdem man ihre Fingerabdrücke in einem gestohlenen Wagen gefunden hatte, der von der RAF benutzt worden war, wurde sie per Haftbefehl gesucht.

In Wallertheim auf der Post hing ihr Steckbrief. Mehrmals warfen Unbekannte ihrer Mutter die Fensterscheiben ein. Ich war jahrelang als Zielfahnder auf Katharina angesetzt. Ich weiß alles über sie. Ich habe mich viele Stunden mit ihrer Mutter, mit Verwandten, Bekannten und Freunden unterhalten. Musste ja schließlich so ein Persönlichkeitsprofil erstellen, wie das auf Neudeutsch heißt."

Karl schlug sich an die Stirn. Daher kam ihm Katharina bekannt vor. Von den Steckbriefen, die damals überall herumhingen.

„Das waren noch Zeiten“, schwelgte Müller. „Jede Woche gingen Hinweise bei uns ein, wonach Katharina an fünf Orten gleichzeitig gesehen worden war. Wenn wir Lust hatten, einen schönen Urlaub zu verbringen, haben wir einfach behauptet, jemand hätte sie in Kinshasa gesehen. Am nächsten Tag saßen wir dann im Flieger nach Kenia. Vierzehn Tage Dienstreise, um Spesen zu verjubeln. Zwischen Sex und Suff haben wir dann schöne Dienstberichte geschrieben. So was fiel damals gar nicht auf in der allgemeinen Hysterie. Für so einen Scheiß wurden wir sogar noch befördert. Schöne Zeiten waren das damals!“

„Des warn Scheißzeite!“, widersprach Karl.

Er erinnerte sich an unzählige Überstunden, in denen kleine Polizisten wie er damit beschäftigt wurden, die Papiere von langhaarigen Studenten zu kontrollieren und die Fahrgestellnummern von bunt angemalten Schrottkisten zu überprüfen. Und dazu kam noch die Angst, erschossen zu werden.

„Ja, ja“, maulte Karl. „Die Bolizei iss unnerbesetzt, die Kripo hat Schreibmaschine vun 1960, unn die Subberbulle vom BKA krien alles in de Arsch geblase.“

„So läuft’s Buisiness“, sagte Müller fröhlich. „Wie kommt überhaupt ein Privatdetektiv dazu, eine Exterroristin zu suchen?“

Auf diese Frage hatte Karl gewartet. Er erinnerte sich an den Idioten von der Uni.

„Isch hab än Mandant, der hat misch beufftracht, die Weirisch zu suche. Warum, wääß isch nit. Vielleischt kennt er die vun frieher unn hat Sehnsucht odder so. Iss mir egal. Bezahle dut er gut.“

„Wie heißt er denn?“

„Och, des iss son Professor Brotfressor vun de Uni. Mitte fuffzisch unn Dozent fer Soziologie. Helmut Schulte hääßt er.“

„Haha“, lachte Müller. „Alte Liebe rostet nicht, was?“

„Wieso alde Liebe?“

„Schulte war damals auch bei der RHF. Eine Zeitlang war er der Stecher von Katharina. Sie gab ihm aber den Laufpass. Deshalb hat er sie beim BKA verpetzt. Schulte war unser Spitzel bei der RHF. Weil er mit uns zusammengearbeitet hat, ist er nie verhaftet oder bestraft worden.“

„Och jo“, sagte Karl überrascht.
„Jo“, stimmte Müller zu. „Schulte war so ein typisches Arschloch. Den Revoluzzer spielen, weil’s modern war, aber ganz schnell die Genossen verpetzen, wenn’s gefährlich wurde. Andere durften damals keine Baumschullehrer werden, aber Schulte ist, wie du siehst, Uni-Dozent geworden.“
„Des iss jo ä Ding“, sagte Karl überrascht und dachte: *Miller wääß viel mehr, als er seet.*
„Ja, so war das“, sagte Müller und dachte: *Karl Napp stellt sich wie immer, blöder als er ist. Wie kommt er dazu, die Weirisch mit Schulte zu verbinden? Ausgerechnet!*
Karl: „Ja, unn wo find isch die Weirisch jetzt?“
„Weiß ich nicht“, log Müller. „Sie wurde damals geschnappt und zu einer langjährigen Haftstrafe verurteilt. Da gibt es immer zwei Möglichkeiten. Entweder sie hat ihre Strafe bis zum Schluss abgebrummt oder sie hat irgendwann ausgepackt, ist früher entlassen worden und lebt jetzt unter dem Schutz des BKA in einem anderen Land unter falschem Namen. Und selbst wenn ich das wüsste, würde ich dir’s nicht sagen.“
„Ach so“, knurrte Karl. „Dann saach mer wenischsdens, wo die Weirisch frieher in Wallertheim gewohnt hat.“
„Nicht schwer zu finden. Katharinas Elternhaus steht im Ortskern von Wallertheim, ein kleines Häuschen. Rechts daneben ist ein großer Winzerhof. Wir vom BKA haben damals jahrelang gelauert, ob Katharina vielleicht heimlich ihre Mutter besucht. Nichts da. Mutter ist gestorben, das Haus wurde an Fremde verkauft.“
„Aha“, sagte Karl und erzählte von seinem Italien-Urlaub, um Müller zu prüfen. Müller lachte und ließ sich nichts anmerken.
Karl verabschiedete sich mit: „Sieg Heil.“
„Es lebe die revolutionäre Rheinhessische Befreiungsfront“, rief NBD-Funktionär Müller fröhlich.
„Gut“, sagte Karl und setzte sich ins Auto. Er hatte bekommen, was er wollte: die Adresse des Winzers, in dessen Wohnzimmer das Originalporträt von Johannes Gutenberg hing.

Terroristenmüller dachte ein wenig nach. Im Zuge behördlicher Umstrukturierungen waren die alten RHF-Akten inzwischen beim rheinhessischen Amt für Verfassungsschutz gelandet. Müller war ein alter Hase mit dreißig Jahren Diensterfahrung. Wenn zwei geheimniskrämerische Behörden an einem Fall herumwursteln, ist es unwahrscheinlich, daß sie reibungslos zusammenarbeiten. Das Gegenteil ist die Regel. Meistens knorzelt jede Behörde vor sich hin und gönnt der anderen nicht die Butter auf dem Brot. Außerdem hatte Müller ein Herz für Not leidende Kollegen, die nichts zu tun hatten. Er rief beim Verfassungsschutz an und verlangte die beiden Beamten Heckler und Koch.

„Hört mal, da ist was im Busch. Ein alter Informant hat mir soeben mitgeteilt, dass die Rheinhessische Befreiungsfront aus der Versenkung aufgetaucht ist. Es muss eine aktuelle Verbindung zwischen Katharina Weirisch, dem Soziologen Helmut Schulte und dem Privatdetektiv Karl Napp geben."

In dieser Nacht lag Müller lange wach. Er fragte sich, ob der Soziologe Helmut Schulte immer noch so ein Schwätzer und Wichtigtuer wie damals war.

Männersoziologie

Schulte saß in seinem Büro und besprach eine Hausarbeit zum sauwichtigen Thema: „soziale Determination und Integration im Spannungsfeld fußballspezifischer Schichtungssoziologie".

„Für diese Arbeit kann ich dir keinen Schein geben. Das ist noch nicht einmal eine Vier minus. Du hast keinen einzigen soziologischen Fachbegriff verwendet."

Studentin: „Ich wollte in einer einfachen und klaren Sprache schreiben, damit jeder Leser versteht, was ich sagen will."

„Das ist lobenswert, genügt aber nicht dem wissenschaftlichen Anspruch", tadelte er.

Schulte wurde langsam nervös. Sie saß ihm gegenüber. Über der Tischplatte glotzte er in ihren Ausschnitt, unter dem Tisch zwischen ihre wippenden Beine.

„Besteht wissenschaftlicher Anspruch darin, einfache Sachverhalte und klare Zusammenhänge mit Fachchinesisch zu vernebeln?"
„So einfach kannst du das nicht sehen", ärgerte sich Schulte und starrte unter den Tisch. Sie streifte ihre Schuhe ab. Bewegung kam in seine Hose. Sie hatte zwei oder drei Mal mit ihm geschlafen.
„Deutsche Akademiker meinen immer, Fachbücher sind nur gut, wenn sie langweilig und geschwollen geschrieben sind."
Schulte sagte nichts. Er glotzte und schwitzte. Sie knöpfte ihr Kleid auf und legte die Brüste frei.
„Was tust du da?"
„Was tut sich bei dir da?", fragte sie und zeigte auf sein Gemächt.
Schulte fing an, zu stottern. „Die, die, die Tür ist nicht abgeschlossen. Wenn jetzt jemand reinkommt, dann ... !"
„... macht es die Sache nur spannender", sagte sie. Jetzt stand sie auf, stellte einen Fuß auf den Stuhl und hob zentimeterweise ihr knielanges Kleid hoch.

Schulte öffnete seinen Hemdkragen. Sie trug keine Unterwäsche. Hektisch zog er den Büroschlüssel heraus, wollte aufstehen und die Tür abschließen. Ruhig nahm sie ihm den Schlüssel ab, drückte ihn zurück in den Sessel und schob ihn nach hinten.
„Du bist wenig risikofreudig", tadelte sie, schlug ihm die Brüste um die Nase und öffnete seine Hose.

Dann drehte sie sich um. Sie stützte sich auf den Schreibtisch und wackelte mit dem Hintern vor Schultes Rüssel.
„Schulte. Dein aufgeblasenes Soziologengeschwätz steht in krassem Gegensatz zu deinem primitiven Sexualverhalten."
„Ich ... das ... das ... ist."
„Na komm schon, Schulte. Deine Vorlesung fängt gleich an. Da muss ich brav zuhören und alles mitschreiben, was mein Dozent so erzählt. Vor allem diese wichtigen soziologischen Fachbegriffe!"

Schulte grapschte aufgeregt an ihrem Hintern herum. Sie griff mit der rechten Hand zwischen ihren Beinen hindurch, schnappte seinen „Bibbes" und zog ihn an sich. In immer schnellerem Rhythmus klatschte sein schlaffer Dozentenbauch gegen ihren festen Hintern. Seine Finger fummelten an ihren Brüsten.

„Schulte, du bist du nichts anderes als eine riesige soziologische Differenz zwischen Anspruch und Wirklichkeit."

Schulte sagte nichts mehr, er grunzte nur noch. Er keuchte über ihren Rücken und sah, wie die Türklinke niedergedrückt wurde. Schultes Ehefrau und die Gleichstellungsbeauftragte der Uni stürzten herein.

„Du Schwein!", schrie seine Ehefrau.

„Das wird Folgen haben!", rief die Gleichstellungsbeauftragte.

„Ich bin verführt worden!", schrie Schulte und wachte auf. Immer wieder träumte er dasselbe. Immer wieder denselben Albtraum. Danach lag er stundenlang wach. Er wusste nicht, dass er bald noch ganz andere Sorgen haben würde. Die Verfassungsschützer Heckler und Koch hängten sich schon wie die Trüffelschweine an seine Fährte.

Bassemoluff: ein rheinhessischer Winzer

Detektiv-Azubi Franky fasste zusammen: „Wir haben die ehemalige Adresse von Katharina Weirisch. Wir haben auch ein Foto vom Winzerhof daneben. Wenn, dann hängt das Bild dort im alten Wohnhaus. Also müssen wir da rein."

Karl und Herbert sahen sich das Foto an. Das Haus war so vergammelt, dass es unbewohnt sein musste. Mit einem Anruf bei der Ortsverwaltung hatten sie Name und Adresse des Besitzers bekommen, ein Wallertheimer Winzer. Aber den durfte man nicht darauf hinweisen, dass er einen kunsthistorischen Schatz besaß. Sicherheitshalber verteilten sie schon das Fell des Bären.

Karl: „Mir schnappe uns des alde Bild vum Gudebersch, verkaafes fer ä Million Euro an die Stadt Määnz unn wern berühmt."

Herbert und Franky nickten.

„Isch krie 50 Prozent, weil isch de Scheff bin. De Herbert 35 Prozent, weil er de Herbert iss. Bleibe 15 Prozent fer de Frängie."

Herbert nickte, Franky maulte: „Warum krieg ich nur 15 Prozent?"

„Weil du de Jingste bist", brüllten Karl und Herbert im Chor.

Sie gingen verschiedene Möglichkeiten durch, um mit einem harmlosen Vorwand unauffällig in das alte Haus zu kommen:
1. Als Antiquitätenhändler das Haus durchstöbern.
2. Als Tagelöhner beim Winzer arbeiten.
3. Als Brandschutzversicherungsgutachter das Haus durchstöbern.
4. Als Makler getarnt das Haus begutachten.
5. Als Mitarbeiter der Denkmalschutzbehörde auftreten.
Unter verschiedenen Namen riefen sie beim Winzer an.

Erstens als Antiquitätenhändler. Der Winzer war nicht sehr kooperativ: „So Mausefallehändler komme mer nit ins Haus!“
Zweitens als Winzergehilfen: „Faulenzer, die nix schaffe wolle, hab isch schunn genuch!“
Drittens als Versicherungsgutachter: „Babbel kä Scheiß, den Heini vun de Versischerung, den kenn isch gut.“
Viertens als Makler: „Isch verkaaf nix. Such der än anner Dumme!“
Fünftens als Denkmalschützer: „De erste Drecksack vun Denkmalschützer, der aach nur ään Schritt in moin Hof geht, den schlaach isch kabutt!“, brüllte der Winzer und knallte den Hörer auf.
Karl: „Isch glaab, so komme mir nit weider.“

Der Winzer hatte im Lauf seines Winzerlebens eine gründliche Behördenallergie entwickelt. Das fing schon mit dem blödsinnigen deutschen Weingesetz an. Bürokraten schrieben ihm vor, welche Traubensorten er anbauen und wann er ernten durfte. Tagsüber schlichen die Tagediebe von der Berufsgenossenschaft über den Hof und mäkelten, wenn am Traktor das Schutzblech wackelte. Die Schurken vom Ordnungsamt schnüffelten in der Küche der Straußwirtschaft herum und verboten ihm, genügend Bierbänke aufzustellen, weil die Toilettenanlage angeblich zu klein war. Die Schergen vom Arbeitsamt machten aus der Beschäftigung polnischer Saisonarbeiter einen bürokratischen Hindernislauf. Einmal war er wegen Kinderarbeit angezeigt worden, weil sein kleiner Neffe im Wingert aus jugendlichem Überschwang die schwere „Bütt“ getragen hatte. Ein anderes Mal wegen Beschäftigung von Schwarzarbeitern, weil seine Tante in der Küche ausgeholfen hatte und keinen Gesundheitspass besaß, was ans

Ordnungsamt weitergeleitet wurde. Die Verbrecher vom Umweltamt hatten ihm eine Geldstrafe aufgebrummt, weil er ein paar trockene Zweige im Wingert verbrannte.

Auch nicht schlecht waren die zugezogenen Städter in Wallertheim. Gemeinsam hatten sie eine Bürgerinitiative gegen den Winzer gegründet. Anwälte und Gerichte wurden beschäftigt, weil der Winzer manchmal um 5 Uhr morgens und 23 Uhr abends mit dem Trecker durch den Ort brettern musste. Und völlig unerträglich fanden die Idioten den Geruch des Misthaufens. Der Winzer hielt einen Pferch voller Schweine, um seinen Gästen in der Wirtschaft gutes Fleisch zu servieren. Das alles störte seine Nachbarn, die das romantische Landleben genießen wollten. Natürlich meckerten sie auch, wenn jemand im Biergarten nach 22 Uhr zu laut lachte.

Aber der Schlimmste von allen war dieser Wahnsinnige von der Denkmalschutzbehörde! Der Winzer war ein Mann mit Prinzipien. Jemand hätte ihm eine Million Euro für sein Elternhaus anbieten können, der Winzer hätte nicht verkauft. Niemals! Nein, das Elternhaus musste brennen. Es würde abbrennen und anschließend würde er einen klotzigen Neubau hinstellen. Und zwar einen so hässlichen, dass den Denkmalschützer der Schlag traf. Wozu sonst hatte er einen Architekten als Schwiegersohn?

Der Winzer schnappte eine Kiste Riesling, Jahrgang 1976, und fuhr damit zu seinem Freund, der bei der Berufsfeuerwehr arbeitete.

„Bass emol uff! Wenn's in Wallertheim brennt, wie lang braucht en doin Löschzuch, bis der da iss?“

„Hmm“, sagte der Brandoberwachtmeister. „Wenn's unnerwegs än Platte gibt, dauerts e bissje länger.“

„Des wollt isch wisse“, sagte der Winzer.

Dann besuchte er den Brandversicherungsvertreter. „Bassemoluff! Du wollst doch silbern Hochzeit in de Straußwertschaft feiern?“

„Ei sischer, wo dann sunst?“

„Dann mach isch der än guude Preis unner Freunde.“

Mit dem Feuerwehrmann und dem Versicherungsvertreter fuhr der Winzer zu dem Fachwerkhaus. Der Feuerprofi war begeistert.

„Subber! Die Balke sinn forztrocke, die Bruchbud schteht voll alt Holzmöbel. Dess brennt wie Zunder!“

Anschließend hatten sie eine lange Sitzung im Weinkeller; geschlossene Gesellschaft. Und wenn sie schon dabei waren, machten sie einen festen Termin für den Brand. Heute Nacht, in genau 30 Tagen würde die alte Bude abbrennen. Weil alle drei beim Bund gewesen waren, kamen sie auf eine gute Idee: Sie holten ein Maßband, schnitten es bei 30 Zentimeter ab, wickelten es ganz klein zusammen, verschlossen es mit der Flamme eines Feuerzeugs und hängten es dem Winzer feierlich um den Hals. Punkt 0 Uhr nahm der Winzer sein Maßband, schnitt einen Zentimeter ab, verklebte die restlichen 29 wieder mit dem Feuerzeug. Jeder Zentimeter stand für einen Tag.
„Kaundaun läuft!", brüllte der Feuerwehrmann.
Und weil alle drei im Gesangsverein waren, sangen sie: „Feurio, im Dorf da brennt es! Feu-ri-oo!"

Die Rheinhessische Befreiungsfront: Der Kampf geht weiter!

„Das ist unsere Chance", sagte Heckler. Koch nickte.

Die Abteilung Linksradikalismus beim rheinhessischen Verfassungsschutz war ein armseliger Haufen. Die ganze Abteilung bestand nur aus den Beamten, Heckler und Koch. Intern wurden sie die „2-Zentimeter-Zwillingsflak" genannt, weil sie dienstlich davon lebten, mit Kanonen auf Spatzen zu schießen. Die Abteilung wurde ständig mit Etatkürzung bedroht, interne Gerüchte sprachen sogar von Auflösung. Aus Verzweiflung produzierten die beiden Aktennotizen, Hinweise und Spuren, die es nicht gab. Als Müller ihnen den Tipp mit Katharina Weirisch gab, sahen sie Licht am Horizont. Wie Ertrinkende klammerten sie sich an den Strohhalm RHF. Zuerst einmal bastelten sie ein schönes Flugblatt.

Genossinnen und Genossen!

Hier spricht das RHF-kommando katharina weirisch. Wir haben uns entschlossen, den bewaffneten kampf wieder aufzunehmen und die fackel des antiimperialistischen widerstands mit konkreten aktionen in die menschenverachtende fratze des globalen kapitalismus zu werfen.

RHF: Der kampf geht weiter!

Davon druckten Heckler und Koch 1000 Stück. Dann kauften sie Sprühdosen mit roter Farbe und pfiffen einen V-Mann herbei.

Der Verfassungsschutz verfügte über inoffizielle Mitarbeiter. In der Regel armselige Kreaturen, die sich in allen möglichen Organisationen tummelten. Von radikalen Tierschützern über harmlose Wohnwagenbewohner bis zu friedensbewegten Katholiken mit Nickelbrillen und Ziegenbärtchen. Für Geld und Straffreiheit schrieben die V-Leute langweilige Spitzelberichte. Je mehr sie dazudichteten, desto besser wurden sie bezahlt. Den Rest dichteten Heckler und Koch dazu, um ihre Abteilung am Leben zu halten. Sie drückten dem V-Mann Vorschuss, Sprühdosen und Flugblätter in die Hand. Dazu machten sie ihm etwas Angst wegen laufender Strafverfahren. Als geeignetes Zielobjekt suchten sie das neue Theater der Landeshauptstadt aus.

Für die Umgestaltung der alten Mainzer Ludwigsstraße zu einem Prachtboulevard gab es mindestens drei gute Gründe:

1. Die endgültige Ruinierung der Stadtkasse.
2. Den Gewinn des Wettbewerbs „unser Dorf soll schöner werden".
3. Endlich konnten niveauvolle Mainzer ihre Wiesbadener Freunde aus der Wilhelmstraße einladen, ohne sich schämen zu müssen.

Deshalb hatte man das putzige alte Theater mit einem protzigen Neubau aus Stahl und Glas in Form eines überdimensionalen Handkäses gekrönt. Um den Handkäse auch richtig zur Geltung zu bringen, holzte man gegenüber die alten Bäume am Gutenberg-Denkmal ab, damit der alte Gensfleisch nicht mehr dauernd mit Taubenscheiße vollgekackt wurde. Zwischen Gutenberg und Theater riss man den Asphalt raus und verlegte schicke helle Platten. Leider hatte sich niemand ernsthaft Gedanken darüber gemacht, ob die schönen Platten auch den Busverkehr verkrafteten. Taten sie nicht, sie brachen unter den Stadtbussen zusammen. Also riss man die meisten Platten heraus und goss wieder Asphalt über die Ludwigsstraße. Andere Platten waren monatelang verschollen, bis sich herausstellte, daß sie von China, wo sie hergestellt wurden, nach Sri Lanka geschickt worden waren, anstatt nach Mainz. Viele Mainzer schickten Bewerbungen als Stadtplaner ans Rathaus.

Begründung: „Isch bin kää Bauinscheniör, aber son Scheiß kann isch aach plane.“

Jetzt hatte man ein riesiges Theater, aber kein Geld mehr, um das Orchester zu bezahlen. Vermutlich musste bald der Musikzug von der närrischen Jocusgarde einspringen, wenn Oper und Operette auf dem Programm standen. Stattdessen hatte man aber - kostenlos - jugendliche Punker. Die hatten einen Riesenspaß daran, auf der Treppe vorm Theater herumzulungern. Dauernd kam die Polizei und versuchte sie zu verscheuchen.

Kurzum, Heckler und Koch konnten sich keinen besseren Platz aussuchen, um die alte RHF wieder zum Leben zu erwecken. Weil Großbaustellen niemals rechtzeitig fertig werden, fiel der Handwerker im Blaumann gar nicht auf. Er stieg dem Theater aufs Dach und legte ein Brett auf die Brüstung. Hinten stellte er einen Putzeimer voll Sand darauf. Im Eimer war ein kleines Loch, aus dem der Sand rieselte. Auf die andere Seite des Bretts war ein Kasten genagelt. Er war vorne offen und mit 1000 Flugblättern gefüllt. Nachdem der revolutionäre Handwerker verschwunden war, kippte das Brett langsam nach vorne. Allmählich segelten die Flugblätter, fielen wie ein Blätterregen über den schönen Ludwigsplatz und flatterten bis zum Dom. Ruck zuck gab es „Uffzüsch“. Passanten lasen die Flugblätter und drohten den Punkern. Die Punker pöbelten zurück. Dann kippte das Brett und krachte mitten zwischen die Punker. Es schlug senkrecht auf den Boden, sprang hoch und schlug einen Punker k.o. Der Putzeimer trudelte hinterher. Ein Krankenwagen kam und lud den Verletzten ein. Durch einen glücklichen Zufall hatte er nur eine Platzwunde. Eine Polizeistreife nahm den Fall auf und rief die Kripo.

Kommissar Mittelstedt, Kripo Mainz, las in seinem Büro Urlaubsbroschüren. Ihm gegenüber saß sein dicker Assistent und schmatzte laut ins Telefon. „Scheff!“

„Was?“

„Am Theader gebt's Uffzüsch. Die Rhoihessisch Befreiungsfront schmeißt mit Fluchblädder, Bredder unn Butzämer.“

Mittelstedt klappte die Zeitschrift zu und zog sein Jackett über. Der Assistent klemmte das halbe Mettbrötchen zwischen die dicken Backen, schloss das Brusthalfter und zog die grellrote Sportjacke über die Dienstwaffe. Zusammen stiegen sie in den Wagen und heizten in die Ludwigsstraße.

Vorm Theater machte der Assistent eine Vollbremsung und stieg aus. Schnurstracks stiefelte er in Cowboystiefeln in die entgegengesetzte Richtung. Er ging zur Eisdiele und kaufte vier Bällchen mit Waffel und Sahne. Damit stiefelte er zum Theater und fing an zu schlecken.

Kommissar und Assistent standen zwischen einer aufgeregten Horde Punker und einer Masse empörter Passanten. Neben ihnen standen Polizisten und wurden von beiden Seiten beschimpft.

„Scheiß Bullen“, schrien die einen.

„Vergase!“, forderten die anderen.

Viele Passanten hielten die bösen Flugblätter in den Händen und zeigten auf die Punker. Alte Menschen drohten den Grünhaarigen mit Gehstöcken. Punker hoben drohend Bierflaschen. Dazwischen stand Kommissar Mittelstedt. Kurz bevor die Situation eskalierte, setzte sich der dicke Assistent in Bewegung. Er ging auf eine Punkerin zu, die eine akustische Gitarre dabei hatte. Der Assistent drückte ihr das Eis in die Hand und hängte sich die Gitarre um. Dann schlug er drei Takte an und machte den berühmten Windmühlengitarrenschlag von Pete Townsend.

„Te-te-te toking baut mei Tscheneräschen!“, brüllte der Assistent.

Dann sprang er die Stufen nach oben und schrie: „Zings, zej du luck aufull kold!“, hämmerte er in die Seiten. „P-pi-pi piepel trei to teik as daun!“

„Toking baut mei Tscheneräschen“, schrien ein paar Punker mit.

Der Assistent gab alles. Er brüllte, schrie, tobte. Er raste die Theatertreppen auf und ab. Er quälte die Saiten. Er hob die Gitarre über den Kopf. Er warf sich auf die Knie.

„Toking baut mei Tscheneräschen!“

Plötzlich klatschten alle Beifall. Die ganze Ludwigsstraße tobte.

„Zugabe!“, forderten Punker und Passanten.

„Steht auf, wenn ihr Mainzer seid!“ , grölte der Assistent.

„Zu-ga-be!“, brüllten alle.

Als er „Heile heile Gänsje“ sang, gab es kein Halten mehr. Punker und Bürger lagen sich in den Armen. Alle waren miteinander versöhnt, schunkelten und hatten sich lieb. Der schnaufende Assistent gab die Gitarre zurück und gab Autogramme.

Danach inspizierten die Kriminalen die Terrasse über dem Theater.

„Aha“, sagte der Kommissar, als er den Sandhaufen sah. „Woher kannst du eigentlich so gut singen?“

„Isch hab emol in ner Rockband geschpielt“, sagte der Assistent stolz. „Unn moin Bub, der iss noch besser. Der schpielt in ner Punkband. Iss e rischdisch Talent. Hat er vum Babba geerbt. Ehrlisch gesaacht hockt er aach immer vorm Theader rum, kifft unn sauft Bier. Abber isch wollt nit, dass es Uffzüsch gibt. Wär scheiße fer moin Bub. Wenn dem soi Kumbels erfahrn, dass isch bei de Bulle bin, dann iss er unne dorsch.“

Zurück im Präsidium schrieben die beiden einen schönen Bericht. Der Assistent hatte eine gute Idee. Er nahm ein Flugblatt und kopierte das Emblem der RHF. Dann schrieb er darunter: „Die Rheinhessische Befreiungsfront bekämpft den imperialistischen Diätfraß und das kapitalistische Zwangsdiktat der Promillegrenze. RHF. Der Kampf geht weiter!“

Dieses Fax schickte er an alle Dienststellen der Polizei. Damit trat er eine Lawine los. Dutzende Kollegen faxten Kampfblätter und verbreiteten über Funk hirnrissige Kommandoerklärungen. Der ganze Polizeibetrieb brach grölend zusammen. Der Assistent gluckste und legte die Füße auf den Tisch: „Was määnsten, wie lang dess dauert, bis die Wischdischtuer vom Verfassungsschutz angeschisse komme?“

„Höchstens eine Stunde“, sagte Mittelstedt.

Es ging schneller. Ruck zuck standen zwei humorlose Herren im Büro. Sie zückten sauwichtige Dienstausweise: „Rheinhessischer Verfassungsschutz. Der Fall wird Ihnen entzogen. Unsere Behörde übernimmt die Ermittlungen.“

Mittelstedt übergab ihnen alle Unterlagen. Das Fax spuckte gerade ein Papier aus. Der Assistent drückte es Heckler in die Hand.

„Hier ist das RHF-Kommando Freibier für alle. Ab sofort hat jede Gaststätte Hausmacher Wurstplatte anzubieten. Reaktionäre vegetarische Gerichte sind ab sofort gestrichen. Zuwiderhandelnde Gastwirte werden mit Steinbruch bestraft. Der Kampf geht weiter!"

Heckler und Koch konnten darüber nicht lachen. Sie schnappten alle Unterlagen samt Beweismaterial und verschwanden.

„Was fer zwää bleede Dippelschisser!", grölte der Assistent.

Im Büro schrieben Heckler und Koch abenteuerliche Berichte: „...die Vorgehensart des Flugblattanschlags trägt eindeutig die Handschrift der RHF. Trittbrettfahrer und Nachahmer als Urheber können daher mit an Sicherheit grenzender Wahrscheinlichkeit ausgeschlossen werden. Wir müssen davon ausgehen, dass die RHF wieder aktiv ist und weitere Anschläge plant. Brand- und Sprengstoffanschläge können unserer Einschätzung zufolge nicht ausgeschlossen werden. Sorgfältige Analyse von Schriftbild und Wortstellung des Flugblatts deuten auf die Urheberschaft des ehemaligen RHF-Mitgliedes Helmut Schulte hin. Wir beantragen daher Personen- und Telefonüberwachung und ..."

Und blitzartig kam wieder Leben in die verschlafene Abteilung „Deutscher Linksradikalismus". Heckler und Koch bekamen von oben grünes Licht und Personal zugeteilt.

Das Leben ist hart, aber ungerecht: Gut Holz!

„Fahren wir heute nach Wallertheim?", fragte Franky.

Karl und Herbert nickten. Da aber ging die Tür auf und die ewig rauchende Rosie mit dem endlos tiefen Dekollete stiefelte herein.

„Karl, Du musst misch heit Abend vertrete!"

Rosie war die beste Keglerin von Karls Kegelverein „Gut Holz". Aber Rosie war auch die Chefin der Bar „Chez Cherie" mit Puffbetrieb. Sie paffte Kette und sagte: „Drei Mädscher sinn ausgefalle. Die Ming hat die Gripp. Es Petra hat sisch vorgestern in en Freier verliebt. Die sinn nach Dänemark gefahre unn wolle heirate. Unn die Elke büffelt fer ihr Exame. Jetz fehle mir im Betrieb drei Schneckscher."

„Ja unn weider?", fragte Karl.

Weiterhin hatte Rosie heute Abend die Bude voll. Geschlossene Gesellschaft. Eine Mainzer Firma für Fenster und Bauelemente feierte ein Motivationsseminar für alle männlichen Mitarbeiter. Rosie konnte nicht weg. Sie konnte nicht kegeln. Sie musste sogar ihre Freundin Erna als Küchenhilfe engagieren.

„Gut Holz!“, schrien Karls Kegelbrüder und Schwestern.
„Alle Neune!“, brüllte die Nieder-Olmer Konkurrenz.

Karl nahm die Kugel in die Hand. Es war der entscheidende Wurf. Er war letzter Mann. Beide Mannschaften lagen gleichauf. Ein guter Wurf, und er wäre der Held des Abends. Ein schlechter Wurf, und „Gut Holz Mainz“ würde unzählige Biere und Schnäpse zahlen müssen. Karl konzentrierte sich. Es gibt Momente im Leben eines Keglers, die nur Kegler erleben können. Es geschieht selten, aber Karl spürte es. Seine Augen, der rechte Arm und die Kugel waren eins. Er hörte nicht den Lärm, und er spürte keine Nervosität. Er sah nur sich und die Neun.

„En dobbelde Quetscheschnaps“, sagte er.

Der Lärm verstummte. Jemand drückte ihm den Schnaps in die linke Hand. Karl trank. Binger Hansi nahm ihm das Glas ab. Karl gab Schups und Drall, und „bong“ lief die Kugel ihren Weg. Sie eierte nach links, schrammte haarscharf an der Bande vorbei und schickerte nach rechts. Sie lief langsam.

O Gott, dachten alle „Gut Holz“-Freunde. Aber irgendwann auf der langen Bahn wurde klar, dass es kein normaler Wurf war, sondern eine Gnade Gottes. In Zeitlupe eierte die Kugel gegen die Kegel. Die Kegel fielen in Superzeitlupe. Eins, zwei, drei, vier, und der fünfte wartete lange, bis er fiel. Er fiel gegen den sechsten und rempelte im Fallen den siebten an. Der siebte fing an zu wackeln, er wackelte und wackelte und wackelte, und dann fiel er um, gegen den achten. Der achte war ein zäher Hund. Nach einer Ewigkeit kippte er weg. Acht Kegel!

„Gut Holz“ hatte Freibier gewonnen. 16 Männer und Frauen stürzten sich auf Karl, hoben ihn auf die Schultern und brüllten und grölten aus Leibeskräften. Karl war der Held des Abends. Um 2

Uhr 30 warf der Wirt die letzten besoffenen Kegler raus. Karl Napp und Helene, die Frau von Binger Hansi.
„Moin Mann iss än Arschloch!“, lallte Helene, „weil er immer eifersüschdisch werd, wann er was gesoffe hat!“
„Wieso?“, fragte Karl. „Du hast doch gar nix mit annere Kerle.“
„Hab isch ja aach nit“, sagte Helene. „Moi Alder määnt des ja aach immer nur dann, wenn er was gesoffe hat.“
Helene gehörte zu der Sorte Frauen, die immer lustiger und lauter werden, je mehr sie trinken. Helenes Mann gehörte zu der Sorte Ehemänner, die genau das nicht leiden können.
„Doin Mann issen Dollbohrer“, sagte Karl überzeugt. „Der soll ja aach nix saufe, sondern uns häämfahrn!“
Helene: „Jetzt isser abber häämgefahrn, weil er besoffe, beleidischt unn eifersüschdisch iss!“
„Wass fer ä Arschloch“, sagte Karl.
Der Wirt setzte sie vor die Tür.
„Macht abber nix“, lallte Helene. „Isch fahr uns hääm.“
Karl gab ihr den Schlüssel. Helene stolperte zu seinem Auto, schloss mit Mühe die Tür auf und setzte sich ans Steuer.
„Gut Holz!“, sagte Karl und schlief auf dem Beifahrersitz ein. Er wurde wach, als er schrammendes Blechgeräusch hörte. Helene hatte irgendein Auto gestreift. Sie waren in Nieder-Olm auf der Hauptstraße. Helene bremste, und stieg aus.
„Nur Bleschschade“, sagte sie.
„Dann gehts jo“, meinte Karl.
„Isch hab en Zeddel unner de Scheibewischer gehängt“, sagte Helene. „Dann geh isch morsche hie unn bring dess mit dem Bleschschade widder in die Reih.“
„Iss rescht“, lallte Karl.
Am Ortsausgang musste Karl pinkeln. Als er zurückkam, war Helene eingeschlafen. Er bugsierte sie auf die Beifahrerseite und setzte sich ans Steuer. Er hielt sich ein Auge zu, um besser zu sehen. Am Ortseingang Groß-Winternheim hielt sich Karl immer noch ein Auge zu, aber ein Polizist mit der Kelle musste trotzdem auf die Seite springen, um nicht überfahren zu werden. Gleich vier Polizisten stürzten sich auf Karl. Aber das war Quatsch. Karl hielt

sich wieder ein Auge zu und erkannte, daß es nur zwei waren. Er bot ihnen 500 Euro. Aber es waren ehrliche Polizisten.
„Gut Holz!“, rief Helene, als sie zur Blutentnahme in die Uni-Klinik gefahren wurden.
Als Karl um 4 Uhr nach Hause kam, war er beinahe nüchtern. Erna kam gähnend dazu. Sie brachte Lachsschnittchen mit.
Karl: „Wie wars?“
„Isch hab Häppscher gemacht, es vollgekotzt Klo gebutzt, versaute Pariser fortgeschmisse unn some Arschkrätzje uff die Fratz gehaue. Der war so vollgesoffe, dass er misch mit eme Barmädsche verwechselt hat. Unn bei Dir?“
‚Gut Holz‘ hat gewonne, unn mir habbe se grad de Führerschoi abgenomme.“
„Hutsimpel“, sagte Erna und legte sich ins Bett.

Geile Wurst: die Gutenberg-Metzgerei kommt ins Fernsehen

Alldieweil Karl Napp mit seinem ungerechten Schicksal haderte, gingen die Gutenberg-Kulturpolitiker in die entscheidende Phase. Grieser wählte die Nummer der „Määnzer Kuldurandau“, ein lokaler Fernsehkanal für kulturelle Nachrichten.
„Hier Dogder Grieser vom Schtadtrat. Vor mir auf dem Schreibtisch liegt eine Liste kommunaler Projekte, die aus Geldmangel geschtrischen werden müssen. Ganz oben auf der Liste schteht der Kulturkanal. Als Fraktionsvorsitzender und Dezernent hab isch ein bisschen Einfluss und könnte eventuell dafür sorgen, dass ...“
„Was sollen wir tun, Herr Doktor Grieser?“
„Wenn Sie einen schönen Beitrag über misch und den Kauf der alten Druckerpresse für’s Gutenberg-Museum machen, dann werde isch persönlisch dafür sorgen, dass bei Ihnen nichts gekürzt wird.“
„Das machen wir, Herr Doktor Grieser. Schnellstmöglich. Das wollten wir sowieso tun und ...“
„Danke“ , sagte Grieser und legte auf.
Nobby rief einen Genossen an, der einen wichtigen Posten beim Regionalfernsehen bekleidete, weil er Genosse war.

„Tschau, isch bin's. Sag mal, was ist denn bei euch los? Isch hab schon zwei Mal angerufen, damit das Fernsehen einen Beitrag und ein Interview mit mir macht. Wegen dem Kauf der Druckmaschine für das Gutenberg-Museum."

Genosse Fernsehfunktionär: „Mein Gott, Nobby! Das Gutenberg-Museum steht voll mit alten Druckerpressen. Wen soll das interessieren, ob jetzt noch so ein altes Ding dazugestellt wird?"

Nobby: „Deine Frau will doch für den Ortsbeirat kandidieren?"

„Natürlich. Du hast ihr erst vor zwei Tagen zu diesem Entschluss gratuliert. Wieso fragst du?"

„Weil deine Gattin ihre Kandidatur in die Tonne treten kann, wenn du keinen Beitrag über misch sendest. Verschtanden?"

Der Fernsehgenosse nahm die Füße vom Schreibtisch, stand stramm und schickte sofort einen Redakteur für die Vorbesprechung. Auch die Kultursponsoren waren begeistert.

Toni: „Subber. Des Fernseh-Inderview mache mir uff alle Fäll in de Gudebersch-Metzjerei."

Grieser und Nobby hielten die Luft an.

HaPe: „Das Interview machen wir am Gutenberg-Denkmal!"

„Wieso? Määnste, isch schäm misch, weil isch en Katzuff bin?"

„Du nicht", sagte HaPe. „Aber unsere beiden Kulturpolitiker."

Die beiden unverwechselbaren Marken nickten dankbar.

„Was bitte ist denn ein Katzuff?", fragte der Fernsehredakteur.

„Katzuff ist ein Mainzer Wort für Metzger", erläuterte HaPe.

„Aha", sagte der Redakteur verständnislos.

Toni: „Katzuff kimmt vun Katz uffschlitze. Des saache die alde Meenzer so, weil die Metzjer frieher, wenns nix anneres zu fresse geb hat, aach Katze geschlacht habbe. Verschtehste?"

„Ich verstehe", sagte der Redakteur angewidert. Er war Vegetarier.

Für das Interview ließ Nobby das Gutenberg-Denkmal reinigen, den Platz säubern und alle Punker wegjagen.

Erna fiel vor der Glotze aus allen Wolken. „Karl, komm schnell! Dess musste der angucke! Dess glaab isch ja nit!"

Karl flitzte zum Fernseher und fiel vor Lachen auf den Boden.

Die Moderatorin erzählte etwas von einer alten Druckmaschine, einer großen Koalition in Sachen Kulturpolitik und zwei selbstlosen Mainzer Sponsoren, die ein kulturpolitisches Fanal gezündet hätten. Es gehe um die großartige historische Tradition des Medienstandorts Gutenberg-Stadt.
Dann hielt sie Nobby das Mikrofon vor die Nase.

Nobby faselte etwas von „Fokussierung kulturpolitischer Signale mit globalen Visionen, auch und gerade in wirtschaftlich schwierigen Zeiten und blubber, blubber ..."

Dann Grieser, herausgeputzt wie ein Gockel: „Unsere Bardei ... Schulderschluss von Kommunalbolidig und mittelschtändischen Undernehmen ... Synergieeffegden zwischen christlichen Werden und kulturhisdorischem, gudenbergischem ... blabla."

Während Grieser sein Blech herunterleierte, hörte man im Hintergrund deutlich einen Passanten grölen: „Mir brauche kää alt Druckmaschin vum Gudebersch. Unn aach kä neies Theader. Mir wolle ä schää Schtadion fer die Nullfümfer!"

Danach babbelte Brezelmüller in seiner Eigenschaft als Vorstandssmitglied der Nullfümfer ein schönes Blech über Gutenberg, Kultursponsoring und Fußball. Dann schilderte die Museumsdirektorin den kulturhistorischen Wert der alten Druckerpresse. Und während all der Zeit starrte Toni begeistert in den Ausschnitt der Moderatorin.
Moderatorin: „Herr Geiz. Ist das ehrbare Fleischerhandwerk mit Kultursponsoring vereinbar?"

Toni: „Saach du zu mir, isch bin de Toni. Ei sischer iss des vereinbar. Isch zum Beischpiel eröffne jetzt grad ä original Gudebersch-Metzjerei mit Ringel Gudebersch-Fleischworscht nach aldem Meenzer Hausrezept vun 1454 fer nur 5 Euro."
„Huah!", grölte Karl Napp vor dem Fernseher und schlug sich brüllend auf die Schenkel.

Der Anwalt: das größte Tratschmaul von Mainz

„Mann, siehst du scheiße aus!“, sagte der Anwalt.

Er hatte Recht. Immer nach dem Pinkeln sah er in den Spiegel. Er sah wirklich miserabel aus. Noch vor drei Jahren war er der schönste Anwalt von ganz Mainz gewesen. Schlank, braungebrannt, die Haare zu einem eleganten Zöpfchen frisiert. Jetzt waren seine Haare gefärbt und der Zopf wurde immer dünner. Der dicke Kopf war rot, dunkle Ringe hingen unter trüben Augen. Um den Bauch herum schleppte er 20 Kilo Übergewicht, und seit Monaten hatte er immer wieder Herzflimmern. Noch nicht einmal zum Tennisspielen kam er. Er hatte drei Anwaltsgehilfinnen gekündigt, musste jeden Scheiß selbst machen und kam nur noch rechtzeitig, um in der Sauna brühwarm den neuesten Klatsch zu verbreiten. Er war das anerkannt größte Tratschmaul von Mainz. Das war aber auch der einzige Spaß, den er noch im Leben hatte.

Seit drei Jahren jagte ein Schicksalsschlag den nächsten. Zuerst hatte er sein Vermögen mit Ost-Immobilien verloren. Dann hatte ihn seine Frau mit dem Gärtner betrogen. Dann hatte er von seinem Schwiegervater Geld geliehen und im neuen Markt investiert. Der neue Markt war zusammengebrochen. Und jetzt kam die Wirtschaftskrise. Reihenweise gingen seine Mandanten bankrott oder zahlten das Honorar in lächerlichen Raten. Es war zum Kotzen.

Und zu allem Überfluss stand jetzt Karl Napp in der Kanzlei. Wie immer ohne Termin. Der Anwalt ließ sich in den Sessel hinter dem filigranen Louis-quinze-Schreibtisch plumpsen. Zwischen den Hemdknöpfen quoll der Speck heraus.

„Ei Guude, Herr Dogder!“, krähte Karl Napp und beugte sich über den Schreibtisch, um dem Anwalt die Hand zu geben. Dabei fiel ihm der Schlüssel aus der Brusttasche und machte einen schönen Kratzer in den Lack.

„Guten Tag, Herr Napp“, seufzte der Anwalt.

„Isch saach de Erna immer: Komm bloß nit uff die Idee, so ä deires aldes Schtück Möbel in die Schtubb zu schtelle. Ruck zuck iss en Kratzer drin unn alles am Arsch!“

„Was kann ich für Sie tun?“, stöhnte der Anwalt. „Haben sie wieder Anzeigen wegen Beleidigung am Hals?“

„Nää, Herr Dogder. Diesmal isses werklisch wischdisch. Die habbe mir, des misse se sisch emol vorschtelle. Also des war so. Isch war keschele, weil es Rosie nit konnt, unn dabebei ... alldieweil ... de Binger Hansi en Arschloch iss ... unn soi Fraa, es Helene, so vollgesoffe war, dass ...“

Der Anwalt spürte sein Herzflimmern. Wie immer war es schwer, aus Napps Geschwätz irgendwelche juristisch brauchbaren Informationen herauszufiltern. Entnervt blätterte er in der Mappe, die Karl mitgebracht hatte. Der Fall war in drei Sekunden klar: 2,5 Promille am Steuer, Beschädigung eines Fahrzeugs, Fahrerflucht, Beamtenbeleidigung, versuchte Bestechung.

„Was werd dann dess gebbe?“, fragte Karl vorsichtig.

„Inklusive ihrer häufigen Verfahren wegen Beleidigung und Erregung öffentlichen Ärgernisses im volltrunkenen Zustand gibt das, wenn der Richter gut gelaunt ist, Führerscheinentzug, zwei Jahre Fahrverbot, eine Geldstrafe, viele Stunden soziale Arbeit und eventuell Gefängnis auf Bewährung.“

„Dogder! Iss dess doin Ernst?“

„Ja“, sagte der Anwalt.

„Kann mer dann da nix mache, so irschendwie, isch mään ...“

„Sie müssen zwei Dinge tun. Erstens aufhören zu saufen, zweitens sofort zum Psychologen gehen. So was kommt bei Richtern gut an. Im Übrigen bekommen Sie den Unfug sowieso aufgebrummt.“

„Isch soll also gleisch zum Idiodetest?“

„Genau“, sagte der Anwalt.

„Dogder, kannste mir en Püscholoche empfehle?“

„Nein“, sagte der Anwalt. „Psychologen sind alle gleich. Es gibt nur sehr wenige, die für diesen anspruchsvollen Beruf geeignet sind. Ich jedenfalls kenne keinen.“

„Des iss alles fer de Arsch“, maulte Karl Napp. „Grad jetzt brauch isch moin Lappe dringend. Isch schaff grad an eme wischdische Fall. Da brauch isch en fahrbare Unnersatz.“

„An was arbeiten Sie denn gerade?“

„Ooch, es gibt da so ä aldes Bild, dess en Haufe Geld wert iss. Dess soll isch suche. Dogder, da geht's um Millione."

An diesem Abend gab der Anwalt in der Sauna einen zum Besten. Er ahmte Karl Napp nach, erzählte die Geschichte vom Führerscheinentzug und kam zur Pointe:

„Aber jetzt kommt das Beste: Ich hab doch neulich von diesem Gerücht über das Gutenberg-Bild erzählt, mit dem die Mahlzahn berühmt werden will. Es ist unglaublich, aber es gibt tatsächlich einen Mainzer Privatdetektiv, der hinter der Sache her ist. Und zwar der größte Hutsimpel von ganz Mainz: Karl Napp!"

„Hoho", grölten die nackten Männer in der Sauna. Einer aber lachte nicht. Er hieß Egon Erwin Kirsch und machte ganz lange Ohren.

Die Presse greift ein: der rasende Reporter Egon Erwin Kirsch

Egon Erwin Kirsch gehörte zu der Sorte Mainzer, die sich furchtbar dafür schämen, Mainzer zu sein. Seine Muttersprache hielt er für „ekelhaft vulgär", seine Heimatstadt für „grauenhaft provinziell".

Deshalb war er in seinem Beruf scheiße, Kirsch war nämlich Lokalreporter. Anstatt mit dem Außenminister um die Pyramiden zu joggen, musste er nach Mainz-Mombach fahren und den Vorsitzenden des Karnickelzuchtvereins interviewen. Anstatt mit einem Staatssekretär im Kempinsky zu tafeln, musste er mit den „Freunden des belgischen Rammlers e. V." Grillwürstchen mampfen. Und am peinlichsten fand er seine Eltern. Sie waren Schriftführerin und Kassenwart bei den Kleintierzüchtern. Kirsch war zu doof, um zu merken, dass es im Mombacher Vereinsheim lustiger war, als auf irgendeiner öden Außenministerkonferenz.

Um sich über solche furchtbaren Demütigungen hinwegzutrösten, hängte sich Kirsch wie ein Wiesel an die Mainzer Hottwollee. Sein größter Stolz war die Ehre, dass er als Stammgast in einer wichtigen Saunaherrenrunde geduldet wurde. Kirsch musste immer ganz unten sitzen und durfte den Aufguss machen.

Egon Erwin saß auf seinem Stammplatz zur Rechten des Chefs. Alle Jahre wieder, müssen sich Zeitungen Gedanken machen, mit welchem Unfug sie das Sommerloch ausfüllen sollen.

Eine junge Redakteurin meldete sich: „Ich denke, wir sollten ein wichtiges Thema aufgreifen. Die Stadt ist pleite, aber die MUB, die Määnzer Uffbaugesellschaft, zieht irrsinnige Projekte durch. Welche Beziehungen zwischen Lokalpolitik, Fassenacht und Bauwirtschaft sind hier sichtbar?"

Der Chefredakteur seufzte. Die MUB war eine Tarnorganisation der Handkäsmafia, also eine der heiligen Kühe, die in Mainz nicht geschlachtet wurden. Die MUB zu kritisieren, war so unmöglich, wie einen sauwichtigen Fassenachtsfunktionär wegen notorischer Arschgrapscherei zu belangen. Er war mit Fassenachtsorden zugehängt wie ein russischer General, weshalb die halbe Stadt vor ihm stramm stand. Weibliche Bedienungen nannten ihn nur „es Arschkrätzje". Er gehörte genauso zur MUB wie der ganz wichtige Lokalpolitiker, den selbst seine Parteifreunde nur „das Arschloch von Mainz" nannten. Und direkt darunter saßen die ganzen Berufsfassenachter, die kein Geld für ihre Arbeit bekommen durften, sondern Alibiposten in der MUB.

Chef: „Herr Kirsch, was meinen Sie als alter Hirsch?"

Kirsch röhrte: „Frau Dingsbums! Wir sind kein Revolverblatt, sondern eine seriöse Zeitung! Kümmern Sie sich um Ihre wichtige Seite ‚Modetipps und Trends.'

Chef: „Weitere Vorschläge?"

Eine Reporterin meldete sich: „Anscheinend breiten sich hier die Hells Angels mit höllischer Geschwindigkeit aus. Warum machen wir keine Serie über organisierte Kriminalität in der Stadt?"

„Erstens", sagte Kirsch, „weil wir hier in Mainz und nicht in Frankfurt sind. Zweitens können sie ja einen Krimi schreiben, wenn sie zuviel Phantasie haben. Aber bitte in ihrer Freizeit!"

Die Reporterin verzog das Gesicht. Dauernd wurde sie von Mainzer Krimiautoren mit Lokalkrimis bombardiert und sollte gute Kritiken schreiben. Manche dieser Hobbyschriftsteller waren ungeheuer lästig. Sie drohten sofort mit ihren wichtigen Verwandten und Bekannten, wenn sie keine Rezension bekamen.

Ein Jungreporter meldete sich mit seinem Lieblingsthema: „Der Kirche gehört seit über tausend Jahren halb Mainz und so benimmt sie sich auch. Wieso wird hier immer ein bestimmter Beerdigungsunternehmer gerufen, wenn jemand stirbt? Wieso ...“

Das fehlt noch, dachte der Chef und bellte: „Wieso kümmern Sie sich nicht um Ihre Arbeit? Sie haben den Auftrag, eine Reportage über Fassenachtsvereine im Sommer zu machen! Motto: Nach der Kampagne ist vor der Kampagne.“

„Schön, dann befrage ich Zeitzeugen zum Fassenachtspuff.“

„Meinen Sie das Rotkäppchen?“

„Nein, ich meine das andere Puff. Das von dem wichtigen Mainzer Fassenachtsverein mit den drei Buchstaben.“

Der Chef stöhnte gequält. Es hatte tatsächlich dieses Vereinspuff gegeben. Der Verein vermietete Appartements an Prostituierte und kassierte Provisionen für jede Nummer. Alle Mitglieder, Anhänger und Sympathisanten des Vereins bekamen Bumsrabatt. Es war derselbe Verein, der seine U-Boote in der MUB parkte. Über das Fassenachtspuff wollte die Zeitung aber nichts schreiben. Erstens aus Prinzip und zweitens wegen erstens, also wegen Arschkrätzje.

„Ich warne Sie!“, zischte der Chefredakteur gefährlich leise. „Also? Haben wir auch noch vernünftige Ideen?“

Abermals traute sich eine junge Kollegin zu Wort: „Alle Parteien reden von Reformen, aber keine kehrt vor der eigenen Haustür. Keine Partei mistet den eigenen Saustall aus.“

„Was meinen Sie denn, liebe Kollegin? Nennen Sie konkrete Beispiele: Fakten, Fakten, Fakten.“

„Der Fakt ist das Zweite Fernsehen Deutschlands. Für ein kurzes Interview in der Innenstadt setzt das Fernsehen zehn Mann in Bewegung, die sich zwei Tage lang herumdrücken, um Spesen zu kassieren. Moderatorin, Kameramann, Regieassistent, Aufnahmeleiter, Hilfsassistent, Oberkabelträger, Mittelkabelträger, Hilfskabelträger, Visagistinnen, um die Nasen zu pudern, Praktikantinnen und so weiter. Dafür wird die Innenstadt zwei Tage lang wegen Dreharbeiten gesperrt. Und dann erst diese Verwaltungsbürokratie! Es wimmelt nur so von ebenso überbezahlten wie überflüssigen parteipolitisch hofierten Fernsehfunktionären. Und ...“

„Und was?“, schnaufte der Chef, „wollen sie eigentlich sagen?“

„Ich will sagen, dass es auf dem Lerchenberg einen irrsinnigen personellen Überhang gibt. Wenn man die Hälfte entlässt, könnten die GEZ-Gebühren drastisch gesenkt, anstatt erhöht werden. Das interessiert jeden Leser und jeden Fernsehzuschauer.“

Jetzt platzte der Chefredakteur: „Kollegin! Was glauben Sie denn, wo wir hier sind? Wo sollen denn Mainzer Parteifürsten ihre ganzen Verwandten und Parteifreunde unterbringen, wenn nicht beim Fernsehen? Oder bei der MUB! Oder bei diesen ganzen anderen Abzockervereinen, von denen es hier nur so wimmelt!“

Ich muss kotzen, dachte die Reporterin wütend und stand auf.

„Bleiben Sie sitzen!“, sagte der Chef.

Der Chef wusste genau, was sie dachte. Deshalb bellte er: „Anstatt die Zeitung zu ruinieren, werden Sie Folgendes tun: Sie orientieren sich an der Arbeit des Kollegen Kirsch und machen eine handwerklich solide Reportage über Mainzerinnen und Mainzer mit ungewöhnlichen Berufen!“

Um Gottes Willen, dachte die Kollegin. Wenn sie irgendjemand nicht leiden konnte, dann den Kollegen Kirsch.

Kirsch: „Wir fangen sofort an und interviewen einen Mainzer Privatdetektiv. Ich interviewe, Sie recherchieren allgemeine Zahlen, Fakten und Hintergründe zum Detektivgewerbe in Deutschland!“

Erna Napp saß auf dem Balkon über dem Hauseingang, als ein Mann unschlüssig vor dem großen Messingschild stand: „Detektei Napp und Dickmilch. Nachforschungen aller Art. Eheliche Untreue, Industriespionage weltweit. Anruf genügt.“

Erna: „Suchste was Beschtimmdes?“

„Ich möchte zum Privatdetektiv Karl Napp.“

„Was willste dann vun dem Hutsimpel?“

„Ich bin von der Presse und möchte ...“

„Karl!“

„Wass?“

„Da iss son Borsch vun de Zeidung. Solle mer ne eroilasse?“

„Lass en eroi. Des iss Werbung, die wo nix kost.“

Erna wies ihm den Weg. Vorher aber stieß sie ihm gründlich Bescheid. Der Kegelklub hatte einen bunten Abend mit Verkleidungszwang veranstaltet. Alle Teilnehmer sollten sich als Huren und Priester verkleiden. Motto: „Die Kuttebrunzer im Rotkäppche.“ Aber die Zeitung hatte sich zur Weihnachtszeit geziert, eine Anzeige zu veröffentlichen. Aus lauter Angst, dass ein frommer Leser das Abonnement kündigen könnte.
„Das war bestimmt ein Irrtum“, behauptete der Reporter.
„Hoffentlisch“, drohte Erna. „Weil’s so schee war, mache mir dess nämlisch dies Jahr widder! Odder mir wechsele die Zeidung!“
Der Reporter ging die Treppe hinunter in den Keller.
„Bürro“ stand auf der Tür, und darüber stand in bunten Buchstaben „Karls blaue Lagune“. Es war Karls ehemaliger Partykeller.

Der Reporter klopfte, trat ein und bekam einen Hustenanfall. Im Büro stank es bestialisch nach Dackel und Zigarrenrauch. Dackel Rudi stürzte sich bellend auf den Knöchel des Reporters.
„Dess iss en eins a Jachthund“, erläuterte Herbert Dickmilch stolz.
„Setz disch“, sagte Karl Napp zu dem Reporter. „Willste ä Bier?“
„Lieber ein Wasser“, sagte der Journalist und setzte sich.
„Frängie! Bring uns drei Bier un ä Klickerwasser!“
Franky ging hinter die Theke an den Kühlschrank.
„Aus de Flasch odder brauchste ä Glas?“
Ein Blick auf die Gläser und Kirsch entschied sich für die Flasche.
„Prost.“

„Prost“, sagte der Reporter. Kirsch stellte die Flasche auf den klebrigen Tisch und spähte durch den Zigarrennebel. Es sah aus wie in einem schlechten Roman. Der ganze Raum war in Blautönen gestrichen. Couch und Sessel waren sicher vom Sperrmüll. Die Theke war aus Holzbrettern zusammengenagelt. Überall stapelten sich alte Zeitungen und Detektivgerümpel. Auf dem Regal thronten Kegelpokale. An der Wand standen ein alter Fernseher, eine alte Musikanlage und ein nagelneuer Computer.
„Unser EDV-Schpezialist schtellt grad die alde Karteikarte uff Computer um“, erläuterte Karl.
„Genau“, sagte EDV-Spezialist Franky stolz.
„Interessant“, log Kirsch.

Dieser Franky sah aus wie ein kleinkrimineller Vorstadt-Django. Dieser Dickmilch war groß und fett. Er sprach und hustete, ohne den Stumpen aus dem Mund zu nehmen. Der Chef war klein, dick und geschwätzig. Er trug Pantoffeln und ein altes T-Shirt mit der Aufschrift „Mainzer Kegelklub Gut Holz“.
„Also, isch bin de Karl. Was willsten wisse?“
„Sind Sie auf eine bestimmte Art Nachforschungen festgelegt?“
„Mir mache alles!“, sagte Dickmilch, trank und rülpste.
„Interessant. Welche Aufträge sind denn die häufigsten?“
„Meistens“, erläuterte Karl, „meistens gehts um die Mauserei.“
„Eheliche Untreue“, erläuterte Franky.
„Ah so“, sagte Kirsch, „verstehe.“
„Vor allem an Fassenacht“, sagte Dickmilch, „Fassenacht nutze die all aus. Männscher wie Weibscher.“
„Abber an Fassenacht“, sagte Karl, „an Fassenacht schaffe mer nix. An Fassenacht feiern mir Fassenacht.“
„Aha“, sagte Kirsch. „Ich habe schon mehrmals angerufen. Haben Sie eigentlich geregelte Öffnungszeiten?“
„Nää. Wenn isch do bin, bin isch do. Wenn nit, dann nit.“

„Soso“, sagte Kirsch. Sein geschultes Reporterauge fiel auf einen Stapel Bücher. Sie trugen das Kennzeichen der Stadtbücherei. Bücher über Gutenberg. „Recherchieren Sie auf dem Kunstmarkt?“
Herbert nickte: „Wenns soi muss, mache mir dess aach.“
„Arbeiten sie gerade an einem Fall?“
„Wir sind gerade ...“, begann Franky, aber Karl trat ihm ans Bein.
„Derfe mer nit saache“, erläuterte Karl.
Herbert: „Diskrezion werd in unserer Bransche groß geschribbe.“
„Verständlich“, stimmte Kirsch verärgert zu. „Ja gut. Ich glaube, das reicht erst mal für heute.“
„Was iss? Willste kän Foto vun uns fer die Titelseit mache?“
„Haha“, knirschte Kirsch. „Guter Witz. Nein. Ich komme dann extra noch mal, mit dem Fotograf.“

Vor allem aber beschloss Kirsch, den Privatdetektiv auf Schritt und Tritt zu verfolgen. Egal, wie angewidert er von Karl Napp und seinen Kumpanen war. Kirsch witterte die Story seines Lebens. Auch er wollte mit dem alten Gutenberg-Porträt berühmt werden.

Noch 22 Tage: Bassemoluff und sein Projekt-Manager

Als Kirsch weg war, fragte Herbert: „Musste heit zum Anwalt?"
Karl: „Nä"
Franky: „Gehst du heute kegeln?"
„Nää"
Herbert: „Gehste heit zum Idiodetest?"
„Näää!"
Sie wollten sich gerade ins Auto setzen, als Erna aus dem Fenster rief: „Karl! Fahr bei de Tante Elsbeth vorbei, hol die Marmelad!"
Karl: „Abber mir müsse doch dess alt Gudebersch-Bild ..."
„Babbel kä Scheiß, hol die Marmelad!"
Karl besuchte seine Tante Elsbeth in Mainz-Bretzenheim. Franky, Herbert und Rudi warteten daneben in der Kneipe, im „Tiffany".

Sie warteten eine Stunde. Tante Elsbeth war nicht nur alt, sondern auch schlau. Deshalb kochte sie für halb Mainz Marmelade. Erstens, damit sie etwas zu tun hatte, zweitens, damit sie Unterhaltung hatte, wenn die Marmelade abgeholt wurde.
„Ging nit schneller", sagte Karl und ließ ein Marmeladeglas fallen.
„Hutsimpel", sagte der Wirt freundlich.
Zur Entschädigung trank Karl ein Bier und schenkte dem Wirt ein Glas: „Aprikosemarmelad ess isch nit gern."
„Ich auch nicht", lachte der Wirt.

50 Meter weiter hatte Josephine-Auguste Mahlzahn ihren Leihwagen geparkt. Unter einer schwarzen Perücke spähte sie mit dem Opernglas ins Tiffany und fragte sich, ob das Gutenberg-Porträt in der Kneipe versteckt sein könnte. Das fragte sich auch der Rocker, der Karl Napp beschattete.

Franky sollte Landstraße fahren. Hinter Klein-Winternheim musste er nämlich anhalten, damit Karl eine wichtige Botschaft verkünden konnte: „Genau do habbe se mir de Führerschoi abgenomme."
„Alles rodscher", sagte Herbert und befahl: „Frängie, geb Gas!"

Zwischen Nieder-Olm und Wörrstadt, genau da, wo der schönste Hinkelstein Rheinhessens steht, da blieb der BMW stehen. Franky stieg aus und hängte die Nase tief unter die Motorhaube. Karl, Herbert und Rudi pinkelten an den Hinkelstein.

Aus sicherer Entfernung beobachtete Mahlzahn das Treiben und fragte sich, ob das Gutenberg-Porträt unter dem Hinkelstein vergraben sei. Das fragte sich auch der Rocker, der hundert Meter weiter parkte und so tat, als ob sein Motorrad kaputt sei.

Karl: „Warum lasst der Borsch nie Inschpektion mache?"

„Weil er dadefier kä Geld hat, dess Audo iss jo dauernd kabutt."

„Frängie, dauerts noch lang?"

Idioten, dachte Franky und schraubte die Zündkerzen heraus.

Karl spähte in die Landschaft. Ein Kilometer weiter stand eine einsame Tankstelle an der Straße: „Frängie, mir warte da vorne!"

An der Tankstelle kaufte Karl vier Dosen Bier.

„Brauchen Sie eine Tüte?", fragte die Frau an der Kasse.

Herbert: „Nä, dess Bier saufe mir gleisch!"

Nach dem sechsten Bier schraubte Franky immer noch herum.

„Schichtwechsel", sagte die Frau an der Kasse und ging zu ihrem Auto. „Ich mach jetzt Feierabend."

Herbert: „Mädsche, wo wohnste dann?"

„In Lörzweiler."

Franky fummelte an seiner Kiste herum, als ein Auto hielt und die Fensterscheibe heruntergekurbelt wurde. „Frängie, mir sinn in Lörzwiller, beim Haub. Hol uns ab, wenn de ferdisch bist!"

Herbert: „Wenn de die Sonnebrill abziehst, dann siehste mehr."

„Arschloch", sagte Franky.

Im „Weingut Haub" traf Herbert Bekannte. Sein alter Kumpel mit dem Holzbein war da, die nette Blonde mit der tiefen Stimme und ihr langhaariger Freund. Und dann kam ein Bus voller Pfälzer, die eine Tagestour durch Rheinhessen machten. Sie frassen, soffen und fingen an, zu singen: „Ein Jäger aus Kurpfalz, der reidet dorsch die Erbsesupp, unn schießt die Werschtscher raus, gleisch wie es ihm gefällt."

Karl, Herbert und Rudi sangen begeistert mit.

Karl: „Mit so Leit misst mer in die Toskana fahre. Da haste mehr Schpass als wie mit so bleede Wiesbadener!"
Herbert: „Unn jetzt alle: Ääner geht noch!"
„Ääner geht noch noi!", sangen die Pfälzer.

Gegenüber dem Weingut fragten sich drei Menschen, ob das alte Gutenberg-Porträt in Lörzweiler versteckt sei: Mahlzahn, der Rocker und Egon Erwin Kirsch.

Kurz bevor es dunkel wurde, kam Franky. Er war mit Öl versaut und meldete Abmarschbereitschaft: „Die Kiste läuft wieder."
Karl: „Jetzt hab isch kä Bock meh, fer nach Wallertheim zu fahre."

Franky setzte sich nüchtern zu einer Horde singender Menschen. Er dachte verzweifelt an das Gutenberg-Porträt. 15 Prozent von einer Million, das war genug, um seine Schulden zu bezahlen und einen nagelneuen BMW zu kaufen.

Als die Abendsonne den rheinhessischen Himmel in romantisches Rot tauchte, sangen die Betrunkenen: „Es gibt kein Bier auf Hawei, drum bleib isch hier."

Wallertheim, 20 Uhr 30. Der Winzer knorzelte immer noch im Wingert herum. Er wollte nicht nach Hause fahren, weil sein langweiliger Schwiegersohn zu Besuch war. Als es dunkel wurde, fuhr er doch nach Hause. Pech, der Langweiler war immer noch da.

Der Winzer seufzte und trank Riesling. Er hatte keinen Sohn, sondern vier Töchter. Deren Freunde und Männer waren allesamt Pfeifen. Die größte Pfeife war der Architekt. Der Architekt laberte, wie alle jungen Architekten labern. Er laberte von „Objekten" und „Projekten". Er war der Schrecken aller Handwerker, in der Praxis konnte er Beton nicht von Mörtel unterscheiden.

„Mein Konzept für das Sanierungsobjekt in der Gaustraße war so überzeugend, dass ich jetzt Projekt-Manager bin", sagte er stolz wie Oskar. „Mein Konzept war das Beste von 24 Konzepten und ..."

Der Winzer konnte es nicht mehr ertragen. Er boxte dem Schwätzer auf die schmale Schulter und hielt ihm ein Stück Karton unter die Nase: „Babbel nit so viel, guck emol!"

Es war ein abgerissenes Stück Weinkarton. Mit Bleistift war ein Grundstück aufgezeichnet und ein Haus hingekritzelt.
„Was ist denn das für ein Projekt?“, fragte der Architekt.
„Dess iss kä Projekt! Dess iss aach kä Objekt! Dess iss ä Haus!“
„Du darfst doch gar nicht bauen, wegen Denkmalschutz!“
„Bassemoluff“, sagte der Winzer, holte sein Maßband heraus und schnitt fröhlich einen Zentimeter ab: „In zwääunnzwanzisch Daach brennt die alt Bud!“
Der Architekt war entsetzt: „Das ist Brandstiftung! Das ist strafbar! Das ist Versicherungsbetrug! Das ist kriminell!“
Der Winzer boxte seinem Schwiegersohn in die Rippen: „Scheiß der nit ins Hemd, mach de Plan ferdisch!“

Helmut Schulte: ein intellektueller Gladbach-Fan

„Das ist unser Mann!“, sagte Heckler begeistert und tippte mit dem Finger auf eine Personalakte: „Hat beträchtliche Vermögenswerte geerbt. Behauptet, politisch links zu stehen. Entmietet gerade eines seiner Mehrfamilienhäuser, um mit Eigentumswohnungen höhere Rendite zu erzielen. Hobbys: Toskana, Rotwein, sexuelle Affären mit jüngeren Frauen. Familienstand: verheiratet mit einer wesentlich jüngeren Frau. Beruf: Dozent für Soziologie an der Uni Mainz. Name: Helmut Schulte.“

Helmut Schulte ging 1969 nach Berlin, um mit Mamis Taschengeld zu studieren und den Revoluzzer zu spielen. Schulte schrie immer am lautesten, wenn es nichts kostete, und lag immer mit Grippe krank im Bett, wenn es ernst wurde. So geriet er nie ernsthaft in Konflikt mit dem Staatsschutz. Nach ein paar Semestern war er bei seinen Genossen unten durch und kehrte zurück nach Mainz. Um sich auch hier wichtig zu machen, gründete er die revolutionäre Rheinhessische Befreiungsfront, die RHF.

Das war eine jener vielen linken Gruppen, wo viel geredet und wenig getan wurde. Gefährlich war die RHF nur für Mitglieder, die es wagten, einen Zentimeter neben der vorgegebenen Linie zu laufen. Dann wurden die „Abweichler“ so lange von der Gruppe terrorisiert, bis sie ihre Missetaten bereuten und wieder brav in Reih und Glied marschierten. Schulte spielte in dem Verein den Obermacker, weil er angeblich nicht nur Rudi Dutschke, sondern auch Andreas Baader persönlich kannte.

Der Spaß wurde Ernst, als die untergetauchte Terroristin Katharina Weirisch in Mainz auftauchte. Sie hatte eine Mission als politische Entwicklungshelferin, um die Fackel der Revolution von der Metropole in die Provinz zu tragen. Weirisch schlief ein paar Wochen mit Schulte und butterte ihn unter. Unter ihrem Einfluss radikalisierte sich die RHF. Sie nannte Schulte „Mamasöhnchen" und „Graswurzelrevolutionär", womit sie Recht hatte. Aus verletzter Eitelkeit verpfiff er sie an die Behörde. Die ließ das Ganze weiterlaufen und wartete mit dem Zugriff auf eine spektakuläre Aktion.

Zuerst wollte die RHF den Mainzer Bischof als verhassten „Repräsentanten des klerikal-faschistischen Systems" entführen. Weil das aber eine Nummer zu groß war, entführte sie zur Übung erst einmal den Dorfpfarrer von Wallertheim und verlangte für seine Freilassung ein symbolisches Lösegeld von einem Kasten Bier. Das war ein Fehler. Die meisten Wallertheimer waren froh, den geilen Bock endlich los zu sein. Vor allem die Mädchen hatten keine Lust mehr, von dem Kuttenbrunzer angegrapscht zu werden. Sie boten der RHF zehn Kasten Bier, wenn sie den Pfaffen lebenslänglich im Volksgefängnis festhielten. Verwirrt über diese Reaktion, ließ die RHF den Pfaffen ohne Lösegeld frei. Ab diesem Moment nahm niemand mehr die RHF ernst, das Schlimmste, was man Revolutionären antun kann. Wütend beschloss Katharina, eine Bank zu überfallen. Mit einem gestohlenen Trecker rammte sie nachts die Raiffeisenbank Wörrstadt. Von Polizeiwagen verfolgt, floh sie mit dem Bulldog aufs Feld und fand nicht den Lichtschalter. Mit dem Trecker stürzte sie in einen Hohlweg und verlor ihre Brille. Sie zog eine Pistole und ballerte blind in die Nacht, ohne einen Polizisten zu trefffen. Mit Waffen konnte sie nicht gut mit Waffen umgehen und schoss sich beim Nachladen in den Fuß. Durch den Blutverlust wurde sie ohnmächtig und festgenommen. Beim Prozess arbeitete sie nicht mit ihrem

Verteidiger zusammen, sondern wanderte, hoch verehrt als aufrechte linke Märtyrerin, für 15 Jahre hinter Gitter. Ein paar ihrer Genossen von der RHF kamen mit geringen Haftstrafen davon, sie schoben alle Schuld auf die Weirisch.

Helmut Schulte bekam gar keine Strafe. Er studierte brav zu Ende, wurstelte eine Doktorarbeit zusammen und bekam über Babbas Beziehungen eine lebenslängliche Dozentenstelle an der Mainzer Uni. Als Papa starb, teilte sich Helmut das Erbe mit seinem Bruder Nobby Schulte, dem Mainzer SBD-Funktionär. Beide kauften sich Ferienhäuser in der Toskana.

Wie alle Alibi-Linken, war der Soziologe Helmut Schulte Gladbach-Fan. Dass er weder einen Ball geradeaus treten noch Abseits erkennen konnte, tat nichts zur Sache. Zum Ausgleich quälte Schulte seine Studenten mit unendlichen Monologen über Fußballsoziologie. Wer ihm zuhörte, verlor lebenslänglich die Lust am Spiel mit dem runden Leder. Oder schlief sofort ein.

Schultes großes Problem aber waren die Frauen. Gestandene Weibsbilder gaben dem aufgeblasenen Schwätzer sofort den Laufpass. Deshalb spezialisierte er sich auf Erstsemesterinnen, die noch naiv genug waren, um sich von seinem Gelaber beeindrucken zu lassen. Gewöhnlich lud er die Mädchen zu einem romantischen Abendessen beim Mainzer Klischeefranzosen ein. Da schlabberte er sein Schneckensüppchen, lobte den französischen Koch aus Mombach und erzählte: „Damals, in Berlin, als ich und Rudi Dutschke ...“

Wenn sich die Mädchen dann immer noch nicht flachlegen ließen, lud er sie auf ein Wochenende zu seinem Ferienhaus in der Toskana ein. Wenn sie sich dann immer noch nicht flachlegen ließen, gab er ihnen aus verletzter Eitelkeit schlechte Noten.

Eine allerdings, eine Studentin iranischer Herkunft, fing ihn ein und heiratete ihn. Schulte war jahrelang glücklich. Glücklich, dass er eine dreißig Jahre jüngere Frau besaß, die sensationell gut aussah und ihn brav anhimmelte. Mit großem Besitzerstolz zeigte er sie überall herum. Dann begannen die Probleme. Je mehr sich seine Frau von ihrer moslemischen Erziehung löste, desto weniger war sie bereit, das folgsame Püppchen an der Seite ihres Paschas zu spielen. Schulte ging wieder auf Mädchenjagd. Mit jedem Semester kamen ja neue.

Helmut Schulte konnte also mit dem Leben zufrieden sein. Bis zu dem Tag, als Heckler und Koch vor der Tür standen. Sie hielten ihm einen Wisch vor die Nase: „Verdacht auf Unterstützung einer terroristischen Vereinigung."
Schulte war peinlich berührt: „Die RHF, das war eine Jugendsünde. Damals war es, äh, Mode in solchen Vereinen aktiv zu sein."
„Herr Schulte. Die RHF hat damals jemanden entführt und einen bewaffneten Banküberfall begangen. Und das bezeichnen Sie als modische Jugendsünde?"
„Als sich die RHF radikalisierte, bin ich innerlich ausgetreten. Mit Terror und Gewalt habe ich nie etwas zu tun gehabt. Und mit meiner Hilfe ist die Sache ja auch schnell aufgeklärt worden."
„Stimmt", sagte Koch. „Sie haben damals ihre Lebensgefährtin Weirisch verpfiffen."
Schulte: „Ich wollte den Wahnsinn stoppen, bevor es Tote gab."
Heckler: „Haben Sie noch Kontakt zu Katharina Weirisch?"
„Nein", sagte Schulte empört. „Ich habe sie zum letzen Mal gesehen, bevor sie verhaftet wurde."
„Soso", grinste Koch. „Bis vor kurzem lebte sie unter falschem Namen in der Toskana. Jetzt ist sie spurlos verschwunden. Was meinen Sie? Könnte es sein, dass sie nach Mainz kommt, um mit einem Verräter abzurechnen?"
Schulte fiel aus allen Wolken.
Koch: „Die RHF ist wieder aktiv. Steckt die Weirisch dahinter?"
„Woher soll ich das wissen?", schnaubte Schulte.
„Weiß Ihre Frau etwas über Ihre linksradikale Vergangenheit?"
„Mein Privatleben geht Sie gar nichts an", zischte Schulte. *Das fehlt noch*, dachte er. Seine Frau kam aus einer Familie, die auch heute noch den Schah von Persien anbetete, für alle Demokraten lebenslänglich, für alle Kommunisten die Todestrafe forderte.
Heckler grinste: „Herr Schulte, früher waren Sie da weniger diskret. Damals haben Sie den Behörden ausführlich das Sexualleben Ihrer Genossin Weirisch geschildert."

Schulte wurde nervös. Vor seinem geistigen Auge sah er Katharina Weirisch. Mit einer Knarre. Um mit einem Verräter abzurechnen.
Heckler hielt ihm ein Flugblatt unter die Nase. „Wo waren Sie, als die RHF diesen Flugblattanschlag verübte?"
„Zu Hause", log Schulte.
„Das kann ihre Frau bestätigen?"
„Natürlich"
Natürlich konnte seine Frau das nicht bestätigen. Schulte hatte ihr gesagt, er treffe sich mit einem alten Studienkollegen und bleibe über Nacht. In Wirklichkeit hatte er sich mit einer Verehrerin getroffen, die ihren Dozenten anhimmelte.
Heckler und Koch verabschiedeten sich: „Halten Sie sich zu unserer Verfügung. Reisen Sie nicht außer Landes! Falls sich herausstellen sollte, dass Sie etwas mit der Sache zu tun haben, ist Ihr Beamtenstatus in Gefahr. Verfassungsfeindliche Subjekte können im Staatsdienst nicht geduldet werden."
Schulte bemühte sich, keine Regung zu zeigen.

Wieder im Büro, lag auf dem Schreibtisch die Genehmigung, um Schulte abzuhören. Heckler und Koch freuten sich ehrlich.
„Schulte ist eine nervöse Pfeife. Wenn wir dem noch ein bisschen auf die Füße treten, dann dreht er durch."
„Genau. Und als Nächsten knöpfen wir uns diesen Karl Napp vor."

Der Idiotentest: Doktor Hans-Dieter Schmidt-Emmerklein

„Fahren wir heute nach Wallertheim und ...?"
„Nääá!", brüllte Karl. „Isch muss zum Idiodetest!"
Über das, was ihm jetzt bevorstand, machte sich Karl keine Illusionen. Deshalb tappte er einfach durch Mainz und klingelte an der erstbesten Tür, wo ein ellenlanger Doppelname durch einen „Doktor der Psychologie" veredelt wurde. Er ging zur Anmeldung, gab seinen Kram ab und setzte sich ins Wartezimmer.
Das Allerbeste hatte ihm Rosie erzählt. Rosie war einmal von einem Freier beinahe umgebracht worden, weshalb sie monatelang

auf dem Zahnfleisch ging. Aus lauter Verzweiflung suchte sie Hilfe bei einem Psychologen. Der Kopfdoktor legte ihr ein Blatt Papier mit Buntstiften hin und forderte sie auf, zu malen. Rosie nahm den lila Stift, weil er am besten gespitzt war, und kritzelte ein Strichmännchen aufs Blatt.

„Klarer Fall", sagte der Psychofritz. „Sie haben unbewusst lila gewählt. Sie haben psychische Probleme, die aus unverarbeiteten Erlebnissen im Unterleibsbereich herrühren."

Anschließend leierte er sämtliche banalpsychologischen Phrasen herunter, die er in 14 Semestern auswendig gelernt hatte.

Dann sagte er: „Ich denke, dass wir das Problem in zehn Doppelstunden aufarbeiten und therapieren können."

Anschließend wollte er ihre Bankverbindung notieren.

Und genau in diesem Moment platzte Rosie: „Wenn du uffgeblasenes Arschloch määnst, dass isch fer so ä saudummes Gebabbel Flocke zahl, dann haste disch geschnitte!"

Immerhin, Rosies Besuch hatte einen Erfolg gehabt: Immer, wenn sie an den Psychologen dachte, wurde sie so wütend, dass sie drei Sekunden lang die Erinnerung an den Mordversuch vergaß.

Karl versuchte sich zu konzentrieren. Am schnellsten bekam man den Führerschein wieder, wenn man dem Psychologen lautstark etwas vorlog. Der Psychologe wusste, dass es gelogen war, und der Säufer wusste, dass der Psychologe das wusste. Was hatte das mit Psychologie zu tun? Vor allem kostete diese verlogene Prozedur einen Haufen Geld.

Karl betete innerlich seinen Text vor: *Herr Dogder. Isch war ja so ä Arschloch. Isch hab mit de Sauferei beinah mein Lebe unns Lebe vun meiner Familie ruiniert. Gott sei Dank habbe se mir jetzt de Führerschoi abgenomme. Jetzt werd alles annerst. Isch sauf nie mehr! Isch hab de Freundeskreis komplett verännert. Isch mach jetzt Schport. Isch hab misch fer de Gudebersch-Marathon angemeld. Isch geh uff die Volkshochschul unn mach en Töpferkurs. Was war isch fern Arschloch?! Ehrlisch Herr Dogder, isch rühr nie mehr en Troppe Algohol an, escht.*

„Herr Napp, kommen Sie bitte?"

Karl schreckte hoch und ging ins Behandlungszimmer. Als er Doktor Hans-Dieter Schmidt-Emmerklein in die Augen sah, wusste er sofort, dass alle Mühe umsonst war. Es gibt Dinge zwischen Menschen, die entscheiden sich in einer Sekunde.

Der Doktor schielte über seine Brillengläser ernst zu Karl. Weil die Brille auf der Nasenmitte hing, hatte er eine unangenehm näselnde Stimme in einer widerlichen Tonlage. „Herr Napp! Aus Ihren Unterlagen entnehme ich, dass Sie ein schweres Alkoholproblem haben und ...“

Du bleedes Arschloch, dachte Karl wütend.

„... so zum Beispiel äußerten Sie sich wiederholt in alkoholisiertem Zustand in unflätigster Weise gegenüber ...“

Isch dreh der de Krotze rum, dachte Karl, rot vor Wut.

„... deswegen bin ich der Ansicht, dass ...“

Karl war kurz vorm Platzen.

„ ... neigen Sie zu unkontrollierten Agressionsausbrüchen ...“

Karl wurde weiß vor Zorn, wenn er Schmidt-Emmerkleins arrogantes Gesicht sah und vor allem diese näselnde Stimme hörte. Und noch dazu diese affige Handhaltung. Der Psychologe betonte sein Geschwätz, indem er mit seinen dünnen Fingerchen wie mit Dirigentenstöcken in der Luft herumfuchtelte.

„ ... deshalb werden Sie mir sicher zustimmen, wenn ich ...“

„En Scheißdreck du isch zuschtimme, du saudummes Riesearschloch!“, brüllte Karl. „Unn wenn de denkst, dass isch fer doi bleedes Gasabbel aach nur ään Penning bezahl, dann haste abber gelitte! Was glaabsten du eischentlisch wer de bist, du ...“

Karl tobte zehn Minuten lang. Danach war ihm wohler, er hatte eine Beleidigungsklage mehr am Hals, und sein Führerschein lag in unerreichbarer Ferne. Karl ging nach Hause in die Garage und hängte einen Anhänger, ein „Karrnsche“ an sein Fahrrad.

„Was gibt dann dess, wenns ferdisch iss?“, fragte Erna.

„Wozu brauch isch ä Audo“, fragte Karl, „wenn isch midde in de Schtadt wohn unn ä Fahrrädsche mit eme Karrnsche hab?“

Dann fuhr er los, Bier holen. Der Psychologe war schuld daran, dass Karl Napp einen weiteren Tag vertrödelte. In 20 Tagen würde der alte Gensfleisch in Wallertheim verbrennen. Es war 11 Uhr 30.

Die Gutenberg-Fleischworscht-Imagekampagne: Betrug!

12 Uhr. Nobby schlurfte durch die Gänge des Mainzer Rathauses und führte seinen schicken Brioni-Anzug spazieren. Als er 65 Mal „Mahlzeit“ gesagt hatte, stand er endlich im fünften Stock und reihte sich in die Schlange vor der Kantine ein.
„Mahlzeit“, sagte die Personalsachbearbeiterin aus Zimmer 835.
„Mahlzeit“, sagte Nobby. „Wie finden Sie mein neues Outfit?“
„Steht Ihnen super“, sagte die Frau und dachte: *Du Lackaff!*
Dann aber klingelte Nobbys Handy.
„Um Goddes Willen!“, stöhnte er und raste wie ein Irrer ins Gutenberg-Museum.

Irgendetwas Furchtbares musste passiert sein. Brezelmüller heizte zur Gutenberg-Metzgerei und hupte wie ein Wahnsinniger.
Toni: „Wassen los?“
„Steig schnell ein. Wir sollen sofort zum Gutenberg-Museum kommen. Muss irgendwas Schlimmes passiert sein.“
„Vielleicht isses Museum abgebrennt?“, sagte Toni.
Aber das war es nicht. Das Museum stand noch. Brezelmüller und Toni stampften die Treppen hoch ins Chefbüro. Dort standen vier gründlich am Boden zerstörte Menschen. Grieser und Nobby sahen aus wie Dackel, denen man die Knochen weggenommen hatte. Die Museumschefin hatte Ringe unter den Augen. Am schlimmsten war aber der Druckmaschinenexperte. Der blutarme Mensch war noch blasser als gewöhnlich. Wie aus dem Sarg gesprungen.
Museumschefin: „Gestern ist die Druckmaschine geliefert worden. Es ist eine Katastrophe. Wir müssen die Präsentation absagen.“
„Was soll das heißen?“, zischte Brezelmüller. Sein Blutdruck stieg.
Der Druckmaschinenexperte ergriff das Wort. Er stotterte. Sein Kehlkopf flitzte aufgeregt zwischen Hals und Kinn: „Also, es ist ... habe die Maschine genau geprüft ... ich ... es ... die Druckerpresse ist eine Fälschung aus dem 19. Jahrhundert!“
Drei Sekunden Totenstille. Dann explodierte Toni. Er stürzte nach vorne und schnappte den Experten am Hals. „Isch glaab, du hast de Arsch offe! Du hast doch gesaacht, dass der alde Schrotthaufe escht

iss! Wesche dir Arschloch habbe mir jetzt 50 Mill zum Fenster rausgeschmisse! Isch dreh der de Krotze rum!“
Brezelmüller tobte: „Ihr Vollidioten! Isch fahr sofort nach Würzburg und kauf mir den Gauner!“
Museumsleiterin: „Das ist zwecklos. Ich habe schon angerufen. Herr Klüpfel hat sich nach Thailand abgesetzt. Er wird von der Polizei wegen betrügerischem Konkurs gesucht.“
„Die Sau!“, tobte Toni.
Brezelmüller schrie: „Ich will das Geld zurück. Jeden Cent. Ihr macht mich zum größten Deppen von ganz Mainz!“
Toni brüllte den Experten zusammen: „Unn de Herr Dogder Experte lässt sisch ä Fut uff de Backe male! So Volldeppe wern vun moine Schteuern bezahlt!“
„So kommen wir nischt weider“, sagte Grieser.
„Halt du ganz es Maul!“, zischte Toni.
Museumsleiterin: „Diese Blamage! Überall in den Medien ist über die Druckerpresse berichtet worden. Mein Gott, wenn das publik wird, ist der Ruf des Museums ruiniert.“
„Iss mir scheißegal! Isch will die 50 Mill zurickhabbe!“
Brezelmüller dachte scharf nach. „Wer weiß denn bis jetzt, dass der alte Schrotthaufen eine Fälschung ist?“
Chefin: „Nur wir sechs.“
Toni schaltete blitzschnell: „Ei, dann iss jo alles geritzt!“
Grieser und Nobby standen auf dem Schlauch.
Brezelmüller: „Wenn wir niemandem sagen, dass das Ding eine Fälschung ist, dann erfährt’s auch keiner.“
Die Chefin war entsetzt: „Das können wir nicht machen! Das ist Betrug. Das wäre der Ruin meines wissenschaftlichen Rufes!“
Brezelmüller: „Ob das Ding jetzt 350 oder nur 150 Jahre alt ist, was spielt das für eine Rolle? Hauptsache ist doch, dass alle glauben, das Ding wär 350 Jahre alt!“
„Genau“, sagte Toni. „Isch zum Beischpiel merk do ibberhaupt gar kään Unnerschied!“
Brezelmüller zog den Druckmaschinenexperten am Ohr hoch: „Du Pfeife nagelst ein kleines Schild an die Druckerpresse. Darauf steht: ‚Schadhafte Originalteile später ergänzt.‘ Hast Du verstanden!?“

Der Experte hatte verstanden.

Also waren alle zufrieden. Toni und Brezelmüller durften sich weiterhin als Kultursponsoren feiern lassen, Grieser und Nobby an ihrer Imagekampagne basteln, und der gute Ruf des Museums war auch gerettet. Die Gutenberg-Kultursponsoren gingen einen saufen.
Toni: „Prost! Dess war mal widder ä rischdisch guud Beischpiel!“
„Für was?“
„Ei dadevor, dass sisch so indellegduelle Theoredigger im prakdische Lebe saubleed anschtelle.“

Der Führer ist ein armes Schwein, er hat keinen Führerschein

Karl: „So. Isch fahr jetzt nach Wallertheim!“
Erna: „Wie willsten da hie, ohne Führerschoi?“
„Ach so“, sagte Karl.
Herbert: „Der Führer war ein armes Schwein, er hadde keinen Führerschein.“
Karl: „Fräänngie!“

Komischerweise sprang der BMW an. Franky fuhr, daneben saß Karl, dahinter Herbert und Rudi. Aus dem Kassettenrekorder dudelte die Volksmusik-Hitparade. Um den Schwachsinn nicht zu hören, zog Franky seinen Walkman über die Ohren und hörte Techno. Hinter dem BMW fuhr unauffällig eine ganze Kolonne. Mahlzahn in einem Leihwagen und mit Perücke. Dahinter und ungetarnt der Rocker-Azubi auf seiner Harley. Dahinter Heckler und Koch, unauffällig getarnt mit Hüten und Sonnenbrillen, in einem Mittelklassewagen. Hinter ihnen kam Kirsch. In Nieder-Olm wurde Franky geblitzt, deshalb wurden auch Mahlzahn, der Rocker, die Verfassungsschützer und Kirsch geblitzt.
„Des aach noch“, stöhnte Karl.

Herbert kurbelte das Fenster herunter und spuckte asthmatischen grünen Auswurf nach draußen. Aufgrund eines Luftwirbels flog die Rotze über Mahlzahns Auto hinweg und landete auf der Backe des Rockers. Der Rocker trug keinen geschlossenen Motorradhelm,

sondern einen alten Weltkriegsstahlhelm. Wütend kratzte er sich die Rotze aus dem Gesicht.
In Wörrstadt winkte plötzlich ein Schild mit der Einladung: „Heute Schlachtfest, 50 Meter rechts."
Herbert brüllte: „Frängie!! Rechts ab!"
Franky erschrak, machte eine Vollbremsung und bog rechts in eine Gasse. Hinter ihm stieg Mahlzahn in die Eisen und brachte den Wagen zehn Zentimeter hinter der Stoßstange des BMW zum stehen. Dann tat es von hinten einen Schlag, und das Motorrad donnerte auf den Leihwagen. Der Rocker war unkonzentriert, weil er die Rotze im Gesicht abkratzte. Dann tat es noch einen Schlag. Heckler und Koch donnerten auf das Motorrad. Der dicke Rocker flog über seinen Lenker auf Mahlzahns Autodach. Heckler war nicht angeschnallt und knallte mit dem Gesicht auf das Armaturenbrett. Kirsch gab ihm noch einen obendrauf, als er auf die Stoßstange der Verfassungsschützer prallte. Heckler knallte zum zweiten Mal auf das Armaturenbrett.
Die Detektive bekamen nichts mit und parkten vor der Gaststätte.
„Mann, hast du mich erschreckt!", maulte Franky, als er den Knopf aus dem Ohr nahm.
„Frolleinsche!", rief Karl zur Bedienung. „Hunger unn Dorscht!"
Der Rocker fiel vom Autodach herunter auf die Straße und rappelte sich hoch. Er trat gegen Mahlzahns Beifahrerseite und brüllte: „Biste depp?! Was bremst du bleed Kuh, Hää?!"
Mahlzahn hielt kreidebleich das Lenkrad fest. Dank anschnallen und Airback war ihr nichts passiert. Nur die schwarze Perrücke war verrutscht. Als der Rocker sein demoliertes Motorrad sah, bekam er einen Wutanfall. Er trat nochmal gegen Mahlzahns Auto und schlug das Fenster ein. Koch schnallte sich ab und kam zu Hilfe.
„Lassen Sie die Frau in Ruhe!", befahl er und wollte seinen Ausweis zücken. Der Rocker war schneller. Er schlug Koch mit einem gewaltigen Schwinger zu Boden. Heckler wischte sich das Blut aus dem Gesicht, schleppte sich benommen aus dem Auto. Der Rocker verprügelte auch Heckler.
Kirsch tat gar nichts, sondern gaffte.

Mahlzahn bekam Panik, gab Vollgas und floh. Inzwischen beobachteten Passanten das Ganze aus sicherer Entfernung. Autos hielten an und hupten. Der Rocker stürzte in Hecklers Wagen und brauste davon. Als die Polizei kam, lagen da nur noch das demolierte Motorrad und die beiden demolierten Heckler und Koch. Und die Personenbeschreibung des Rockers war nicht sehr ergiebig: ein kräftiger Mann mit rheinhessischem Dialekt. Heckler beantragte telefonisch das Verwundetenabzeichen in Silber und zeigte den Polizisten seinen Dienstausweis.

Die Streifenpolizistin verbiss sich mühsam die Schadenfreude. *So arbeiten also die Profis vom Verfassungsschutz?* Das Nummernschild vom Motorrad jedenfalls war gefälscht und die ganze Maschine aus gestohlenen Teilen zusammengebaut.

Hocherfreut nahm die Kripo Mainz die Ermittlungen auf. Mittelstedt und sein Assistent rieben sich die Hände. Endlich konnten sie gegen die Hells Angels vorgehen.

Der Rocker aber stellte Hecklers Auto ab und meldete sein Missgeschick Kai. Kai schlug dem Azubi wegen Dummheit aufs Maul und rief beim LKA an. Blitzartig rief das Landeskriminalamt bei der Kripo an und entzog ihr den Fall.

Derweil gab es in Wörrstadt „Worschtsupp unn Schlachtplatt".

„Saugut", sagte Karl. „Kennst du die Wertschaft?"

„Alles rodscher", schmatzte Herbert. „Uff de Kerb 1965 hab isch hier drin emol ordentlisch was uff die Fratz krieht, weil isch mit eme Wörrschtädter Mädsche gedanzt hab."

„Hähä", sagte Karl.

Franky stocherte lustlos in seinen Fettbergen herum. „Isst von euch jemand dieses Bauchläppchen?"

Blitzartig steckten zwei Gabeln in seinem Bauchläppchen.

Nach dem Nachschlag lehnte sich Herbert zufrieden zurück. „Frolleinsche! Noch zwää Sauergeschpritzte unn zwää Korze!"

Satt und zufrieden schoben sie Frankys BMW an, brausten ohne weitere Zwischenfälle nach Wallertheim und stoppten genau vor dem Aussiedlerhof des Winzers.

„Flaschenweinverkauf", stand da in schöner Schnörkelschrift.

Herbert: „Also alles rodscher! Isch bin de Owwermatschores, de Frängie iss de Schtift, unn du bist de Scheffelegtrigger!“

Karl nickte. Nach der Hauptschule hatte er Bauelektriker gelernt, war aber so ungeschickt gewesen, dass ihn alle nur „Korzschlusskarl“ genannt hatten. Deshalb war er zur Polizei gegangen. Und jetzt war er Privatdetektiv und spielte Elektriker.

Der Winzer steckte bis über beide Ohren in der Arbeit. Aber als die drei komischen Vögel drei Kisten sauteure Trockenbeerenauslese kauften, nahm er sich Zeit.

„Iss fer die Hochzeit vun moiner Dochter“, behauptete Herbert. „Mach emol en guude Preis.“

Der Winzer gab zwei Flaschen umsonst. „Brauchste ä Quiddung?“

„Nä“, sagte Herbert. „Mir sinn Angeschtellde bei de Elegtrizidätswerke. Wie solle mer do ebbes absetze?“

Hocherfreut gab der Winzer noch zwei Flaschen dazu und steckte das Geld schwarz in die Tasche.

Karl: „So, jetzt misse mir abber dienstlisch wern.“

Der Winzer schluckte und bekam einen dicken Hals. Hoffentlich waren das keine Kontrolleure vom Finanzamt.

Karl: „Iss wesche de Elegtrigg vun doim alde Hof. Solle mer ibberpriefe. Mir ibberpriefe alle alde Heisjer im Landkreis, die wo vor 1920 gebaut worn sinn. Dess sinn die neie Vorschrifte.“

Der Winzer knurrte: „Dess sinn dumme Ferz!“

Zu viert fuhren sie in den Ortskern. Der Winzer öffnete das alte Hoftor und führte sie durch die heruntergekommenen Gebäude.

„Dess iss unsern Azubi Frängie“ durfte Karls Elektrikkoffer tragen.

Karl öffnete uralte Vorkriegsschaltkästen, aus denen Spinnen krabbelten, und brabbelte Elektrofachsprache vor sich hin. Nach den Nutzgebäuden überprüften sie das alte Wohnhaus. Es stand voller Gerümpel. Der Winzer öffnete die Fensterläden, damit Licht hereinkam. Das ehemalige Wohnzimmer war nikotingelb. An der gelben Wand hing der alte Gutenberg, von Spinnweben eingerahmt. Karl schluckte aufgeregt. Franky sah einen nagelneuen BMW vor seinem geistigen Auge. Herbert bekam einen trockenen Hals. Hier hingen Millionen an der Wand.

Franky: „Ich kenn da einen Trödelhändler in Mainz. Der würde ihnen sicher das ganze Gerümpel abkaufen. Haben Sie Interesse?"
„Nä", brummte der Winzer. „Dess hab isch alles moiner Dochder verschproche. Die will sisch den ganze alde Scheißdreck ins Haus schtelle."

Franky sagte nichts mehr zu dem Thema, weil er den Winzer nicht misstrauisch machen wollte. Sie begutachteten noch den Keller und quatschten ein wenig mit dem kernigen „Wingertsknorze".
„Horsch emol", sagte Karl, „mir mache aach nur unser Arbeit."

Der Winzerhals schwoll an. Wahrscheinlich kam dieser Elektroheini jetzt mit irgendeiner neuen Vorschrift von irgendeinem Bürokratenarsch daher, weshalb er sofort eine komplett neue elektrische Anlage in die alte Bruchbude installieren müsse.
„Mir schreibe äfach in unsern Bericht, dass die alt Bruchbud nur noch als Rumbelkammer benutzt wird. Dann haste doi Ruh unn musst kää nei Elegtrigg enoimache."
„Des iss ä Wort", sagte der Winzer, schloss das Hoftor zu und riss Zentimeter 18 am Maßband ab.
„Werd Zeit, dass die Bud abbrennt", brummte er.

Die Gutenberg-Fleischworscht-Imagekampagne: Talkshow

Hundsingers Propaganda-Maschine lief auf vollen Touren. Das Fernsehen rief ihn an. Ein zweitklassiger Pornostar mit riesigen Silikonmöpsen hatte für einen Talkshow-Auftritt eine zu hohe Gage gefordert und war damit gescheitert. Das Fernsehen suchte drittklassigen Ersatz. So genannte C-Promis, also Leute, die nichts kosteten und froh waren, wenn sie ihre Nasen in die Kamera halten durften. Hundsi pfiff Grieser und Nobby herbei.

„Ich habe exklusiv für euch einen Talkshow-Auftritt organisiert. War nicht einfach. Ich musste die Fernsehfuzzis davon überzeugen, dass ihr wichtiger seid als Dieter Bohlen."
Grieser und Nobby sahen sich stolz an.

Dann drückte Hundsinger ihnen Mappen in die Pfoten. Grieser blätterte ein wenig und staunte. Seine Mappe war das Drehbuch für den Talkshow-Auftritt. Jede Frage, jede Antwort und jeder Zwischenruf waren genau vorgegeben.

Grieser: „Sag mal, Hundsi. In meinem Text schteht, dass kulturelle Module, in den richtigen Frame gesetzt, Synergieeffekte fokussieren, um globale Visionen zu realisieren. Was heißt das?"

Hundsi zuckte mit den Achseln. „Weiß ich nicht. Hat einer von meinen Redenschreibern geschrieben. Ist doch egal. Hauptsache es hört sich gut an."

Aha, dachte Grieser, *keine weiteren Fagen euer Ehren.*

„In 20 Minuten beginnt ihr Auftritt!", rief der Betreuer.
Grieser fummelte nervös an seinem Anzug herum.
„Gleisch geht's los", sagte Nobby aufgeregt.

Die Talkshow wurde ein unfreiwilliger Höhepunkt der deutschen Fernsehunterhaltung. Die Moderatorin war nämlich fix und fertig, weil sie soeben erfahren hatte, dass ihr Lebensgefährte in einem Berliner Hotel mit Koks und Prostituierten erwischt worden war. Das kam nur deshalb heraus, weil der Anwalt des prominenten Puffgängers Scheiße gebaut hatte. Anstatt an das Gericht zu faxen, hatte er eine Nummer vertauscht, weshalb die Anklage bei einem Pizzabäcker landete, der natürlich sofort eine Zeitung anrief, um Werbung für seine Pizzeria zu machen. Hinzu kam, dass ein wichtiger Talkshow-Gast zwei Tage vor der Sendung absagte. Der bekannte Exboxer Wene Reller bekam aus unbekannten Gründen keinen Hafturlaub. Stattdessen hatte man den hessischen Boxpromoter Tebby Ust eingeladen. Tebby sah 15 Minuten vor Auftritt zum ersten Mal in sein Manuskript.

„Wassen Scheiß", sagte er, riss ein Stück Papier aus dem Drehbuch heraus, rollte es zusammen, streute etwas weißes Pulver auf den Tisch und zog sich seelenruhig eine Ladung Koks in die Nase.
„Sie dürfen hier keine Drogen nehmen", sagte der Betreuer entsetzt.
Tebby sah in kurz an und drohte in bestem Hessisch: „Halt's Maul, du Wichser, odder isch hau der so uff die Zwölf, dass de drei Monat aus de Schnabbeltass saufe musst!"
Tebby war schlecht gelaunt, weil die Steuerfahndung wieder einmal seine rosa gestrichene Villa im Taunus auf den Kopf stellte.

„Auftritt“, sagte der Betreuer aus gebührendem Sicherheitsabstand.

Tebby schubste Grieser und Nobby weg, damit er als Erster in den Saal kam. Er machte mit beiden Händen das Victory-Zeichen und zeigte sein strahlendes Pferdegebiss. Grieser und Nobby sahen dahinter aus wie zwei kleine Schulbuben.

Das vorher aufgeputschte Publikum klatschte begeistert, als die Moderatorin den Boxpromoter vorstellte. Für Grieser und Nobby fiel der Applaus dünner aus. Das blieb auch so. Die Moderatorin hatte die Sache nicht im Griff, Tebby übernahm das Kommando. Sobald Grieser und Nobby auch nur ansatzweise den Mund öffneten, wurden sie von Tebby gnadenlos niedergebügelt.

„Gerade in der Gutenberg-Stadt wollen wir in kuldureller Hinsischt nischt auf globale Visionen verzischten. Nein, vor allem auf der kuldurbolidischen Plattform können wir gezielt Module in Frames setzen und Synergieeffegte ...“

Weiter kam er nicht, weil Tebby „Helau!“ rief und die Zuschauer grölten. Das Publikum wollte etwas zu lachen haben. Tebby bot eine gute Show. Er erzählte, aus seiner sehr eigenen Sicht, wie er den Vater einer berühmten Tennisspielerin wegen einer außerehelichen Affäre erpresst hatte.

Die Zuschauer tobten begeistert. Grieser und Nobby wurden immer kleiner. Als Grieser ungeschickt zu Gutenberg überleiten wollte, wurde er ausgebuht. Nobby verlor sein Knopfmikrofon. Es fiel herunter, und Tebby stellte seine großen Füße darauf, Funkstille.

„Um Gottes Willen“, stöhnte Hundsinger vor der Glotze.

Bis zur Halbzeit lief Tebby zur absoluten Höchstform auf. Als die musikalische Darbietung zu Ende war, stand er auf, walzte zur Bühne und nahm der Sängerin das Mikrofon aus der Hand. Aus vollem Hals sang er den alten Max-Schmehling-Song von seiner neuen Schallplatte, die er mit Kumpel Wene Reller produzierte.

„Das Herz eines Boxers, kennt nur eine Liebe,
und das ist der Kampf bis zum Sieg.
Und schlägt einmal sein Herz, für eine Frau,
stürmisch und laut.

Das Herz eines Boxers muss alles vergessen,
sonst schlägt ihn der nächste Nock-aut!“

Im tosenden Beifallssturm des Publikums gingen die Gutenberg-Fleischworscht-Kulturpolitiker rettungslos unter. Vorm Fernseher biss Imageberater Hundsinger vor Wut in den Teppich.

Drei grün-alternative Nervensägen: Karl-Heinz, Monika-Ellen und Gwendolin-Virginia Napp-Mahlzahn

„Fahren wir heute nach Wallertheim?“, fragte Franky.
Karl brummte: „Isch muss heit mit de Erna nach Marbursch fahrn!“
„Herzlisches Beileid“, sagte Herbert, als er Karl und Erna in den Zug nach Marburg setzte.
„Jaa“, sagte Karl. „Isch reiß misch am Rieme. Isch mach kä Fraue-witze. Isch mach noch nit emol Blondinewitze. Isch saach gar nix.“
„Aach nit ibber Bolidig!“, drohte Erna.
„Aach des nit“, brummte Karl.

Karl sah zum Fenster hinaus. Wenn er irgendeinen Menschen nicht leiden konnte, dann war es sein Sohn, der grün-alternative Deutschlehrer Karl-Heinz Napp-Mahlzahn. Und seine Schwiegertochter, die Sozialpädagogin Monika-Ellen Napp-Mahlzahn. Und deren verzogene Tochter Gwendolin-Virginia Napp-Mahlzahn. Und deren Freunde. Alle waren eingeladen, weil Karl-Heinz und Moni angeblich ein wichtiges Ereignis zu feiern hatten.
Am Marburger Bahnhof aß Karl eine Currywurst mit Pommes.
Erna: „De Karl-Heinz unns Moni habbe doch gekocht?“
„Ebe grad deshalb will ich vorher noch was Ordentlisches esse!“
Dann stiegen sie in ein Taxi. Unterwegs sagte Karl „Halt!“, stieg aus und ging zu einem Kiosk. Zurück kam er mit einer Plastiktüte voller Bierdosen und Kömmerling.
„Was soll dann dess jetzt, du Hutsimpel?“
„Die habbe sischer aach nix Ordentlisches zu saufe!“
Erna klingelte, Moni öffnete. „Hallo Erna!“
„Ei Guude, Moni.“

Sehr reserviert: „Hallo Karl."
Karl, brummelnd: „Gun Dach, Moni."

Es war wie immer. 30 erwachsene Nichtraucher beiderlei Geschlechts standen in der Wohnung herum und redeten todernst über Kindererziehung, Intrigen im Lehrerkollegium und Stress im sozialpädagogischen Bereich. Dazwischen rasten zehn kleine Terroristen umher, die nicht antiautoritär, sondern gar nicht erzogen wurden. Karl suchte etwas zu trinken. Außer Tee gab es nur Sekt. Karl war kein Sekttrinker. Er fragte seinen Sohn. Der bot ihm alkoholfreies Bier an. Karl lehnte ab und suchte weiter. „Biologisch angebauter Met", stand auf der Flasche. Karl versuchte einen Schluck, raste ins Bad und spuckte das Zeug in den Lokus. Dann holte er sein Biertüte und verzog sich auf den Balkon, mit Blick über das Panorama von Marburg im Wonnemonat Mai.
„Arbeiten Sie auch im sozialen Bereich?", fragte eine Frau.
„E bissje", sagte Karl und erinnerte sich an Monis Gebabbel.
„An was für Projekten arbeiten Sie denn?"
„Meistens mach isch konkrete Projekte, wo mer kompatiple Module bassend uff ganzheitlische Plattforme transformiere. Abber alles ä Schtück weit aussem Bauch eraus, irschendwie."
Die Sozialpädagogin konnte darüber gar nicht lachen.
Nach drei Bier und zwei Schnaps ging Karl nach drinnen und setzte sich an den Tisch. Ein kleiner Junge trat ihm ans Schienbein.
„Lass dess soi", sagte Karl. „Dess dut mir weh."
Der Rotzlöffel kicherte blöd und trat ihm wieder ans Bein.
„Beim dritte Mal tret isch zurick", sagte Karl sachlich.
Der Junge trat zum dritten Mal und Karl trat zurück. Der kleine Terrorist schrie wie am Spieß und rannte heulend zu seinem Papa.

Dann gab es Essen. Leckere Tofuwürfel in Sojasoße. Wahlweise auch Sellerieschnitzel oder Grünkernbrätlinge. Karl ging in die Küche und wollte sich ein Brot schmieren. Es gab nur Körnerbrot. Karl nahm das letzte Bier und setzte sich wieder an den Tisch. Er munterte die Runde mit einem Witz auf.
„Kennste den Witz vum Bauer unn de Bäuerin?"
„Nein", sagte die Frau neben ihm.

„Also bassemoluff! Seet die Bäuerin zum Bauer: ‚Unser Magd iss schwanger!' Bauer: ‚Dess iss der ihr Sach!' Bäuerin: ‚Bauer! Die Magd seet, dass du de Babba bist!' Bauer: ‚Dess iss moi Sach!' Bäuerin: ‚Bauer! Wenn du de Babba vun dem Kind bist, wie soll isch mit der Schand lebe?' Bauer: ‚Dess iss doi Sach!'
„Huaahh", brüllte Karl. „Iss der gut, hä?"
Die Gleichstellungsbeauftragte der Stadt Marburg stand wortlos auf und wechselte den Platz. Karl-Heinz Napp-Mahlzahn räusperte sich und schlug mit dem Löffel ans Glas. „Liebe Gäste und Freunde. Wir feiern heute aus einem besonderen Anlaß. Es ist nämlich so, dass ... Moni, willst du es sagen?"
„Nein Karl-Heinz, sag du es."
„Also, es ist so. Moni und ich, wir sind schwanger. Wir bekommen noch ein Kind, es wird ein Junge."
Sofort fielen die ersten GratulantInnen freudig erregt über die glücklichen Eltern her. Karl blieb sitzen und schüttelte entgeistert den Kopf. *Fer son Scheiß*, dachte er wütend, *fer son Scheiß bin isch extra nach Marbursch gefahrn, anschtatt de alt Gudebersch zu klaue unn reisch unn berühmt zu wern!*
Als sich die erste Aufregung gelegt hatte, gab es „Uffzüsch". Gwendolin-Virginia zerschmetterte eine selbst getöpferte Vase auf dem Boden, stampfte mit den Füßen auf und brüllte: „Ich denk gar nicht dran, mein Kinderzimmer mit einem Brüderchen zu teilen!"
Karl-Heinz und Moni waren peinlich berührt und fingen an, mit Gwendolin-Virginia zu diskutieren. Ein Kindertherapeut versuchte das aufgeregte Kind zu therapieren. Der Erfolg war mäßig. Gwendolin-Virginia zertrümmerte die zweite Vase mitten auf dem Therapeutenkopf.
„Sie macht gerade eine schwierige Phase durch", erläuterte Karl-Heinz und verband den Kopf des Therapeuten.
Karl grinste schadenfroh und machte Namensvorschläge für seinen Enkel: „Wie wär's dann mit Nepomuk-Tobias Napp-Mahlzahn?"
Dann fand er doch noch eine Flasche trinkbaren Wein und tüftelte weitere Kombinationen aus: „Jean-Baptist Napp-Mahlzahn."
Eine angetrunkene Lehrerin setzte sich zu dem angetrunkenen Opa und half ihm: „Jean-Marcel-Baptist Napp-Mahlzahn."

Karl: „Jean-Günther-Jaques-Gustav Napp-Mahlzahn."
Erna trat auch ins Fettnäpfchen. Aus Langeweile trank sie zu viel Sekt und erzählte der Gleichstellungsbeauftragten einen Witz.
„Ich kann nicht akzeptieren, dass Frauen über so etwas strukturell Frauenfeindliches lachen können!"
„*Bleed Bichs*", dachte Erna. „*Geh doch zum Lache in de Keller!*"
Das Ganze wurde nicht besser, als ein Lehrer einen todernsten Vortrag darüber hielt, wie dumm, blöde und ordinär Kegler seien. Er wohne nämlich neben einer Kneipe mit Kegelbahn. Einfach grässlich, diese Menschen. Er habe wegen der Nachtruhe schon zwei Mal die Polizei angerufen.
Erna stemmte die Arme in die Hüften und sagte: „Genau so siehste aach aus, du langweilisch Peif!"
Um 24 Uhr war die Stimmung auf dem Nullpunkt. Die Gäste waren weg. Im Schlafzimmer stritten Karl-Heinz und Moni über Kindererziehungskonzepte. Karl und Erna lagen auf dem Sofa.
Erna: „Was habbe mir beim Karl-Heinz bloss falsch gemacht?"
Karl: „Wääß isch nit. Uff alle Fäll will isch schnell widder hääm!"
Morgens fuhren sie früh zurück nach Mainz. Gegen Mittag wollte nämlich Josephine-Auguste Mahlzahn nach Marburg kommen.

In 15 Tagen brennt der alte Gutenberg: Frühlingsgefühle

Wallertheim, 5 Uhr 30. Als der Wecker klingelte, kitzelte die Winzerin den Winzer wach. Die Maisonne lachte nämlich zum Fenster herein. Deshalb schob sie ein gemütliches Guten-Morgen-Nümmerchen mit ihm. Das war die beste Methode. 17-Stunden-Tage töteten ihre Lust, abends fielen sie nur müde ins Bett und schliefen. Nach der Berschterei alberten sie ein wenig herum und gingen den Tagesplan durch.
Der Winzer bekam sofort schlechte Laune. Kontrolleure vom Weinverband wollten heute kommen und in seinem Keller herumschnüffeln. Wenn der Winzer diesen Schmarotzern begegnete, bestand immer die Gefahr, dass er sie in einem Weinfass ertränkte.

„Bassemoluff", sagte er, „wenn heit middach die Kontrolleure komme, fahr isch Sekt aus. Fer die bleed Vernissasch in Määnz."
„Iss rescht", sagte die Winzerin.
Dann fackelte der Winzer einen Zentimeter an seinem Maßband ab.
„Hähä. Noch fuffzeh Daach, dann brennt die Bud!"

Mainz, 7 Uhr 30. Nach dem Frühstück schickte Renate Grieser ihre Kinder in die Schule, ihren Mann ins Rathaus.
„Tschüs Schatz", sagte Grieser.
„Tschüs Grieser", sagte Schatz.
Dann packte sie ihre Tasche und fuhr zum Sport-Center. „Dienstag vormittags geschlossen", stand auf dem Schild. Renate ging durch den Hintereingang, zog sich aus, setzte sich in die Sauna und las zur Entspannung „Vogue". Tropf, tropf, tropfte der Schweiß von der Nasenspitze auf die Zeitschrift, floss zwischen den Brüsten hinab, staute sich etwas am Bauchnabel und verirrte sich in den buschigen Schamhaaren. Renate war nicht der Meinung, dass Frauen schöner werden, wenn sie sich überall rasieren. Nicht unter den Achseln und schon gar nicht unterhalb des Bauchnabels. Renate verließ die Sauna, duschte kalt, trocknete sich ab und setzte sich auf die Massagebank. Dort rauchte sie einen Joint und pfiff durch die Finger.
„Ja?", fragte eine Männerstimme.
„Leg mal Marvin Gaye auf!"
„Sofort", sagte die Stimme und schob eine Kassette in die Anlage.
Renate legte sich auf den Bauch und las „Vanity Fair".
„Bin schon da", sagte der Masseur und zog sich aus. Renate blinzelte ihn an. Sie hatte lange gesucht, bis sie einen gefunden hatte, der nicht nur gut aussah, sondern auch geschickte Finger hatte. Beides zusammen findet man selten bei Masseuren. Entweder können sie gut massieren, sehen aber aus wie Hund, oder umgekehrt. Außerdem ist Masseur kein Beruf, sondern eine Berufung. Im richtigen Leben war er Bademeister auf der Maaraue.
„Was macht dein Mann?"
„Das Übliche", sagte Renate. „Und deine Frau?"
„Gleichfalls", sagte der Bademeister und zündete Duftkerzen an.

Er goss warmes Öl auf ihren Körper und rieb es ein. Von den Waden aufwärts. Zärtlich, sanft, sehr laangsaam. Als er die Wirbelsäule hoch und runter glitt, fühlte sie ein angenehmes Kribbeln auf der Kopfhaut. Dann widmete er sich ausgiebig ihrem Hintern. Er streichelte, plauderte, knetete zärtlich und dann fester. Sie fühlte ein angenehmes Kribbeln unterhalb des Bauchnabels.
„Bitte umdrehen!“

Sie legte sich auf den Rücken. Er ölte Beine und Oberkörper ein. Er massierte die Kopfhaut. Renate Grieser las und seufzte wollüstig. Er massierte die Fußsohlen. Er knabberte an allen Zehen vom linken Fuß, massierte mit beiden Händen den Rechten. Dann umgekehrt. Dann massierte er die Brüste. Lange, zärtlich und sanft. Er züngelte die eine Warze und liebkoste zärtlich die andere mit den Fingern. Er hatte Talent als Liebhaber. Er machte das mit sehr viel Gefühl, fließenden Bewegungen und ließ sich jeden Dienstag etwas Neues einfallen. *Langweilige Männer sollten alle Fraktionsvorsitzende werden*, dachte Renate. *Da können sie ihren Frauen selten auf die Nerven fallen, weil sie wenig zu Hause sind.*

Irgendwann rutschte sie nach vorne, stellte die Füße auf zwei Hocker. Der nackte Masseur setzte sich zwischen ihre Beine, streichelte und küsste. Dabei kitzelte sein Schnurrbart die Innenseiten ihrer Oberschenkel.
Renate: „Weißt du, wie meine Mutter das immer genannt hat?“
„Nein, wie denn?“
„Die Schenkel berschte!“, prustete Renate los.

Nachdem er die Schenkel ausgiebig gebürstet hatte, küsste und streichelte er mit viel Feingefühl „es Schnecksche“. Renate Grieser legte die Zeitschrift weg und hielt sich mit den Händen am Rand der Massagebank fest. Es war 9 Uhr.

„Ahh“, seufzte Renate Grieser und schloß genießerisch die Augen. Ike und Tina Turner sangen dazu, mit den Stimmen des heißen, schwitzenden Missisippi-Deltas.

Rathaus, 11 Uhr 30. Grieser saß im Büro. Er rief den Redakteur einer Frankfurter Tageszeitung an, einen alten Parteifreund.

„Hallo. Wie geht's? Bist du immer noch im christlichen Arbeitskreis gegen sexistische Werbung tätig?"
„Natürlich."
„Weiß deine Frau eigentlich, dass du unter falschem Namen diese billigen Pornoromane schreibst, die im Sexshop verkauft werden? Wissen das deine feingeistigen Kollegen vom Feuilleton?"
Gequältes Schweigen am anderen Ende der Leitung.
Grieser: „Von mir werden sie das auch nischt erfahren, wenn Du einen schönen Artikel über misch und den Kauf der alten Presse für das Gutenberg-Museum schreibst. Überschrift: ‚Im Sinne Gutenbergs.' Untertitel: ‚Mainzer Politiker macht bundesweit Schlagzeilen in Sachen Kulturförderung.' Mit Foto von mir! Kapiert!?"
Grieser legte auf und grinste: „So macht Kuldurbolidik Schpass."
Dann rief er seine Frau an: „Hallo Renate, wo schteckst du denn?"
„Grieser, dienstagvormittags bin ich immer in der Sauna. Und da hab ich kein Handy dabei. Was gibt's denn Wichtiges?"
„Ist mein Brioni-Anzug gewaschen?"
„Glaub schon."
„Das ist wischtig. Den brauch isch heute abend für die Wernisasch, da kommen wischtige Leute. Gehst du mit?"
Renate Grieser sagte ihm deutlich, was sie im Allgemeinen und vom Mainzer Vernissage-Publikum im Besonderen hielt.

12 Uhr, Detektivbüro Napp und Dickmilch.
Karl: „Fahrn mir heit nach Wallertheim?"
Kassenwart Dickmilch hatte eine bessere Idee. Er schlachtete das Sparschwein, kippte den Inhalt auf den Tisch und verkündete: „Mir habbe 96 Euro unn 25 Cent fer uff de Kopp zu haue."
Sie spielten im Büro immer Schafskopf. Der Gewinn kam in die Gemeinschaftskasse und wurde einmal im Monat verjubelt. Aber wo? „Bluhm"?, „Hafeneck"?, „Clou"?, „Meenzer Bub" ?
Kassenwart Dickmilch entschied: „Mir gehe ins ‚Hottum'!

13 Uhr, Rheinhessisches Amt für Verfassungsschutz.
Heckler: „Wie sieht's aus?"
Koch: „Heute Nacht um 4 Uhr 30 startet die Operation Gutenberg."

14 Uhr. Heribert Schtolte zog an seiner Pfeife und schrieb eine stilvolle Restaurantkritik. Heribert war überhaupt immer bemüht, seine Heimatstadt mit mehr Niveau zu beglücken. Deshalb aß er auch „rheinhessisches Carpaccio“ anstatt Presskopf mit Öl und Zwiebeln, obwohl es das Gleiche war. Und deshalb schrieb er: „Der In-Italiener in der Augustinerstraße bereichert Mainz durch ein mediterranes Ambiente und schmückt die rheinland-pfälzische Landeshauptstadt mit dem gewissen urbanen Etwas.“

Zur Feier dieser gelungenen Formulierung beschloss er, sich einen herunterzuholen. Heribert ging zum Bücherregal und holte seinen Lieblingsporno. Titel: „116 Seiten pralle Möpse“.

Er nahm die eine Pfeife aus dem Mund und die andere in die Hand.

„Witsch“, machte es, als die weißgelbe Soße auf das Papiertaschentuch flutschte. Danach versteckte er den Porno wieder sorgfältig im Regal und rief seine flachbusige Frau an: „Cia Bella. Ich bin um 18 Uhr im ‚Hottum’, ich muss da eine Kritik schreiben. Sehen wir uns danach auf der Vernissage?“

„Au ja, chön“, sagte Marianne Schtolte. Sie hatte sich extra ein neues Vernissage-Outfit gekauft. Ganz in Schwarz.

15 Uhr. Fleischworschttoni stand nasebohrend in Brezelmüllers überdimensionalem Büro. „Saach emal, jetzt wo isch Kuldurschponser bin. Määnste, isch soll aach zum Imitschberader gehe?“

„Quatsch!“, sagte Brezelmüller und gab ihm ein paar Karten.

„Was issen dess?“

„Das sind Eintrittskarten für eine Vernissage heute Abend.“

„Unn was soll isch uff erer Vernissasch?“

„Kuck einfach, wie sich die Leute da benehmen. Es sind mehr oder weniger dieselben, die uns als Kultursponsoren feiern. Die üblichen Freibiergesichter aus Politik, Kultur, Presse.“

„Des iss ä guud Idee“, stimmte Toni zu und verschwand. Unterwegs kam ihm eine noch bessere Idee. Er wollte seine Fleischereiverkäuferin zur Vernissage einladen. Er hatte gehört, dass Frauen auf Kunst stehen. Um ihr den Kulturbraten schmackhaft zu machen, lud er sie vorher ins „Hottum“ ein.

18 Uhr. Nobby verließ die Ratssitzung und flitzte in die Toilette. Er zog den Brioni-Anzug aus und sich basispolitisch an. Jeans und Hemd, keine Krawatte. Er fuhr auch nicht mit dem Jaguar vor, sondern mit seinem Zweitwagen, einem alten VW Golf. Ein SBD-Vorortsverein feierte nämlich in einer Kneipe sein 120-jähriges Bestehen. Alle Mitglieder waren zwischen 55 und 100 Jahre alt, alle Jüngeren waren aus der Partei ausgetreten. Feinschmecker Nobby aß mit den Genossen Schnitzel statt Carpaccio und trank ein Bier statt Rotwein. Damit machte er eine bessere Figur als der Bundesdestagsabgeordnete, den man extra aus Berlin eingeflogen hatte. Der MDB-Genosse trank Mineralwasser und behauptete, keinen Hunger zu haben. Er war 35 Jahre alt, kam aus der Werbebranche und faselte dieses Werbedeutsch, das im Wesentlichen aus Luftblasen bestand. Er konnte weder alte Arbeiterlieder singen noch mit Mainzer Humor etwas anfangen. Wie ein Fremdkörper stand er mit seinem Wasserglas zwischen alten Genossen, die sich fragten, warum sie so eine aufgeblasene Luftpumpe wählen sollten. Als er wieder nach Berlin flog, versuchte Nobby die Veranstaltung zu retten. Er vergaß seinen Sprachkurs und drosch mit volksnahem Akzent Durchhalteparolen: „Die Renten sind sicher! - Wir reduzieren die Arbeitslosen auf zwää Millione! - Isch komme aus einer Arbeiderfamilie und habe meine Herkunft nie vergessen!"
„Helau", lachte eine uralte Genossin mit 400 Euro Rente.
Danach flitzte Nobby mit dem Golf ins Parkhaus, zog wieder den Brioni-Anzug an und fuhr mit dem Jaguar zur Vernissage.

19 Uhr. Karl, Herbert, Franky und Rudi saßen in der Weinstube „Hottum". Karl trank, was er immer im „Hottum" trank. Den „Landgraf von Hessen", vermutlich in Nordhessen angebaut und mit Essig veredelt. Franky schüttelte sich, als er einen Schluck probierte. Franky trank lieber Cola-Rot.
Herbert: „Wie kann mer dann so ebbes saufe? Der Woi zieht der ja die Löscher in de Schtrimp zusamme!"
Karl: „Mir schmeckt's!"
„Vun Woi hast du so viel Ahnung wie ä Kuh vom schtricke!"

Karl: „Alles Gebabbel. Wenn mir ä Woi schmeckt, dann isser aach gut. Odder määnste, isch fraach erst unsern Resdaurangkridiger Schtolde, was der dezu saacht?"
„Haste aach widder rescht."
„Beim Esse genauso", beharrte Karl. „Wozu braucht mer Resdaurangkridiger? Damit's nur noch fettarmer Diätfraß gibt? Schwartemache extra-light mit Artischocke odder son Käs!"

Am Nebentisch war Restaurantkritiker Heribert Schtolte gerade bei der Arbeit. Er terrorisierte die Bedienung mit hirnrissigen Bestellungen. Außerdem wollte er Herbert das Rauchen verbieten.
„Resdaurangkridige sinn was fer Leit ohne Mut zum eischene Geschmack!", schmatzte Karl und zeigte mit seiner Spundekäsbretzel auf Schtolte.
„Alles rodscher", sagte Herbert und blies einen dicken Rauchkringel in die Luft.
Als Schtolte einen Anruf bekam und zum Abschied sein „Cia Bella" in das Handy hineinhauchte, war Karls Toleranzschwelle überschritten. Herbert gab ihm sein Zigarrenpäckchen: „Karl, Dellefoon!"
Franky imitierte ein Telefonläuten.
Karl hielt sich das Zigarrenhandy ans Ohr und blökte: „Jawoll, Herr Scheffredakdör. Werd gemacht. Isch fackel da nit lang. De Wirt lässt fünf Flasche Bordoo schpringe, odder mir schreibe ä Kridig, die sisch gewasche hat! Tschiau Bella."
Schulte bezahlte beleidigt seine Rechnung und verließ das Lokal.
Die dankbare Bedienung gab eine Runde aus. Toni und seine Fleischwurstprinzessin grölten begeistert.
Toni: „Isch lad eisch oi uff ä Wernisasch."
„Werner saascht?", fragte Herbert.
„Ä Ver-nis-sa-ge", buchstabierte der Metzgermeister, „iss die feierlische Eröffnung vun so erer Kunstausschtellung."
„Gibt's da aach was zu tringe?", fragte Karl.
„Wahrscheinds nur Sekt", grummelte Herbert.
Toni: „Erst emal saufe mir uns hier die Grundheef an."

21 Uhr. Die Vernissage fand in der Gutenberg-Kunstgalerie im Malakoff-Center statt.
„Isch glaab, mir sinn hier falsch."
„Warum?"
„Des sieht aus wie uff erer Beerdischung."

In der Tat. Kunst musste eine todernste Sache sein. Alle Besucher waren schwarz angezogen und setzten feierliche Gesichter auf. Alle waren da. Das ganze Vernissage-Publikum in vollständiger Besetzung. Alle Mainzer, die immer so angestrengt hochdeutsch reden. Alle hatten ein Gläschen in der Hand, spreizten den kleinen Finger ab, schlenderten wichtig von Skulptur zu Skulptur und stanken furchtbar nach Parfüm. Besonders unangenehm stank ein Kunstkritiker mit Dreitagebart und so viel Öl im Haar, dass er von Karl „Ölprinz" genannt wurde. Er sah aus wie Karl Lagerfeld für Arme. Begleitet wurde der Ölprinz vom Ehepaar Schtolte. Beide schämten sich zu Tode, als sie Karl Napp sahen.
„Ei Guude!"
„Herr Napp? Sie interessieren sich für Kunst?"
„Nä. Isch bin oigelade worn, unn wollt umsunst fresse unn saufe!"
Schtoltes verzogen sich in die andere Ecke des Raumes.

Dazu gab es eine aufgedonnerte Galeristin, die ungeheuer wichtig herumstakste und die Mainzer Politprominenz in Gestalt von Dr. Grieser und Nobby Schulte hofierte. Daneben stand Egon Erwin Kirsch und machte wichtig Notizen.

Irgendwo in der Ecke stand die einsame Künstlerin. Zur Feier des Tages hatte sie sich in ein Abendkleid gezwängt. Weil sie viel mit Motorsäge, Hammer und Schweißgerät hantierte, hatte sie muskulöse Unterarme und kräftige Schafferhände. Am wohlsten fühlte sie sich im Blaumann, im Abendkleid sah sie aus wie eine unglückliche Konfirmandin. Es war ihr deutlich anzusehen, dass sie den Unfug nur in der Hoffnung mitmachte, irgendso ein Schwätzer würde eine Skulptur kaufen. Am liebsten hätte sie ein Kettensägen-Massaker veranstaltet. Aber sie beherrschte sich, knirschte mit den Zähnen und lächelte höflich.

Auch sonst war die Veranstaltung wenig geeignet, um Begeisterung für Kunst zu wecken. Es gab weder Wein noch Bier zu

saufen, sondern nur Sekt und Schampus. Es gab auch keine Mettbrötchen, sondern nur Firlefanz. Aber gedrechseltes Geschwätz und affiges Getue gab es.
Herbert trat Rudi in den Arsch, weil er eine Skulptur anpinkeln wollte. „Du Sauvieh!“, schimpfte er seinen Dackel.
Fleischworschttoni betrachtete stirnrunzelnd eine Holzskulptur. Neben ihm stand der Kunstexperte. Rudi hing an seinem Bein und fing an zu rammeln. Der Ölprinz war entsetzt.
Dickmilch erläuterte sachlich das Sexualverhalten seines geliebten Dackels. „Normal geht die Drecksau nur an Frauebää, abber wenn Mannskerle so eklisch nach Parfüm schtinke, dann kann er Männscher unn Weibscher nit mehr ausenanner halde.“
Die Metzgereiverkäuferin langweilte sich zu Tode: „Das sind also die Leute, die sich über Ballermanntouristen aufregen?“
„Genau“, sagte Toni und zeigte auf Nobby: „Unn da vorne der, dess iss de Scheff vun de Meenzer Toskanafraktion. Der hat jetzt sogar en Imitschberader, damit er lernt, dass Weißwoi zu Fisch basst.“
„Und warum schleppst Du mich hierher?“
„Weil isch der die Sort Meenzer zeische will, die sich wie Wiesbadener benemme.“
Die Fleischwurstprinzessin gab ihm einen Kuss. Genau in diesem Moment hatte sie sich in Toni verliebt.
Herbert aschte in einen eimergroßen Gegenstand: „So än große Aschebescher wär gar nit schlescht fer unser Bürro.“
Franky zeigte auf das Preisschild. Die Skulptur kostete 900 Euro.
„900 Euro fern Aschebescher?“, wunderte sich Herbert.
Es kam noch schlimmer. Der offizielle Teil des Abends begann. Erst redete Grieser, dann sabbelte Nobby, dann drängelten sich beide auf das Pressefoto. Widerlich, aber noch steigerungsfähig. Josephine-Auguste Mahlzahn hielt die feierliche Eröffnungsrede. 40 Minuten lang drosch sie Phrasen über „skulpturale Intelligenz, geprägt von dialogischem Aufforderungscharakter“.
Niemand lachte über diesen Schwachsinn, alle klatschten.
„Fer so dumm Gebabbel kassiert die 500 Euro“, sagte Karl.
Vor der Toilette traf er die beschwipste Metzgereiverkäuferin. Sie hatte eine ernsthafte Frage: „Was hälsten du von Toni?“

„De Toni iss kään schleschte Kerl, vor allem isser geil uff disch."
„Eigentlich wollt ich den ausnutzen, weil er scharf auf mich ist."
„Ei, dann mach's doch, der hat's ja!"
„Eben nicht! Ich hab mich in ihn verliebt."
„Na um so besser", sagte Sexualberater Karl Napp. „Dann kannste jetzt schää middem berschte."
„Hasse eigentlich Recht", sagte die lüsterne Verkäuferin. Karl hatte Recht. Einfache Dinge muss man nicht unnötig verkomplizieren, schon gar nicht im Mai, wenn die Triebe spriessen.

Als Rudi in Karl Lagerfelds Wade biss, wurden sie hinausgeschmissen. Fleischworschttoni ging aus Solidarität mit. Zur Wiedergutmachung musste er einladen und ein paar Runden im „Kohlenache" springen lassen. Die Fleischereiverkäuferin tanzte Striptease auf dem Tisch, Toni warf Lokalrunden, Karl grölte schmutzige Lieder, und Herbert entdeckte eine technische Sensation. Eine Toilette, die nach Benutzung vollautomatisch die Klobrille säuberte. Begeistert drückte er immer wieder auf den Knopf, um zu beobachten, wie sich die Brille karussellmäßig im Reinigungsautomaten drehte. Davon wurde ihm allerdings schlecht und beim Kotzen verlor er sein Gebiss.
„Fupper, fon vollaudomadiffes Feifhaus!", nuschelte er.
Dann sprang die Tänzerin vom Tisch in Tonis starke Arme.

„Iss dess nit ä goldisch Schnecksche!", rief Toni begeistert und trug die verliebte Fleischwurstprinzessin zu seinem Appartement im Hochhaus am Proviantamt. Der Rest der Nacht verschwand in einem Nebel bruchstückhafter Erinnerungen.

Karl, Herbert und Franky stolperten durch die Stadt, bis sich Rudi mit einem zotteligen Straßenköter anfreundete. Der Köter gehörte zu zwei Punkermädchen, die auf der Treppe vorm Theater fleißig Dosenbier tranken. Weil sich die Hunde so gut verstanden, zogen sie zu siebt weiter, fünf Menschen, zwei verliebte Tiere. In manche Kneipen wurden sie sogar hineingelassen. Wolfi, der Wirt vom „Quartier Mayence", ließ sie stundenlang gar nicht mehr hinaus und traktierte sie mit Averna. Franky, der Sportler, vertrug am wenigsten und machte zuerst schlapp. Die beiden Mädchen hakten ihn unter. Zum Schluss kauften sie in der Tankstelle an der

Rheinstraße noch einen Kasten Bier und versuchten ihn auszusaufen, wobei sie aber alle fünf einschliefen. Deshalb bekamen sie auch nicht mit, wie eine Gestalt um Punkt 4 Uhr 30 in der Nacht den nobelsten Platz von Mainz mit wüsten Parolen dekorierte.

8 Uhr. Frühaufsteher Herbert wurde zuerst wach. Er öffnete ein Auge und wurde von der Sonne furchtbar geblendet. Alle anderen schnarchten noch. Sie lagen am Sockel des Gutenberg-Denkmals.

Von weitem sah es etwa aus wie das Abendmahl von Leonardo da Vinci. In der Mitte Herbert als Jesus, links und rechts lehnten sich die schlafenden Jünger an. Etwa so, als hätte Jesus aus einem Fass Wasser Wein gezaubert und die Jünger hätten alles ausgesoffen.

Herberts Jägerhütchen war beim Schlafen vom Kopf gefallen und lag jetzt zwischen seinen Füßen. Es klimperte. Eine alte Frau warf ein paar Münzen in den Hut.

„Isch bin im Kriesch ausgebombt worn", erläuterte die Frau. „Isch wääß wie es iss, wenn de kä Dach meh ibberm Kopp hast."

„Fdange", nuschelte Herbert benommen.

Plötzlich aber wurde die alte Frau wütend, weil sie Karl Napp erkannte. Sie schlug ihm den Gehstock auf den Kopf.

„Mama!", sagte Karl. „Mer werd doch emol ääner dringe derfe!"

„Dollbohrer!", zischte sie wütend zu ihrem Sohn und ging weiter.

Dann aber kamen immer mehr Passanten, deuteten auf die fünf Penner und schimpften wie die Rohrspatzen. Langsam wurde klar, warum sich die Leute so aufregten. Auf das Theater, auf das Straßenpflaster und auf das Gutenberg-Denkmal waren Parolen gesprüht worden. In grellroter Farbe.

„RHF. Der Kampf geht weiter!"

Und darunter waren immer fünzackige Sterne gemalt. Und um die fünf Penner herum lagen ein paar leere Sprühdosen.

„Wassen Schwachsinn", kicherte Karl, hörte aber auf zu lachen, als Polizeiwagen am Gutenberg-Denkmal hielten. Unsanft wurden fünf Besoffene und zwei Hunde ins Polizeipräsidium verfrachtet. Die beiden Mädchen wurden ihren entsetzten Eltern übergeben. Die wollten Karl wegen Verführung Minderjähriger anzeigen.

Karl wehrte sich empört: „Saach emol, biste depp! Mir habbe doch nur zusamme ääner gesoffe!“
Da wollten sie Karl wegen Beleidigung anzeigen.
Dann tobte Herbert durch die Zelle. Er hatte einem Mädchen seine Jacke geliehen. Jetzt war die Jacke mit dem Schlüssel fort.
Franky jammerte verliebt, weil er die Telefonnummer des anderen Mädchens vergessen hatte.
Rudi bellte, weil er seine Hundefreundin vermisste.

9 Uhr 30. Binger Hansi rief Erna an und sagte ihr, wo Karl war. Erna tobte, weil Karl irgendetwas erledigen sollte, was er nicht getan hatte, weshalb die Schtoltes auf die Barrikaden gingen.
Mittelstedts Assistent lachte sich kaputt und rief eine Nummer an: „Rheinhessischer Verfassungsschutz, Koch, Apparat Heckler.“
„Horsch emol! Mir habbe da en gefährlische Terrorist geschnappt. Karl Napp hääßt er. De mutmaßlische Kopp vun de RHF. Abber Vorsischt. Der iss mit ner Fahn bewaffnet, da fällste glatt um!“

Heckler und Koch schnappten die Polizeiprotokolle und genehmigten sich eine schöne Dienstreise. Getarnt als Gott weiß was flogen sie Businessclass nach Florenz und stiegen in einem standesgemäßen Hotel ab. Dank Terroristenmüllers Angaben war es nicht schwer, Karl Napps Spuren in Florenz zu verfolgen. Es gab Belege vom Mietauto, es gab Belege vom Hotel Lupo di Toskana. Dann fuhren sie zum Esoterik-Center. Ein aufgelöster Angestellter erzählte, dass er neulich diesem Karl Napp geholfen hatte, sein Auto aus dem Dreck zu ziehen. Aber schlimmer sei, dass sein Guru und die Chefin spurlos verschollen seien.
Heckler und Koch erkundigten sich bei der italienischen Polizei. In ganz Italien gab es niemals eine Katharina Weirisch. Es gab nur eine Katharina Mullbrand, Betreiberin eines Esoterik-Centers. Die sei aber seit Wochen vermisst gemeldet.
Den Rest ihres hochbezahlten Diensturlaubs verbrachten Heckler und Koch damit, Spesen zu verbraten. Ansonsten erfanden sie hanebüchene Verbindungen zwischen Karl Napp, Helmut Schulte und Katharina Weirisch.

Die Gutenberg-Imagekampagne: das Spiegel-Interview

Den großen Talkshow-Auftritt von Grieser und Nobby hatten noch andere Frankfurter gesehen. Sie bissen nicht vor Wut, sondern vor Lachen in den Teppich.
„Das ist nicht wahr!“, sagten sie ungläubig, staunend, fasziniert.
Am nächsten Morgen machten sie in der Redaktion eine Besprechung und legten los. Ein Anruf im Mainzer Rathaus, und sie hatten einen Interviewtermin.
Hundsinger hingegen brauchte Tage, bis er sich abgeregt hatte. „Ich weiß nicht, was ich zu ihrem Auftritt sagen soll!“
Kulturpolitiker Grieser hatte den Apparat auf laut gestellt, damit Kollege Nobby mithören konnte.
Grieser: „Wenn unser Auftritt schlescht gewesen wäre, dann hädde der ‚Schbiegel' nischt angerufen!“
Hundsinger fiel aus allen Wolken, sagte aber: „Na klar, hat der Spiegel bei ihnen angerufen. Das hab ich auch höchstpersönlich veranlasst!“
Dann legte er auf und sagte zu seiner Sekretärin: „Ich kann es nicht begreifen. Der Spiegel will mit den beiden Fassenachtern ein Interview machen.“

Grieser und Nobby warfen sich in ihre schicken Anzüge. Das Interview fand in Nobbys Parteibüro statt. Dafür hatte Hundsinger extra ein Bücherregal hineingestellt, ein paar von seinen Bildern an die Wand genagelt und hässliche Designermöbel dazugestellt.
„Mein Gott, der Schbiegel“, sagte Grieser stolz. „Nobby, wir sind auf dem Weg nach ganz oben!“
Nobby nickte feierlich. Brezelmüller und Fleischworschttoni grinsten stolz und strahlten wie die Putzeimer.
Es waren zwei Redakteure. Eine Frau und ein Mann. Der Mann fotografierte und ließ das Band laufen. Sie interviewte. Nach einer Stunde stand sie auf. „Ich glaube, dass die Art und Weise, wie sie Kulturförderung in schwierigen Zeiten anpacken, bundesweit Schule machen wird.“

Als sie zum Abschied Tonis Pranke schüttelte, strahlte er: „Isch bin de Toni, saach du zu mir!“

In Frankfurt trommelten die beiden sofort die Redaktion zusammen und ließen das Band laufen. Sämtliche Mitarbeiter des Satiremagazins ‚Titanic‘ brüllten vor lachen: „Dieses Gutenberg-Gebabbel ist eine Sensation! - Das veröffentlichen wir ungeschnitten auf CD! - Das steigert die nächste Auflage um 20 Prozent!“

Die Hells Angels werden langsam ungeduldig

Um 16 Uhr machten die Detektive Feierabend. Herbert fuhr nach Mommenheim. Karl ging hoch zu Erna. Franky blieb im Büro und las in seiner Lieblingszeitschrift für Autozubehör: „Noch tiefer, noch breiter“. Dann schulterte er seine riesige Sporttasche und fuhr ins Fitness-Center. Der Hells Angel, der Franky beschatten sollte, stöhnte gelangweilt. Er konnte von außen durch die Scheibe sehen, wie Franky, der Terminator und das Tier zwei Stunden lang viel quatschten und wenig trainierten. Deshalb war Franky so ausgeruht, dass er anschließend an die Uni fuhr und auf der Sportanlage Runden drehte. Es war zwar inzwischen dunkel, aber er rannte trotzdem mit Sonnenbrille. Anschließend duschte er mit Brille und ging in die Sportlerbar oberhalb der Aschenbahn.

Der Hells Angel hatte langsam die Faxen dick. Er beschloss, den Sportler am Parkplatz abzufangen und aus ihm herauszuprügeln, wo dieses verdammte Gutenberg-Bild war. Er musste noch warten. Der Terminator und das Tier kamen auch in die Sportlerbar. Zu dritt fachsimpelten sie über „Serien“, „Wiederholungen“, „Schmerzgrenzen“. Um 23 Uhr 30 zahlten sie endlich und gingen zu ihren Autos. Da standen sie und quatschten noch eine halbe Stunde über Nahrungsergänzungsmittel. Endlich stiegen die beiden Koffer in ihr Auto und fuhren weg. Spargel Franky stieg auch in sein Auto.

Scheiße, dachte der Hells Angel, hatte aber Glück. Der BMW sprang nicht an. Franky stieg wieder aus und hängte den Kopf unter die Motorhaube.

Hähä, dachte der Rocker und ging von hinten leise auf Franky zu. Er tippte ihn an. Franky schlug sich vor Schreck den Kopf an der Motorhaube an und dem Mann eine rechte Gerade ins Gesicht. Wirkung: null. Der Rocker schüttelte sich kurz, packte Franky im Genick, drückte ihn nach unten und setzte die Kante der Motorhaube auf Frankys Nacken. Dann drückte er auf die Haube.
„Wo ist das scheiß Gutenberg-Bild?“, wollte er gerade fragen, aber da kamen das Tier und der Terminator zurück. Franky hatte sie angerufen, weil sein Auto nicht ansprang. Das Tier nahm den Rocker in den Schwitzkasten, der Terminator schlug ihm mit der Faust ins Gesicht. Wirkung: verheerend. Dann ließen sie ihn laufen.
„Voll gras, eijh“, sagte das Tier.
„Hasse Probleme mit Geldeintreiber von Inkassofirma?“, fragte der Terminator. Frankys finanzielle Probleme waren allgemein bekannt. Bekannt war auch, daß die Hells Angels von Ärzten, Anwälten und Unternehmern als Geldeintreiber angeheuert wurden.
„Schon möglich“, japste Franky nach Luft und griff sich an den schmerzenden Hals. Dann schoben die beiden Bodybuilder sein Auto an und fuhren nach Hause.
Der Hells Angel tauchte mit geschwollenem Gesicht bei seinem Vorgesetzten auf.
„Idiot“, sagte Kai und schlug ihm ins verbeulte Gesicht.

Die Gutenberg-Fleischworscht-Imagekampagne: Meeting

Die Mainzer Gutenberg-Delegation inklusice Bürgermeister, Kulturdezernent und Vertretern aller Parteien stand ehrfürchtig staunend in Hundsingers Vorzimmer. Nobby strunzte damit, dass er nicht nur einen Beratervertrag mit Hundsi habe, sondern auch noch per du mit ihm verkehre.

Hundsi saß im Büro und beobachtete seine Besucher über die Videoanlage. Durch die Sprechanlage konnte er mithören.
„Mein Gott“, stöhnte Hundsi, „sieh dir diese Provinzler an.“

Die Event-Managerin schaute auf den Bildschirm. Man sah deutlich, wie Grieser mechanisch an seiner schlecht sitzenden Kra-

watte herumfummelte. Nobby spielte den Kunstkenner und erklärte die Bilder an den Wänden.
Hundsinger: „Wer ist denn dieser fette Mafioso in diesem grauenhaften Anzug?“
„Das ist der eine Gutenberg-Kultursponsor. In Mainz nennen ihn alle Brezelmüller.“
„Furchtbar. Sieht aus wie ein Fassenachtsfunktionär mit zwei Parteibüchern, dem die halbe Stadt gehört.“
Tonis Stimme dröhnte durch die Sprechanlage: „Ej, Grieser. Mach emal de Latz zu, sunst flieht es Schpätzje fort!“
Grieser fummelte panisch an seiner Hose herum.
„Huah“, grölte Toni. „Der Hutsimpel fällt jedes Mal druff enoi!“
„Was ist denn das für ein Proll?“, fragte Hundsi entsetzt.
„Das ist der andere Sponsor, man nennt ihn Fleischworschttoni.“

Toni bohrte mit dem Autoschlüssel im Ohr, betrachtete sorgsam eine Ladung Schmalz, die er zutage gefördert hatte und fragte: „HaPe. Wer issen des goldische Schnecksche mit dene geile Titte?“
„Das ist die Event-Managerin von Hundsinger.“
„Die gefällt mer gut. Abber isch glaab, wenn isch den Hundsinger seh, geht mir es Messer im Sack uff!“

„Mir auch Toni“, sagte Brezelmüller und schon ging die Tür auf. Hundsinger strahlte über beide Backen, breitete die Arme aus und begrüßte die Kühe, die er melken wollte.
„Ah, die Kulturdelegation der Gutenberg-Stadt.“

Toni fühlte sofort Ekel aufsteigen, als er Hundsingers parfümiertes Gesicht sah und seine labbrigen Patschhändchen drückte. Noch schlimmer wurde es, als Hundsinger im Konferenzraum sein großartiges PR-Konzept erläuterte. Er laberte und laberte.
„ ... die Präsentation der alten Druckerpresse wird das Event des Jahres. Ich und meine Agentur arbeiten mit Hochdruck daran, die Gutenberg-Stadt als bundesweit herausragende Kulturmarke zu präsentieren. Alles in trockenen Tüchern. Die Kultusministerin kommt sowieso und ... “

Und die Mainzer Delegation stellte stolz die Löffel wie die Osterhasen, als der große Zampano erläuterte, wie viel bundesweite Prominenz aus Politik, Kultur und Showbiz nach Mainz kommen

wollte. Nur Toni saß völlig desinteressiert in der dritten Reihe. Er schäkerte lieber mit der Event-Managerin.
„Und das beste", log Hundsinger, „ist die Tatsache, dass das Ganze die Stadt Mainz keinen Cent kosten wird."
„Misch unn de Brezelmiller hat der Schpass schun e bissje was gekost", meckerte Toni.
Dann präsentierte Hundsi am Diaprojektor die Rednerliste und die Sitzordnung.
Toni: „Wo sitze moi Metzjer unn Fleischereiverkäuferinne?"
„Haha", sagte Hundsi, „guter Witz, köstlich."
„Dess iss kä Witz! Isch hab den Scheiß bezahlt, unn deshalb will isch, dass moi Angeschtellte aach ä bissje mitfeiern, damit dess nit so ä kack langweilisch Prominendeparty werd. Iss dess klar?"
„Kein Problem", beherrschte sich Hundsi mühsam. „Wir erweitern die Sitzplätze."
Anschließend stiefelte die ganze Gesellschaft zum Arbeitsessen auf Kosten der Stadtkasse Mainz. Hundsinger führte erste Vorverhandlungen, damit seine PR-Agentur die komplette Öffentlichkeitsarbeit der Stadt übernahm. Als Grieser aufstand und an sein Weinglas klopfte, um die Kultursponsoren mit einer Rede zu ehren, sagte Toni: „Grieser, halt de Ball flach, es Esse werd kalt."
Die Event-Managerin biss sich auf die Zunge vor lachen. Toni saß neben ihr und schaufelte sein geliebtes Rumpsteak in sich hinein. Dann spülte er es mit Bier hinunter und fragte: „Mal ehrlisch, was hältsten du vun unsere zwä Kuldurbolidigger?"
Die Event-Managerin flüsterte höflich: „Die beiden müssen noch an ihrer Außendarstellung arbeiten."
„Find isch nit. Die zwää Affe kenne so viel ibe, wie se wolle. Als Volksvertreder sinn die so glaubwürdisch wie en Koppschlächter als Vorsitzende vum vegetarische Tierschutzveroin."
„Pffft", prustete die Event-Managerin Wein über die Tischdecke.
Wo Toni Recht hatte, hatte er Recht.

Bassemoluff: Noch zwölf Daach, dann brennt die Bud!

„Fahren wir heute nach Wallertheim?“, fragte Franky.
Karl: „Isch hab nix anners vor.“
Herbert: „Alles rodscher.“

„Wau“, bellte Rudi verwundert, als sie zügig und ohne Hindernisse in Wallertheim landeten. Franky stellte das Auto ab. Zu viert schlenderten sie unauffällig zu der alten Bruchbude. Von vorne ins Haus einzubrechen, war schon mal ganz schlecht. Das Hoftor war aus altem Schmiedeeisen mit scharfen Spitzen obendrauf. Links, rechts und gegenüber wohnten Nachbarn. In Katharinas Elternhaus wackelte heftig die Gardine, als sie vorbeiliefen.

„Vorsicht, wachsamer Nachbar“, stand neben der Haustür.

„Da wohnt beschtimmt en friehpensionierte Bolizist“, sagte der frühpensionierte Polizist Karl Napp.

Vor dem eisernen Hoftor klemmte Rudi den Schwanz ein und versteckte sich zwischen Herberts Beinen.

„Dogge“, sagte Herbert.

Hinter dem Hoftor musste eine Dogge hausen. Der ansonsten größenwahnsinnige Dackel hatte panische Angst vor Doggen.

„Obwohl er en eins a Jachthund iss“, sagte Herbert.

Sie sahen sich den Winzerhof von hinten an. Die Rückseite war auch einbruchssicher. Es war die Rückwand einer riesigen Scheune, gemauert aus massivem Sandstein. In vier Meter Höhe gab es zwei Fenster, schmal wie Schießscharten und mit Eisen vergittert. Und auch hier wohnten ringsum Nachbarn.

„Des werd nit ääfach“, meinte Karl.

Etwas ratlos fuhren sie wieder nach Mainz. Der Rocker folgte ihnen. Josephine-Auguste blieb. Deshalb blieb auch Kirsch. Mahlzahn schlussfolgerte messerscharf, dass das Gutenberg-Porträt möglicherweise in dieser alten Bruchbude hing.

Nach einer Stunde kam ein Trecker. Ein Mann stieg ab, öffnete das Tor, fuhr den Trecker in den Hof, schloss das Tor und fing an zu hämmern. Mahlzahn zoppelte ihre schwarze Perücke zurecht und klopfte ans Hoftor: „Hallo! Hallooo!“

Blitzartig zog sie ihr Bein zurück. Ein Monsterkopf mit riesigem Gebiss zwängte sich unter dem Tor durch, um ihren Fuß zu fressen. Mahlzahn schrie vor Schreck. Das Tor öffnete sich.
„Der macht nix“, knurrte der Winzer, „der will nur schpiele.“
Neben ihm stand die riesige Dogge und fletschte die Zähne.
„Guten Tag“, sagte Mahlzahn.
„Guude!“, brummelte der Winzer.

Mahlzahn stellte sich vor. Weil sie ganz schlau war, sagte sie: „Ich bin die neue Sachbearbeiterin vom Denkmalamt und würde mir gerne ihr altes Fachwerkhaus ansehen. Darf ich?“
„Bassemoluff!“, zischte der Winzer und brüllte: „Hau ab, odder isch hetz de Hund uff disch!“
Mahlzahn trat den erschrocken Rückzug an. Sie fuhr nach Hause.
Kirsch wartete eine Stunde, bis er am Hoftor klopfte.
Der Winzer hielt die Bestie fest und fragte: „Was willste dann?“

„Ja, hallo. Sie werden nicht glauben, was ich Ihnen jetzt erzähle. Ich arbeite nämlich beim Fernsehen. Wir wollen eine Serie über eine rheinhessische Winzerfamilie drehen. Dafür suchen wir eine geeignete Location. Darf ich Ihr altes Haus begutachten?“

Der Winzer packte den dreißiger Schraubenschlüssel so fest, dass die Knöchel weiß wurden. Dann pfefferte er den Schlüssel so wuchtig gegen das Eisentor, dass es krachte: „Hau bloß ab, du Daachdieb!“
Kirsch ergriff entsetzt die Flucht.

Dass der Winzer schlecht gelaunt war, hatte gute Gründe. Schon frühmorgens hatte er mit seiner Frau Krach bekommen. Sie machte immer die Buchführung, und er hatte wieder Belege verschlampt. Dann hatte ihm seine jüngste Tochter erklärt, dass sie ihr Studium an den Nagel hängen wollte. Stattdessen wollte sie zwei Jahre allein durch Indien trampen. Der Winzer drehte durch vor Sorge. Dann war der Trecker kaputtgegangen. Und zu allem Überfluss hatte er heute Abend eine Weinprobe. Eine Horde Fernsehfritzen hatte sich angemeldet. Der Winzer kannte diese Bagage. Meistens konnten die Pfeifen keinen Riesling von Silvaner unterscheiden, hielten sich aber für ganz große Weinkenner. Und verlangten Pino Grigio, weil sie gehört hatten, dass „man“ das jetzt trinkt.

„Isch hab's de ganze Daach nur mit Arschlöscher zu due!", stöhnte der Winzer. Dann holte er zum Trost sein Maßband heraus. Grimmig fackelte er mit dem Feuerzeug einen Zentimeter ab: „Noch zwölf Daach, dann brennt die alt Budick!"

Die orale Besenkammer der Gutenberg-Uni

„Jetzt?", fragte der Soziologe aufgeregt.
„Wann sonst?", lachte sie lüstern, und ihre vollen Lippen formten einen aufregenden Lutschmund.
„Hier, auf der Uni?", fragte Schulte geil.
„Wo sonst", hauchte sie. Wie hypnotisiert folgte er ihrem wippenden Hintern. Sie gingen im Philosophicum die Treppe hinunter und verschwanden in der Besenkammer. Schulte lehnte sich mit dem Rücken an die Wand, sie öffnete seine Hose. Sie ging auf die Knie. Sie leckte mit der Zunge über die Eichel, kraulte mit der Hand seine dicken Dozenteneier. Schulte grunzte wollüstig.
„Dein Referat war hervorragend", log er stöhnend.
„Interessiert mich nicht die Bohne", nuschelte sie und sagte nichts mehr, weil sie den ganzen „Nillekopp" in den Mund nahm.
In diesem Moment riß jemand die Tür zur Besenkammer auf. Schulte sah in die Maschinenpistolen des Exekutionskommandos. Die Blonde sprang zur Seite und winkte fröhlich Schultes Frau zu.
„Schwein!", sagte seine Frau und lud die Maschinenpistole durch.
„Du kleine, miese Verrätersau!", zischte Katharina und zielte auf seinen Kopf.
„Sie erbärmlicher frauenfeindlicher Chauvinist!", sagte die Gleichstellungsbeauftragte der Uni und zielte auf seine Eier. Schultes gewaltiger Soziologenpimmel schrumpfte blitzartig auf Zigarettenstummelformat.
Der Lokalreporter Egon Erwin Kirsch montierte eine Blitzlichtkamera auf seine Waffe. „Das gibt Schlagzeilen!", sagte er fröhlich. Heckler und Koch luden die Waffen durch und sagten mechanisch: „Der Verfassungsschutz hat uns die Lizenz zum Töten erteilt!"
„Feuer frei!", sagte seine Frau.

Dann sah er nur noch Mündungsfeuer aufblitzen.
„Aaargh!“, schrie Schulte und schreckte hoch. Er war schweißgebadet. Seit Tagen träumte er immer denselben Albtraum.
„Helmut-Häschen“, sagte seine Frau verschlafen, „deine Albträume gehen mir auf die Nerven. Geh mal zum Therapeuten.“
„Ach Mausi, ich bin nur überarbeitet“, murmelte Schulte und dachte: *Morgen geh ich zum Anwalt.*

„Mann, siehst du scheiße aus“, sagte der Anwalt zum Spiegel und fuhr sich mit urinbetröpfelten Fingern durch die Haare. *Wenn ich noch fetter werde, kann ich anfangen, Golf zu spielen*, dachte er. Dann flitzte er von der Toilette zu seinem Schreibtisch.
„Herr Doktor Helmut Schulte“, verkündete die Anwaltsgehilfin.
„Soll reinkommen“, sagte der Anwalt und legte die Füße auf den gepflegten Louis-quinze-Tisch.

Helmut Schulte machte einen gehetzten, geradezu panischen Eindruck. Seine ganze lässige Arroganz war wie weggeblasen.
„Ah“, sagte der Anwalt, „der Begründer der neuen Mainzer Schule. Na, wie viele Studentinnen hast du in dieser Saison schon flachgelegt?“
„Lass das“, sagte Schulte. „Ich hab ein ernstes Problem.“
„Ist eine schwanger geworden?“, fragte der Anwalt besorgt.
„Nein! Und meine Frau ist genauso eifersüchtig wie immer. Das ist es nicht.“
„Sondern?“
„Der Verfassungsschutz ist hinter mir her. Wegen der alten Geschichte mit der RHF.“
„Hm“, sagte der Anwalt, „ich fürchte, da kann ich wenig helfen.“

„Wenn mir der Verfassungsschutz einen Strick dreht“, jammerte Schulte, „dann ist mein Beamtenstatus samt Pensionsberechtigung in Gefahr. Und wenn das an die Presse kommt, dann bekomme ich Ärger mit meinem Bruder, weil das schlecht für seine Imagekampagne als Gutenberg-Kulturpolitiker ist. Und wenn das an die Presse kommt, dann melden sich auch Exliebhaberinnen von mir und reden über meine außerehelichen Beziehungen. Oder über

Studentinnen, die von mir gute Noten bekamen für den Scheiß, den sie abgeliefert haben. Und dann ist mein Ruf ruiniert und ..."
„ ... und dann lässt sich deine Frau scheiden, du hast deine Ruhe, ziehst in dein Häuschen in der Toskana, säufst Rotwein und schreibst kulinarische Reiseführer rund um Florenz."
„Du Arschloch! Ich hab keine Gütertrennung im Ehevertrag!"
„Schon gut, ich will sehen, was ich für dich tun kann."
„Aber vertraulich!"
„Was denn sonst?"
Der Anwalt grinste. Was er an diesen Alibi-Linken immer wieder bemerkenswert fand, war deren hartnäckiges Festhalten an altbackenen Privilegien wie dem höheren Beamtenstatus. Ganz abgesehen davon, dass der Soziologe gerade eines seiner Häuser entmieten ließ, um eine höhere Rendite mit dem Verkauf von Eigentumswohnungen zu erzielen.
„Was anderes. Ich fürchte, dass wir deine Mieter nicht einfach so auf die Straße werfen können. Allerdings gibt es da andere Möglichkeiten. Für 2000 Euro bar auf die Kralle machen das die Hells Angels ganz schnell und unbürokratisch."
„Probier's erst mal so", sagte der Soziologe, besorgt um seinen guten Ruf als sozial engagierter Intellektueller.
Noch am selben Abend, in der Sauna, gab der Anwalt in der üblichen Herrenrunde einen zum Besten: „Wisst Ihr schon das Neuste? Unser Soziologe, der größte Aufreißer an der Mainzer Uni, hat mächtiges Fracksausen, weil der Verfassungsschutz hinter ihm her ist.
„Hoho", grölten die nackten Herrn.
Einer grölte nicht. Egon Erwin Kirsch machte riesengroße Ohren: „Soll ich noch einen Aufguss machen?"
Zwei Tage später stand in der Zeitung: „Mainzer Soziologe unter Terrorismusverdacht."

Der Gutenberg-Marathon: Franky rennt

Herbert nahm den Stumpen aus dem Mund und blies einen Rauchkringel in die Luft: „Was iss? Fahrn mir heit nach Wallerthoim?"
„Geht nicht", sagte Franky. „Morgen muss ich Marathon laufen."
Karl: „Unn weider? Da könne mir doch heit ..."
„Nein", sagte Franky. „Heute ist Nudelparty. Ich muss noch Kohlehydrate essen und mich mental vorbereiten."

Franky ging zur Nudelparty in die Rheingoldhalle. Hunderte Marathonis schaufelten Nudeln in sich hinein und fachsimpelten über Trainingspläne, Ernährungspläne, Vitamine. Dazu kauften sie schwachsinniges und überteuertes Laufzubehör.

Laufen war in. Anstatt vernünftig Sport zu treiben, also mit dem Fahrrad in die Straußwirtschaft zu radeln, stampften Tausende mit X- und O-Beinen, schief stehenden Becken, Knick-Senk-Spreizfüßen und Übergewicht über knochenharten Asphalt. Die Orthopäden fielen auf die Knie und dankten Gott. Die Arztpraxen waren voll von fanatischen Freizeitrennern. Jedes Jahr meldete man stolz einen neuen Teilnehmerrekord beim Mainzer Gutenberg-Marathon.

Start war um 10 Uhr. Sechstausend Läufer pilgerten zum Startplatz, formierten sich zu einer Armee und badeten im Gemeinschaftsgefühl. Franky war schon seit 8 Uhr da. Am Rheinufer vorm Rathaus trippelte er wie ein nervöses Rennpferd hin und her. Er machte Dehnübungen und lief sich warm.

Seine Füße waren mit modernsten Laufschuhen nach neuesten sportwissenschaftlichen Erkenntnissen bewaffnet. Kosteten 200 Euro und waren halb so gut wie Laufschuhe für 100. Sein schöner Knackarsch steckte in einer papageibunten Laufhose aus atmungsaktivem Spezialstoff. Die Hose leitete Fürze und Schweiß nach außen, ließ aber keine Nässe nach innen. Auf der Hüfte trug er eine Art Patronengürtel, gefüllt mit Traubenzucker, Nahrungsergänzungsmitteln und Elektrolytgetränken. Auf der Brust klebte ein Pulsmesser.

Das beste aber war sein T-Shirt, gesponsert von Karl Napp. Auf der Vorderseite stand: „Detektei Napp und Dickmilch. Schnell, diskret, international.“ Auf der Rückseite: „Ihre Frau geht fremd? Rufen Sie uns an!“

Franky sah nervös auf die Uhr. Es war 9 Uhr 30. Endlich kamen seine Betreuer. Karl, Erna und Herbert auf Fahrrädern. Karl zog seinen Anhänger hinter sich her. Im Anhänger standen Rudi und eine Kühlbox voller Bierflaschen.

Herbert nahm den Stumpen aus dem Mund: „Unn wie Schportsfreund? Biste fit?“

„Weiß nicht“, murmelte Franky. Nach Sportlerart faselte er vorsichtshalber irgendetwas von Alibiverletzungen.

„Babbel nit!“, sagte Karl und zeigte Franky den Streckenplan. „Wischdisch iss, dass de iberall, wo Kameras schtehe, ä bissje langsamer rennst, damit mer unser Tischört im Fernseh sieht!“

Franky nickte und nuckelte nervös an seiner Trinkflasche. Er stellte sich ganz hinten zu den hohen Startnummern. Dort warteten nur die Fußkranken. Männer mit Bierbäuchen und dünnen Beinen, Hausfrauen mit speckigen Hüften, Siebzigjährige mit bandagierten Knien. Ein alter, dürrer, ungesund aussehender Mann trug ein lächerliches T-Shirt mit der Aufschrift „Herberts Backstubb“.

Mein Gott, dachte Franky, *wie wollen diese Pfeifen einen Marathon durchstehen*?

Vorne fiel der Startschuß, zehn Minuten später setzte sich das Ende der Schlange in Bewegung.

Franky hatte sich eine clevere Taktik zurechtgelegt. Er wollte das ganze Feld von hinten aufrollen. So hatte er das Gefühl, ungeheuer schnell zu sein, weil er tausende Läufer überholen konnte, die langsamer waren als er. Franky flitzte los wie gedopt. Wie Slalomstangen umkurvte er dicke Hintern und schwammige Beine.

Bei Kilometer drei standen seine Fans und klatschten.

„Franky, geb Gas!“, stand auf dem Schild, das Herbert hochhielt.

„Der geht ab wie ä Zäppsche“, lobte Erna.

„Supper, Frängie!“, brüllte Karl und öffnete eine Flasche Bier.

Die drei Fans sahen den Läufern zu. Es war lustig. Manche stampften wie Elefanten über den Asphalt. Andere schienen zu

schweben. Es gab auch welche, die eher hüpften als rannten. Amotoriker wackelten wild mit den Köpfen und fuchtelten hektisch mit den Armen. Andere grinsten verklärt, als hätten sie Drogen genommen. Bodybuilder mit dicken Armen und roten Köpfen kämpften sich keuchend vorwärts und japsten nach Luft.
Bei Kilometer acht sah Karl besorgt auf die Uhr: „Wo bleibt dann de Zatopek?“

Irgendetwas stimmte nicht. Franky wollte den Halbmarathon, 21 Kilometer, in einer Stunde und 45 Minuten rennen. Dafür hatte er ein ganzes Jahr wie ein Blöder trainiert. „Wo bleibt Franky?“

Im Mombacher Industriegebiet musste Franky pinkeln. Gegenüber Schrauben-Fatscher stellte er sich an den Straßenrand. Aber es kam nichts. Es dauerte eine Ewigkeit, bis der ganze Elektrolytscheiß herausgepinkelt war. Anscheinend hatte das klebrige Zeug die Pfeife verstopft. Franky rannte noch schneller, um die verlorene Zeit aufzuholen. Aber irgendwie wurden die Beine schwer. Und die neuen Schuhe waren scheiße. Auf der Innenseite falsch vernäht, scheuerten sie am Fuß. Franky fühlte eine große Blase, die immer größer wurde. Und die schicke Hose war das Letzte. Völlig falsch geschnitten, zog sie sich beim Laufen unangenehm in die Arschkerbe. Und vorne rieb der Stoff die Innenseiten der Oberschenkel auf.

Er fing an, keuchend zu atmen. Und der Pulsmesser spielte verrückt. Franky musste zum ersten Mal gehen. An der Verpflegungsstation soff er wie eine verdurstende Kuh. Als er wieder losrannte, schwappte die riesige Wassermenge im Bauch glucksend hin und her. In der Mombacher Hauptstraße riss er sich am Riemen. Links und rechts standen jubelnde Massen, Fassenachtskapellen spielten. Aber es half nichts. Franky wurde immer langsamer, die Beine immer schwerer, der Atem immer unregelmäßiger. Hunderte überholten ihn.

Um nicht weiter zurückzufallen, hängte er sich wie eine Klette an zwei Mädchen. Die eine hatte einen unsportlichen Hintern und Beine wie dicke Stempel. Ihre Freundin hatte eine schöne Figur,

Bauch frei und ein modisches Top. Franky hechelte hinter den beiden ungleichen Hintern her. Plötzlich musste er husten.

Rechts neben ihm fuhr Herbert auf dem Fahrrad und blies dem erschöpften Läufer Rauchwolken ins Gesicht: „Frängie, Du Peif! Was issen los?“

Dann spürte Franky einen Schlag auf die linke Schulter. Sein Sponsor motivierte ihn: „Frängie! Da vorne schteht die Fernsehkamera vum Südwestfunk. Reiß disch am Rieme, du Peif!“

„Arschloch“, japste Franky und quälte sich weiter.

Ordner scheuchten die beiden Radfahrer von der Straße. Karl fuhr rechts ran und ein Läufer stolperte über den Bieranhänger.

Karl: „Kannste nit uffbasse, du Hutsimpel!“

Rudi sprang vom Hänger und biss den Sportler in den Knöchel. Der Marathoni sprang entsetzt auf und flitzte schimpfend davon.

„Was fer en Depp!“, knurrte Herbert.

Kilometer zwölf. Franky keuchte mit weit aufgerissenen Augen durch die Ludwigsstraße. Seine Beine waren bleischwer. Verzweifelt stolperte er hinter dem unsportlichen Hintern her. Die schöne Freundin hatte schon vorher aufgegeben.

Mein Gott, dachte er, *wie soll ich das durchstehen*?

Dann die Katastrophe. Die Unsportliche vor ihm sah kurz auf ihre Armbanduhr, nahm die Beine in die Hand und raste davon. Ihr großer Hintern wurde immer kleiner und verschwand am Horizont. Anscheinend war sie die ersten zwölf Kilometer nur ruhig angegangen. Franky brach innerlich zusammen und ging einen Kilometer. Reihenweise rannten Menschen mit unsportlichen Figuren an ihm vorbei. Franky bekam Tränen der Wut und Enttäuschung in die Augen.

Karl und Herbert standen immer wieder am Straßenrand, winkten mit Bierflaschen und versuchten Franky anzufeuern.

„Was fer en Versaacher“, schnaubte Karl enttäuscht.

Herbert: „Vielleischt isser ibberträniert.“

Inzwischen war es brütend heiss. Der Schweiß brannte in den Augen, das Herz raste, der Pulsmesser piepte aufgeregt im roten Bereich. Franky schleppte sich nur noch von Verpflegungsstation zu Verpflegungsstation. Er sah tanzende schwarze Punkte vor den Augen. Er dachte an den ganzen Blödsinn, den er gelesen hatte. Über Glückshormone, die angeblich beim Laufen ausgeschüttet wurden. Was für ein Schwachsinn!

Es war so demütigend. Die Fußkranken mit den hohen Startnummern überholten ihn. Leichtfüßig zog die dicke Hausfrau an ihm vorbei. Beim Laufen redete sie locker mit ihrer Freundin.

Schlimm war die Strecke von Mainz nach Weisenau. Kilometerlang ging's geradeaus zum Zementwerk und zurück. Bei Kilometer sechzehn hatte Franky mit dem Leben abgeschlossen. Seine Füße waren nur noch offene Wunden. Die Oberschenkel waren aufgescheuert. Die Brustwarzen waren wund, weil das durchgeschwitzte T-Shirt darauf rieb. Franky japste und keuchte. Verzweifelt hielt er sich hinter dem alten Mann mit den bandagierten Knien. Franky hatte nur noch einen Wunsch: Nicht langsamer zu sein als der alte Mann mit dem T-Shirt, gesponsert von Herberts Backstubb.

Napp und Dickmilch saßen derweil in der „Rhoischnook".
„Als Werbeträscher fer die Firma iss de Frängie en Dodalausfall!"
„Da haste Rescht. Da hädde mer gleisch selber mitrenne kenne!"
„Frolleinsche, Dorscht! Noch zwää Sauergeschpritzte."
„Genau, ääner geht noch."

Auf den letzten zwei Kilometern hatte Franky Wadenkrämpfe. In zwei Stunden 32 Minuten, lange nach dem alten Mann, schleppte er sich über die Ziellinie. Vor der Rheingoldhalle brach er zusammen. Das Rote Kreuz legte ihn ins Sauerstoffzelt. Er brauchte eine Stunde, bis er einigermaßen ansprechbar war.

Dann warf er den ganzen teuren Scheißdreck in die Mülltonne. Alles. Die Schuhe, die Hose, den Pulsmesser, den Gürtel mit den Getränkeflaschen. Er wankte ins Detektivbüro, legte sich aufs Sofa und stand drei Tage nicht mehr auf. Erna bemutterte ihn liebevoll. Gegen das Dummgeschwätz der beiden Idioten verteidigte sie den armen Franky wie eine Löwin. So lange bis er wieder fit war, musste der alte Gutenberg in Wallertheim halt warten.

Die Gutenberg-Fleischworscht-Imagekampagne: Alarm!

„Mann, siehst du scheiße aus", sagte der Anwalt zu seinem Spiegelbild. Es wurde jeden Tag schlimmer. Jeden Tag fand er ein graues Haar mehr. Die Geheimratsecken reichten immer höher, das geölte Zöpfchen wurde immer dünner. Angeekelt wandte der Anwalt sein Gesicht vom Antlitz des körperlichen Verfalls, verließ die Kanzlei und fuhr in die Augustinerstraße zum In-Italiener. Im Terminkalender stand rot unterstrichen: „13 Uhr, Arbeitsessen mit der Handkäsmafia."

Wie immer war das Lokal knallvoll. Hier speiste nicht nur die Mainzer Hottwollee, sondern auch alle, die dazugehören wollten. Brezelmüller und Toni saßen hinten an ihrem Stammtisch und schaufelten dicke Brocken Rinderfilet in die gierigen Rachen.

Toni zeigte mit dem Messer unter einen Tisch, wo eine Frau im Minirock vergessen hatte, die Beine geschlossen zu halten. „Geil, dess Schnecksche da drübbe hat en Schtring-Tanga an."

Brezelmüller winkte mit der Gabel. „Da kommt ja unser Rechtsverdreher."

Toni pfiff durch die Finger wie ein Herr seinen Hund herbeipfeift.

Ärgerlich kam der Anwalt: „Ah, die Herren Kultursponsoren."

Toni, schmatzend: „Setz disch, unn beschtell der was zu saufe!"

Anwalt: „Also, was gibt's denn Wichtiges?"

Brezelmüller zog feierlich ein Blatt Papier aus der Tasche und legte es auf den Tisch. Toni tippte mit dem dicken Wurstfinger auf das Blatt: „Da sollste unnerschreibe!"

Der Anwalt sah auf das Blatt. Es war ein Antrag auf Mitgliedschaft beim FSV Mainz Nullfümf.

„Was soll der Blödsinn? Ich bin doch schon Mitglied in eurem bescheuerten Fassenachtsverein!" Der Anwalt bekam eine Gänsehaut, wenn er an die unzähligen Fassenachtssitzungen dachte, wo er neben Toni und HaPe im Komitee sitzen musste. Mit dieser idiotischen Kappe auf dem Kopf.

Brezelmüller wurde ungeduldig: „Und wie viele Mandanten hast Du gewonnen, weil Du erster Schriftführer bei der Meenzer Blunzegard bist?"

Das stimmte, der halbe Verein kam in des Anwalts Kanzlei.
„Aber was soll ich im Fußballverein? Ich kann den Proletensport nicht ausstehen. Ich kann noch nicht mal ein Abseits erkennen!"
„Dess kann isch aach nit", sagte Toni. „Unn trotzdem sitz ich im Vorschtand vun de Nullfümfer!"

Brezelmüller erläuterte seinen Schlachtplan: „Toni und ich sitzen nicht aus Spaß im Präsidium. Sobald die Vereinsführung einen Fehler macht, berufen wir eine außerordentliche Mitgliederversammlung ein und putschen. Wir übernehmen den Laden. Ich als Präsident, Toni als Manager und Gastronomiebetreiber."
„Unn dann mache mer uns die Dasche rischdisch voll!"
Der Anwalt schüttelte den Kopf. „Solange die Nullfünfer um den Aufstieg mitspielen, wird das schwer sein."
Toni: „Des hääßt Nullfümfer, kapierste? Fümfer mit m, nit mit n."
„Klar", stimmte Brezelmüller zu. „Für unsere Pläne wär's besser, wenn der Verein so scheiße wie immer spielen würde."
„Des iss ja aach ä langfrisdisches Konzept", erläuterte Toni.
„Und dafür brauchen wir jetzt schon Verbündete. Grieser und Nobby sind auch dabei. Die müssen sowieso tun, was wir sagen."
„Wär ja noch schänner", maulte Toni.
Anwalt: „Und was hab ich davon?"
„Wenn du erst im Präsidium sitzt, dann bekommst du auch jede Menge hochkarätiger Mandanten! Dafür werden wir schon sorgen."
Toni: „Abber dadefer musste erst emal Mitglied wern unn vor allem ä bissje volkstümlischer!"
„Ihr meint also, ich soll bei jedem Heimspiel auf der Tribüne sitzen und mich dauernd mit alkoholisierten Prolls verbrüdern!"
Toni fühlte sich angesprochen: „Genau!"

„Nicht nur", sagte Brezelmüller und wühlte in seiner Tasche. Zuerst setzte er dem Anwalt eine Mütze mit dem Vereinsemblem auf den Kopf. Dann stülpte er ihm eine bemalte Jeansjacke über das schicke italienische Hemd. Zum Schluss legte er ihm einen Schal mit den Autogrammen der Lizenzspieler um den Hals.

Toni schlug ihm auf die Schulter: „Siehst schun aus wie en halbe Huuligän. Jetzt musste nur noch lerne, Bier aus de Dos zu saufe!"
Brezelmüller drückte dem Edel-Fan einen Zettel in die Hand.

„Beim nächsten Spiel sitzt du mit uns auf der Tribüne!“
Der Anwalt starrte entsetzt auf den Zettel. Da standen die Namen aller Spieler mit Rückennummern. Und Mainzer Schlachtgesänge.
„Das musst du auswendig lernen!“
Toni schlug dem Anwalt auf die Schulter und brüllte durchs Lokal: „Wir sind nur ein Carnevalsverein! Los, mitsinge!“

Dem Anwalt war das Ganze schwer peinlich. Verzweifelt suchte er einen Weg, um den grölenden Toni zu stoppen. „Und das Bruchwegstadion wird in Gutenberg-Arena umgetauft?“
„Guud Idee“, stimmte Toni zu. „Dess mache mer!“
„Wenn wir gerade bei eurer Gutenberg-Imagekampagne sind: Es könnte sein, dass das Ganze ein Schlag ins Wasser wird.“
„Wieso?“, fragte Brezelmüller todernst. Toni hörte auf, zu grölen.

„Seit Wochen geht ein Gerücht in der Stadt um. Es gibt angeblich ein Originalporträt von Gutenberg. Die Mahlzahn hat sogar ein Foto von dem Ding gesehen. Und jetzt ratet mal, welcher Mainzer Privatdetektiv hinter dem Bild her ist?“
„Doch nicht etwa ...“
„Doch! Karl Napp höchstpersönlich.“
„Des glaab isch nit. Der iss doch so bleed wie en Schoppe Rotz!“

Brezelmüller widersprach: „Wie er damals die Sache mit dem Gärtner aufgedeckt hat, der's mit unseren Frauen getrieben hat, das war nicht blöd. Karl Napp ist nicht so doof, wie er aussieht.“
„Scheiße“, schmatzte Toni.

Anwalt: „Wenn es so ein Bild gibt, dann ist es Millionen wert. Und wenn er das Bild findet, dann interessiert sich keine Sau mehr für eure schäbige alte Druckerpresse! Dann könnt ihr euch die ganze Imagekampagne als Kultursponsoren in die Haare schmieren!“
Toni ließ den Mund offen, damit ein halbes Rinderfilet herausfiel.

Brezelmüller nahm einen tiefen Schluck. Sein dicker Schwartenmagenkopf wurde rot vor Wut, seine Halsschlagader dick, sein Blutdruck stieg. Er rief sofort Nobby an: „Nobby! Krisensitzung. Bei mir zu Hause! Ende!“
Toni rief Grieser an: „Grieser! Bei Fuß! Beim Pate uffkreuze unn Männsche mache!“

Das Leben ist hart, aber ungerecht: der Schwimming Puhl

Karl: „Was iss, Männer? Fahre mer morsche nach Wallertheim unn klaue des alde Gudebersch-Bild?“
„Morsche kaaf isch moin Schwimming Puhl“, sagte Herbert.
Franky: „Wozu willst Du jetzt einen Swimming Pool kaufen?“
Herbert: „Heizöl kaaft mer jo aach im Sommer, wenn mer’s nit braucht. So lang noch kää Schwimmwedder iss, sinn so Schwimming Puhls billischer als wie in de Hitz, wenn alle Deppe Schwimming Puhls kaafe. Hab isch schun im Winder beschtellt. “
Herbert erzählte. Eigentlich brauche er keinen Pool, weil er ja eine Mörtelwanne aus schwarzem Kunststoff hatte. Im Baumarkt für 9 Euro 80 gekauft. Wenn es heiß war, ließ er Wasser hineinlaufen, setzte sich „nackisch“ hinein und trank ein kühles Bier. Weil er aber so fett war, passte sein Dackel Rudi nicht mit hinein. Und deshalb brauchte er einen Swimming Pool.
Franky: „Du kaufst also ein Schwimmbad, nur damit dein Dackel mit dir zusammen baden kann?“
„So isses“, sagte Herbert und kraulte Rudi.
Karl griff sich an den Kopf und las weiter Bildzeitung.
„Eischentlisch“, sagte Herbert, „eischentlisch hab isch dademit gereschnet, dass ihr mir helfe tut!“
Am nächsten Morgen fuhren Franky und Karl nach Mommenheim. Frühaufsteher Herbert hatte alles gewissenhaft vorbereitet. Im Garten hinterm Haus lagen Spitzhacken, Spaten und Schaufeln. Auf dem Rasen zwischen alten Obstbäumen war eine ovale Fläche eingezeichnet, etwa drei mal sechs Meter.
„Nit diefer als zwää Meder“, erläuterte Herbert fröhlich.
Franky schwang eine Spitzhacke und schlug sie in den Boden. Butterweich, Spitzhacke war überflüssig. Also stach er mit dem Spaten den Rasen aus. Karl schaufelte die Rasenstücke in einen uralten Schubkarren. Den Dreck sollte er vorne in den Hof kippen, damit er später abgeholt werden konnte.
„Alles rodscher“, sagte Herbert. „Isch kaaf jetzt moin Puhl.“
Kaum war Herbert weg, begannen die Probleme. Erstens das Wetter. Es fing an zu nieseln. Zweitens der Boden. Als die lockere

Gartenerde abgetragen war, kam knochenharter Boden zum Vorschein. Franky musste wie ein Irrsinniger mit der Spitzhacke rotieren, um eine Handvoll Erde zu lockern. Oder er stieß auf dicke Baumwurzeln, die er mit der Axt durchschlagen mußte. Drittens Herberts Werkzeug. Ein Schaufelstiel brach, bei der Spitzhacke löste sich das Eisen vom Holz und flog zwei Zentimeter an Karls Kopf vorbei. Der Schubkarren hatte kaum Luft im Reifen. Karl musste wie ein Irrer schieben.

„Quiiiiiik, Quiiiiiiik“, jammerte das uralte Schubkarrenrad.

Nach einer halben Stunde waren sie pitschnass von Regen und Schweiß. Außerdem waren sie ungeschickt. Rücken, Arme und Beine schmerzten. Am schlimmsten waren die Hände. Sie zitterten vor Erschöpfung. Und es gab keine Handschuhe. Auf den Handflächen und an der Daumenseite bildeten sich schnell Blasen. Wenn man sie aufstach, floß wässrige bis rote Brühe heraus.

„Wo bleibt dann dess Arschloch so lang?!“, keuchte Karl.

Herbert und Rudi gingen zum Nachbarn, um den Traktor mit der Rolle, dem zweiachsigen Anhänger auszuleihen. Die Rolle stand da, der Traktor war weg.

Bäuerin: „De Hacke Fritz iss im Acker schteckegeblibbe. Moi Alder iss schnell hiegefahrn, um en rauszuziehe.“

Herbert und Rudi gingen zum nächsten Bauern. Der Bauer war mit seinem nagelneuen Traktor aufs Feld gefahren. Aber seine alte Mutter hatte eine gute Idee: „Nemm doch unsern alde Bulldog. Der schteht do hinne in de Scheier.“

Herbert und Rudi öffneten das Scheunentor und räumten eine Menge Gerümpel weg, das vor dem alten Traktor stand. Herbert scheuchte ein Huhn vom Sitz, setzte sich und versuchte das Ding zu starten. Es tat sich gar nichts. Herbert stieg ab und öffnete die Motorhaube. Unter der Haube war lediglich ein Hühnernest mit drei Eiern. Motor und Batterie waren ausgebaut.

„Scheiße“, sagte Herbert.

Im Hof auf der anderen Straßenseite stand ein schöner großer Traktor. Aber er gehörte dem Schober Kurt. Schobers und Dickmilchs redeten seit über 100 Jahren kein Wort miteinander.

Wahrscheinlich war ein uralter Grenzstreit im 19. Jahrhundert der Grund, so genau wusste das keiner mehr, aber der Streit vererbte sich seit Generationen.
„Vun dem Arschloch", schwor Herbert, „leih isch mer kään Bulldog aus! Se Lebedaach nit!"
Herbert klingelte bei seinem Kumpel: „Wo issen de Hoinz?"
„Ei dort, wo er immer um die Zeit iss!", sagte die Frau von Heinz.

Richtig, vor der Kneipe stand das Moped samt Anhänger. In der Kneipe stand Heinz. Herbert und Rudi tranken zum Frühschoppen einen Sauergespritzten, einen Schnaps und gaben zwei Runden aus. Dann setzte sich Herbert auf das Moped, Rudi sprang in den Anhänger. Zuerst fuhren sie zur Getränkehandlung und kauften drei Kisten Bier. Dann donnerten sie zum Baumarkt.
„Frolleinsche! Isch kaaf den runnergesetzte Schwimming Puhl!"

Die studentische Aushilfskraft räusperte sich. Vor ihr stand ein dicker Mann mit Alkoholfahne. Auf dem Kopf hatte er einen Motorradhelm, im Mund eine qualmende Zigarre. Neben ihm stand ein kläffender Dackel.
„Das hier ist ein Baumarkt", erklärte sie. „Hier gibt's keine Swimming Pools. Hier gibt's auch keine Fräuleinscher. Hier gibt's aber Rauch- und Haustierverbot."
„Frolleinsche! Mir pressiert's. Isch hab werklisch kää Zeit, fer viel Ferz zu mache!"
„Hier gibt's auch Furzverbot!", sagte die Studentin genervt. „Gisela, komm mal bitte!"

Die dicke Gisela schnappte ihr Brötchen und walzte zur Theke, immer bereit, Kolleginnen gegen unhöfliche Kunden zu verteidigen: „Herbert! Was machsten dess Mädsche närrisch?"
„Isch mach gar niemand närrisch, isch will nur moin Schwimming Puhl abhole!"
Gisela pfiff auf zwei Fingern. Atemlos kam ein kleines Männchen im Blaumann angetrabt. „Herr Schmidt. Hier de Herr Dickmilch will den runnergesetze Vorführfischteich abhole!"

Herbert folgte dem Zwerg im Blaumann in die Gartenabteilung. Da stand er, der Fischteich. Schwarz, hässlich, aus Kunststoff, zweieinhalb mal fünf Meter groß.

„Isch fahr mittem Hänger vor“, sagte Herbert und fuhr mit dem Hänger vor.
„Das verstößt gegen die Straßenverkehrsordnung“, nuschelte der blaue Zwerg. „Ich lehne jegliche Verantwortung strikt ab!“
„Babbel kä dumm Zeisch“, sagte Herbert.
Gemeinsam hoben sie den Teich über den Mopedanhänger.
„Das kann nicht gutgehen“, sagte der Zwerg todernst.
„Laber kään Schtuss, hol Kordel!“
Der Zwerg flitzte los und kam mit einer Rolle Schnur wieder. Gemeinsam zurrten sie den Fischteich auf dem Hänger fest.

Rudi sprang auf den Teich, Herbert setzte sich aufs Moped, und los ging's. Weil der Teich nur quer auf den Anhänger passte, musste Herbert auf der Straßenmitte fahren. Hinter sich eine endlose Schlange wild hupender Autofahrer. Rudi verbellte sie tapfer. Entgegenkommende Autofahrer hupten und machten entsetzt die Scheibenwischerbewegung.

Irgendwann fing das überlastete Moped an zu spucken, fuhr noch langsamer und dann gar nicht mehr. Herbert schob das Ding an den Straßenrand.

Ein Traktor hielt an, die Frontscheibe wurde hochgeklappt. Herberts Nachbar. „Herbert! Du bist dess Arschloch, wo de ganze Verkehr uffhält!“

Der Traktorist fuhr nach Hause und holte die Rolle. Die beiden Männer wuchteten Moped und Fischteich auf die Rolle. Herbert: „Geb Gas! Isch will heit Abend die Oiweihung vun moim Schwimming Puhl feiern!“

Herbert inspizierte die Baustelle. Es war enttäuschend. „Besonners weit seid ihr ja nit komme, ohne misch!“

Mehr konnte Herbert nicht sagen, weil ihm Karl die Schaufel über den Schädel schlagen wollte. Franky warf ihm alles an den Kopf, was ihm das Arbeiten schwer machte. Vor allem der Spitzhackenstiel, aus dem sich dauernd das Eisen löste. Anklagend zeigte er seine Hände. Voll mit Blasen und kleinen Holzsplittern.
„Isch hab aach noch en neie Pickel, abber isch hab gedacht, der alde iss gut genuch fer eisch!“

„Das glaub ich nicht!", japste Franky und setzte sich erschöpft hin.
Die beiden Handbaggerführer traten in Streik. Nach drei Bier löste sich die gespannte Atmosphäre in Wohlgefallen auf. Allmählich trudelte die Mommenheimer Dorfjugend ein, bewaffnet mit Pickeln, Schaufeln und Spitzhacken. Ruck zuck war das Loch ausgehoben und der Teich eingefügt. Aus dem Gartenschlauch gluckerte das Wasser ins Becken.
Um 20 Uhr fing die Hard-Rock-Band an zu spielen. „Smoke on the water", spielten sie. Um 22 Uhr waren alle besoffen und zugekifft. Um 23 Uhr 30 fiel Karl in den Teich. Um 4 Uhr wankten die Letzten nach Hause.

Um 9 Uhr wurde Karl wach. Er hatte Kopfweh, Schnupfen und Muskelkater. Zu Hause in Mainz musste er auf der Post ein Einschreiben abholen, eine Vorladung beim Verfassungsschutz.
Und in sieben Tagen würde das Gutenberg-Porträt verbrennen.

Karls Schatten

Karl ging ins „Clou", weil er dort neulich sein Gutenberg-Buch vergessen hatte und blieb sofort hängen. Der Wirt und Tüv erzählten nämlich von den guten alten Zeiten. Tüv hieß Tüv, weil er einmal eine KFZ-Werkstatt betrieben hatte und als besonderen Service gefälschte Tüv-Plaketten herstellte. Als der Schwindel aufflog, ließ der Richter alle Autos überprüfen und stellte als mildernde Umstände fest, dass die Autos tatsächlich anstandslos über den Tüv gekommen wären. Worauf Tüv empört zum Richter sagte: „Ja, määnste isch mach Pfusch, odder was?"

Vorm Clou stand sich Josephine-Auguste Mahlzahn die Beine in den Bauch. Gegenüber auf der Parkbank saß ein knutschendes Pärchen. Auf der Bank daneben ein Besoffener, der immer wieder das Gleiche sang. Nach der Melodie des Schlagers „Mama Leone" grölte er „Mama macht's ohne".
Mahlzahn ignorierte die widerliche Umgebung und konzentrierte sich auf das Wesentliche. Wenn es dieses Gutenberg-Porträt

tatsächlich gab, dann musste sie hier stehen und Karl Napp beschatten. So lange, bis er sie zum Porträt führte.
„Mama macht's ohne“, lallte der Besoffene, als Karl heraus kam. Mahlzahn folgte ihm. Karl Napp pinkelte auf dem Bismarckplatz in die Hecken, direkt neben die öffentliche Toilette.

Warum müssen Männer immer in Hecken pinkeln, fragte sich Mahlzahn angewidert. Karl tappte weiter und stellte sich an die Theke im „Krokodil“. Daneben schnarchte der Wirt auf einem alten Sofa. Früher war er ein sagenhaft gut gebauter Handballer gewesen, viele Mainzerinnen schwärmten noch heute von ihm. Schwarze Lockenhaare, breite Brust, schlanke Taille. Jetzt lag er auf dem Sofa, streckte den dicken Bauch in die Luft und schnarchte wie Balou, der gemütliche Bär.

Karl babbelte sich fest. Es ging nämlich um ein wichtiges Thema: die Rheinschwimmerei. „Meenzer Bube“ waren früher mit einem Stück Draht bewaffnet in den Rhein gesprungen, stromabwärts auf der Ingelheimer Aue an Land gegangen und hatten Äpfel geklaut. Die Äpfel spießten sie auf den Draht, hängten sich die Beute um den Hals und lauerten auf einen vorbeifahrenden Frachter. Dann sprangen sie todesmutig in die Fluten, hängten sich ans Schiff, ließen sich stromaufwärts ziehen, gingen wieder an Land und brachten ihrem angebetenden „Meenzer Meedsche“ einen Apfel.
„So war des frieher“, sagte der alte Rheinschwimmer.
„Ja, ja“, stimmte Friedel zu. „Genauso war's. Un manschmal iss so ä dick Worscht genau vor de Nas rumgeschwomme.“
„Un weider?“, fragte Mark Spitz. „Dademit haste immer reschne misse. Da iss halt viel Scheiße im Rhoi geschwomme, anschtatt im Klärwerk. Mir hat's nix geschaad. Isch leb heit noch.“
„Schrrooohhhtschüüü“, schnarchte der Wirt auf dem Sofa.

Mahlzahl duckte sich in den Hecken und war empört. Jetzt stand sie auf dem Sömmeringplatz gegenüber vom Krokodil. Ekelhaft! Hier urinierten nicht nur Männer, sondern auch Frauen hinter die Büsche. Es war ja so widerlich!
Um 19 Uhr wurde der Wirt geweckt: „Herbert! Es gibt Krach!“

Mit blitzartiger Geschwindigkeit stürzte er nach draußen: „Lass dess Määdsche in Ruh! Die will nit mit Dir ins Bett gehe! Die iss zugedröhnt unn will ihr Ruh habbe. Haste misch verschtanne?!"
Der Betrunkene trollte sich, das zudedopte Mädchen kam an die Theke, legte den Kopf ab und schlief sofort ein.

Karl machte sich steifbeinig auf den Weg zum „Meenzer Bub". Mahlzahn dackelte hinterher. Im Kaiser-Wilhelm-Ring fiel ihm etwas aus der Jackentasche. Mahlzahn hob es auf. Ein Buch über Johannes Gutenberg! Das war der Beweis. Warum sollte ein Mann wie Karl Napp freiwillig ein Buch über Johannes Gutenberg lesen!

Drinnen hing Karl an der Theke. Er unterhielt sich mit dem Wirtsehepaar und der Bedienung Ruth. Es ging um einen legendären Mainzer Banküberfall. Expolizist Karl Napp schilderte den Fall aus Sicht des Grünuniformierten. Andere widersprachen, jeder wusste es besser.
Sagte die Lebensgefährtin des Bankräubers: „Moin Schtescher hat dademit gar nix zu due gehabt, der hat nur es Fluchtaudo gefahre!"
„Bravo", riefen alle Menschen an der Theke. So viel selbstlose Liebe musste mit Beifall belohnt werden.

Als Karl aus der Kneipe torkelte und an die Litfaßsäule im Wilhelm-Ring pinkelte, hatte er in einer Stunde mehr gelacht als Josephine-Auguste Mahlzahn in ihrem ganzen Leben.

Mahlzahn verfolgte ihn verbissen und träumte verkrampft den Traum ihres Lebens: Der verblüfften Fachwelt das einzige, echte, wahre, originale Gutenberg-Porträt zu präsentieren.

Nicht weit von ihr lauerte Egon Erwin Kirsch. Kirsch hatte eine feste Überzeugung. Wenn die Kunsthistorikerin Mahlzahn Karl Napp beschattete, dann musste etwas dran sein an der Geschichte vom alten Gutenberg-Bild. Und dann war das die Story seines Lebens!

Der Hells Angel wiederum sagte sich Folgendes: Wenn nicht nur der Lokalreporter Kirsch, sondern auch die Mahlzahn hinter Karl Napp her ist, dann bin ich auf einer heißen Spur.

Behütet wie noch niemals im Leben torkelte Karl Napp nach Hause. Nach ihm kam Mahlzahn, danach Kirsch, dann der Rocker. Nach dem Rocker ein Landeskriminaler, der stichprobenartig das

Treiben seiner V-Leute bei den Hells Angels überprüfte. Dann ein Verfassungsschützer auf den Spuren der RHF. Und zum guten Schluss ein Mann vom BKA, der den Auftrag hatte, Katharina Weirischs Legende vor einem Mainzer Privatdetektiv zu schützen.

Der Sheriff von Wallertheim

Der Rocker-Azubi machte Meldung: „Die Dedegdive habbe sisch ä alt Haus in Wallertheim angeguggt. Isch glaab, des Bild vun dem alt Gudezwersch hängt dort."
„Na also", sagte Kai. „Schnapp dir jemand zum Schmierestehen, brech nachts in das Haus ein, und klau den Gutenberg."
„Mach isch", sagte der Azubi und ging. Drei Minuten später kam er zurück. „Kai, woher soll isch wisse, wie der Gudezwersch ausgesehe hat? Was iss, wenn isch es falsche Bild klau?"
„Du Vollidiot! Klau einfach alle Bilder, die im Haus hängen!"

Friedlich schnarchte ein müder Neumond über dem rheinhessischen Firmament. Still und verlassen lag der alte Winzerhof in Wallertheim. Leise wie die Waldameisen schlichen zwei Rocker durch den totenstillen Ort. Es war so dunkel, dass sie nicht das Schild an der Tür des Nachbarhauses sahen. „Vorsicht! Wachsamer Nachbar!", stand auf dem Schild. Und dass der Nachbar ein Frührentner mit Waffenschein war, konnten sie auch nicht wissen. Und woher sollten sie wissen, dass der Mann allgemein nur „der Sheriff von Wallertheim" genannt wurde? Schon gar nicht wussten sie, dass der Mann eine deutsche Dogge besaß, groß wie ein Kalb. Und dass der Winzer dem Hundebesitzer den Hoftorschlüssel gegeben hatte, damit die Dogge im Hof mehr Auslauf hatte als in der Wohnung des Sheriffs.

Bewaffnet mit Taschenlampe und Brecheisen kletterte der eine Rocker leise über das Hoftor. Es war ein altes, schmiedeeisernes Tor mit scharfen Spitzen, die drohend in den Himmel ragten. Der Rocker balancierte auf dem Tor zwischen den Spitzen und sprang in den Hof. Bei der Landung fiel er hin und stand nicht mehr auf.

Er lag auf dem Rücken und fühlte eine knurrende Bestie über sich. Ein riesiger Hund, eine Dogge. Der Geifer tropfte auf die Kehle des Einbrechers. Er hielt die Luft an und versuchte, nicht zu atmen. Er versuchte, mit der Hand langsam in seine Tasche zu greifen und sein messerscharfes Schnappmesser zu ziehen. Die Dogge knurrte aber so bösartig, dass er sich lieber doch nicht bewegte. Er sah das riesige Maul der Dogge und die gewaltigen Zähne. Er spürte den heißen Atem der Bestie in seinem Gesicht. Ununterbrochen tropfte der Speichel herunter.

„Was ist es denn?“, fragte der Rocker von draußen.

„Ä Dogge“, flüsterte der Mann am Boden.

„Beweg dich nicht“, sagte der andere überflüssigerweise.

Der Rocker zog eine Knarre und kletterte übers Tor, um seinen Kumpel aus den Klauen der Bestie zu retten. Auf dem Tor rutschte er ab, und seine Kutte verfing sich in einer Eisenspitze.

Der Mann knallte gegen das Tor, verlor die Pistole und hing wie ein nasser Sack an der Eisenspitze. Die Dogge bellte nur einmal. Sie bellte kurz, böse, tief und laut. Zwei Minuten später stand der Sheriff von Wallertheim im Hof. In der linken Hand hielt er eine Taschenlampe. In der rechten Hand seine Walter-Pistole. In der Mitte trug er einen blau-weiß gestreiften Schlafanzug. Der Rocker hing hilflos am Hoftor.

Der Sheriff leuchtete ihm ins Gesicht und hielt ihm die Wumme vor die Nase. „Ä falsche Beweschung unn isch schieß der ä Loch in de Kopp, du Dreckarsch!“

Und zu seiner Dogge sagte er: „Braves Mädsche. Du kriehst ä Leckersche.“

15 Minuten später war die Polizei da. Die Polizisten hängten den Rocker ab und legten ihm Handschellen an. Sein Kumpel wurde unter der Dogge hervorgezerrt. Der Sheriff sicherte seine Pistole und gab der Dogge ein getrocknetes Schweineohr. Der herbeigerufene Winzer gähnte freundlich.

Zwei Rocker beim Einbruch in seinen alten Hof ertappt. Klasse. In fünf Tagen würde die alte Bruchbude brennen, und das Feuerchen konnte man den Hells Angels unterschieben. Brandstiftung aus Rache für erfolglosen Einbruch.

Das alte Prinzip: Mer kenne uns, mer helfe uns

Die beiden gestressten Kulturpolitiker Grieser und Nobby betraten Brezelmüllers überdimensionales Wohnzimmer und setzten sich an seinen überdimensionalen Tisch. Aus der Tatsache, dass Toni keine Witze riss, schlossen sie, dass die Lage ernst sein musste.

Das meinte auch der Anwalt: „Die Lage ist ernst. Es existiert ein Originalporträt von Johannes Gutenberg. Der Privatdetektiv Karl Napp ist hinter dem Ding her."

Grieser staunte ungläubig: „Um Goddeswillen. Wenn der Kerl das Bild findet, dann ist unsere ganze Imagekampagne zum Teufel! Der hat dann alle Schlagzeilen für sisch alleine."

„Du bist en Schnellmerker!", klatschte Toni Beifall.

Nobby: „Darf der überhaupt so was machen? Als Privatdetektiv? Immerhin handelt es sich hier um ein Kunstwerk von überragender kunsthisdorischer Bedeutung und ..."

„Nobby!", zischte Brezelmüller. „Darfst du der Öffentlichkeit eine Druckerpresse aus dem 17. Jahrhundert verkaufen, obwohl du weißt, dass es eine Fälschung ist?"

Nobby setzte sich und schwieg.

Brezelmüller: „Es gibt nur eine sichere Lösung. Wir beteiligen uns an der Suche und präsentieren das Bild gemeinsam. Dann kommt zwar dieser Idiot Karl Napp mit auf das Zeitungsfoto, aber unsere Imagekampagne ist gerettet."

Grieser: „Warum sollte Karl Napp uns mit ins Boot nehmen, wenn er die Schlagzeilen alleine haben kann?"

Anwalt: „Weil er vor Gericht steht. 2,5 Promille Alkohol am Steuer, Fahrerflucht und versuchte Beamtenbestechung."

Grieser: „Was hat das eine mit dem anderen zu tun?"

Toni: „Grieser, du bist so bleed, dass de brummst!"

Der Anwalt nannte die Namen des Staatsanwalts und des Richters, die mit Napps Anklage befasst waren.

Toni: „Was verdient dann son Staatsanwalt unn son Rischter?"

Der Anwalt nannte die Summen.

Brezelmüller: „Na also. Erst einmal versprechen unsere zwei Politiker den Juristen glänzende juristische Karrieren. Toni und ich

versprechen ihnen zwei schöne Familienurlaube im 5-Sterne-Hotel auf Mauritius. Als Gegenleistung bekommt Karl Napp schnell seinen Führerschein wieder."
„Mildernde Umschtänd unn Unzureschnungsfähischkeit, weil er besoffe war, ha, ha."
Grieser und Nobby konnten über Tonis Witz nicht lachen.

„Mann, siehst du scheiße aus", sagte Anwalt und ging wieder zu seinem gepflegten Louis-quinze-Schreibtisch.
Die Anwaltsgehilfin kicherte: „Karl Napp ist da."
„Soll gefälligst warten, bis ich ihn rufe. Muss nachdenken."
Karl Napp saß im Wartezimmer und hörte zu. Neben ihm warteten drei Mädchen. Eine war anscheinend wegen Körperverletzung angeklagt und hatte zur Verstärkung zwei Freundinnen mitgebracht. Sie telefonierte dauernd, gab Musikkritiken vom letzten Robbie-Williams-Konzert durch und erzählte: „Hat die Fotze doch glatt meinen Typ angemacht, echt! - Total süß, Robby war total süß! - Hab ich ihr halt die Colaflasche übergezogen. - War geil, Superzugabe! - Was will die Fotze denn? Hat doch angefangen!- Klar zahlt das Papa. Der geht nicht zu zu irgendeinem Anwalt."
Karl flüchtete ins Büro zu den Anwaltsgehilfinnen: „Isch halt des Gebabbel nit mehr lang aus! Saach em Dogder, dass er ä bissje schneller nachdenge soll!"
Der Anwalt dachte schneller nach. Mainz war die Stadt der kurzen Wege. Zwischen Rathaus und Gericht, zwischen Politik und Justiz lagen nur ein paar Minuten Fußweg. Das war schon immer so. Wenn früher der Ministerpräsident von seinem Justizminister verlangte „Mach de Aff!", dann stieg der Justizmensch auf den Tisch und ahmte einen Schimpansen nach. Wenn die Gattin des langjährigen Mainzer OB im Vorstand einer stadtnahen GmbH einen schönen Bankrott zu Lasten der Stadtkasse hinlegte, interessierte das kein Gericht. Nach welchen Regeln sein Sohn so lange sein juristisches Examen wiederholen durfte, bis er doch noch seinen Doktor bekam, darüber rätselte noch zwanzig Jahre später halb Deutschland. Auch die dreiste Art, in der der aktuelle Ministerpräsident seinen parteipolitisch genehmen Kandidaten für

den Vorsitz des Oberlandesgerichts durchgeboxt hatte, stand durchaus im Rahmen der Tradition.
Bewegt sich alles im üblichen Rahmen, dachte der Anwalt.
„Napp soll reinkommen!"
„Gun Dach, Herr Dogder."
„Also", begann der Anwalt. „Sie wissen, dass wir Juristen uns alle kennen. Ich hab mich am Gericht etwas umgehört."
„Unn weider, was soll dess bedeute?"
„Das bedeutet Höchststrafe! Der Staatsanwalt wird die Höchststrafe fordern und der Richter höchstens zwei Zentimeter nachgeben."
Karl Napp setzte sich, am Boden zerstört.
„Allerdings gibt es da eine Möglichkeit."
Karl hörte aufmerksam zu. Hoffnung keimte auf.
„Gewisse einflussreiche Persönlichkeiten sind an mich herangetreten. Die wissen, dass es ein Gutenberg-Porträt gibt. Wenn Sie das Bild finden und diese Persönlichkeiten an der öffentlichen Präsentation beteiligen, dann fällt das Urteil im übergeordneten Interesse der Stadt milde aus. Die Gerichtskosten werden bezahlt, die Geldstrafe wird gezahlt, und ein positives psychologisches Gutachten wird erstellt. Es gibt den Mainzer Psychologen Schmidt-Emmerklein, der Geld braucht, weil er in Scheidung lebt. Für 1000 Euro schreibt er die schönsten Gutachten. Dann haben Sie in einem halben Jahr wieder Ihren Führerschein."

Karl war baff und raste mit dem Fahrrad nach Hause.
„Erna, die Handkäsmafia will mir en Big Deal anbiete."
„Was biete se der an?"
„Alles! Schtraffreiheit, ä guudes psüscholochisches Gutachde, mildernde Umschtänd unn ibberhaupt."
„Was iss übberhaupt?"
„Wääß isch nit", sagte Karl. „So genau hab isch nit hiegehert."
„Haste irschendwas schriftlisch?"
„Nää. Abber isch hab es Ehrewort vun de Handkäsmafia."
„Hutsimpel", sagte Erna.

Im Fadenkreuz des Verfassungsschutzes

Franky putzte seinen Revolver. Er hatte das uralte Schießeisen auseinander gebaut und sah durch den Lauf zu Karl Napp.
„Fahren wir heute nach Wallertheim und klauen das alte Bild?"
„Isch hab kä Zeit. Isch hab ä Vorladung beim Verfassungsschutz."
„Was will denn der Verfassungsschutz von dir?"
„Woher soll isch wisse, was die Faulenzer vun mir wolle?"
Herbert nahm den Stumpen aus dem Mund und grölte: „Extrablatt! Määnzer Privatdedegdiv als Bombelescher vun de Rhoihessisch Befreiungsfront entlarvt!"

Karl stampfte zum Verfassungsschutz. Als Expolizist hatte er diese Wichtigtuer sowieso gefressen.
Heckler: „Sind Sie Mitglied, Anhänger oder Sympathisant einer verfassungsfeindlichen Organisation?"
„Isch bin Mitglied im Keschelklub Gut Holz!"
Koch: „Wollen Sie uns verscheißern?"
„Also gut, isch geb's zu! Isch bin Symbadisant vun de Nullfümfer."
„Herr Napp! Ihre Tochter studiert in Berlin Politik, verkehrt in linksradikal-lesbisch-feministischen Kreisen und steht den revolutionären Zellen nahe. Das ist aktenkundig!"
„Du Forzklopper!! Lass bloss moi Dochder außem Schpiel!"
Karl liebte seine Tochter. Sie hatte sicher eine politische Macke, aber er liebte sie. Im Gegensatz zu ihrem langweiligen Bruder Karl-Heinz war sie nämlich eine Frohnatur, die laut über Witze lachte, gerne einen trank und Lebensfreude ausstrahlte.
Koch: „Herr Napp! Vor einigen Wochen waren Sie in der Toskana, wo bis vor kurzem die Exterroristin Weirisch von der RHF unter falschem Namen gelebt hat. Und vor einigen Tagen ist das Gutenberg-Denkmal mit RHF-Parolen beschmiert worden. Und Sie saßen am Denkmal, und neben Ihnen lag die Sprühdose!"
„Unn weider? Mer werd doch emol ääner tringe derfe!"
„Also geben Sie zu, dass Sie die Parolen gesprüht haben?"
Karl sprang auf und brüllte: „Du Arschtörtsche! Isch lass mer von dir kä Fut uff de Backe male! Such der en anner Depp, dem de die

Schuld in die Schuh schiebe kannst! Was willst du dann übberhaupt, du Faulenzer? Du bleeder Forzklobber! Du Dollbohrer! Du Korindekacker! Du ..."
Heckler und Koch schrieben einen schönen Bericht:

Der Privatdetektiv Karl Napp hat anscheinend eine starke emotionale Bindung zu seiner aktenkundig staatsfeindlichen Tochter. Hinzu kommt seine Verbindung mit Katharina Weirisch. Er hat mindestens eine Nacht bei ihr in Italien verbracht, wo sie bis vor kurzem unter falschem Namen lebte. Er stellt auch dauernd Nachforschungen in ihrem Heimatort Wallertheim an. Er steht unter dringendem Tatverdacht, das Gutenberg-Denkmal mit staatsfeindlichen Parolen beschmiert zu haben. Wir beantragen daher Telefon- und Personenüberwachung für Karl Napp.

Die Gutenberg - Imagekampagne: globale Visionen

Zuerst redete die Kultusministerin. Dann schwafelte der Ministerpräsident. Dann die Museumsdirektorin. Dann die Festrednerin, Frau Prof. Dr. Mahlzahn. Alle lobten die beiden Kultursponsoren Brezelmüller und Fleischworschttoni. Dann laberte Nobby von seinen globalen Visionen. Dann faselte Grieser das übliche Blech.

Dann stellten sich die vier Helden vor die alte Druckerpresse. Dutzende Kameras waren auf sie gerichtet. Fleischworschttoni strahlte wie ein Honigkuchenpferd. Ihm wurde die große Ehre zuteil, das Tuch von der gesponserten Druckerpresse zu ziehen. Toni packte es gerade mit seinen Wurstfingern, als plötzlich ein kleiner Mann über die Bühne stiefelte. Neben ihm ein großer dicker Mann mit einem Stumpen im Mund. Er trug etwas unter dem Arm. Ein Bild. Ein Dackel kläffte.

Karl Napp krächzte ins Mikrofon: „Halt, alles Kokolores! Die alt Druckmaschin kennt ihr in de Peif raache. Dess iss ä Fälschung! Isch hab was viel Besseres!"

Ein ungläubiges Raunen ging durch die Menge, als Karl Napp die alte Zeichnung enthüllte: „Dess do iss es weltweit äänzische eschte Porträä vun unserm Gudebersch."

„So isses", sagte Dickmilch und hustete ins Mikro.

„Nein!“, schrie Brezelmüller und wachte auf. Er lag in seinem überdimensionalen Schlafzimmer auf seinem überdimensionalen Bett. Neben ihm lag seine Freundin mit der überdimensional guten Figur. Mit acht Geschwistern in einer brasilianischen Blechbaracke aufgewachsen, gab es nichts, was ihren gesunden Schlaf störte. Brezelmüller sah auf seine überdimensional protzige Golduhr. Er nahm sein überdimensionales Handy und rief den Anwalt an: „Hat sich Karl Napp schon bei Dir gemeldet?“
„Spinnst du?“, stöhnte der Anwalt. „Es ist drei Uhr nachts!“

Gutenberg-Kultursponsor Fleischworschttoni saß in der ersten Reihe, zwischen der Kultusministerin und Hundsingers Event-Managerin. Toni gähnte und sah auf die Uhr. Seit eineinhalb Stunden wechselten sich die Phrasendrescher am Mikrofon ab. Der Ministerpräsident, die Museumsleiterin, Mahlzahn, es wollte kein Ende nehmen. Dann kam Dr. Grieser, Fraktionsvorsitzender der ... Links neben ihm saß die Kultusministerin. Toni seufzte: „De Grieser iss de greßte Langweiler vun ganz Määnz.“
Die Kultusministerin kicherte zustimmend.

Dann redete Nobby. Toni stieß die Event-Managerin an: „Des iss de Vorsitzende vun de Määnzer Toskana-Fraktion. Großer Woikenner unn Genießer. Dem hab isch mal Dornfelder in die Karaff gekippt unn gesaacht, dess wär Bordoo. Des hat der nit gemerkt, der Hutsimpel!“

Die Kultusministerin und die Event-Managerin prusteten los. So ging das schon den ganzen Abend. In einer Redepause schlichen sie zu dritt an die Gutenberg-Bar. Der Kultursponsor stürzte ein paar Bier hinunter, die Frauen tranken Champagner.
„Horcht emol, iss des nit alles e bissje langweilisch?“

Sie stimmten zu. Toni schleppte ein paar Flaschen Champagner und eine Platte Fressalien zu seinem Wagen, holte am Hintereingang die beiden Frauen ab und brauste zu seinem Appartement im Hochhaus am Proviantamt.

Zwei Stunden später tanzten alle drei verschwitzt um die Musikanlage. AC/DC röhrte aus den Boxen. Die besoffene Ministerin spielte nackt mit einem Besen Air-Guitar. Die nackte Event-

Managerin grölte „Highway to hell“ in eine leere Bierflasche. Der nackte Toni sprang, sang, schrie, tobte, besprühte die Frauen mit Champagner und lutschte sie ab. Dann schleckte er Mousse au Chocolat von ihren Körpern. Die Event-Managerin lutschte schmatzend Tiramisu von Tonis Gutenberg-Bibbes. Dann verwurstelten sich drei verschmierte Körper zu einem Knäuel aus Armen, Beinen, Brüsten, Bobbeschen, Schneckschen, Bibbesschen und ...

„Geil“, sagte Toni, als er aufwachte. Er nahm sich fest vor, seine globalen Visionen vom Gutenberg-Bankett in die Tat umzusetzen. Er rief sofort Brezelmüller an: „HaPe! Du glaabst nit, was isch ebe geträumt hab!“

„Arschloch!“, fluchte Brezelmüller und legte auf. Es war 5 Uhr 30.

Unter Verdacht

Franky fluchte. Im Telefon rauschte es immer, dauernd brach die Internet-Verbindung zusammen.

Karl: „Ruf emol bei de Dellefon AG an!“

„Das dauert doch immer vier Wochen, bis da einer kommt!“

Aber schon am nächsten Tag klingelte es: „Guten Tag, ich komme im Auftrag der deutschen Dellefon AG. Ich soll Leitungen überprüfen. Hier gibt's irgendeine Störung.“

Herbert: „So isses!“

Der Dellefonmensch packte seinen großen Koffer aus, fummelte an Leitungen herum, prüfte, schüttelte besorgt den Kopf, prüfte weiter, schüttelte den Kopf und prüfte wieder.

Die Detektive gingen hoch zu Erna Mittagessen. Als sie wieder ins Büro kamen, funktionierte das Telefon, die Internet-Verbindung war stabil. Ganz nebenbei hing neben der Deckenlampe eine stecknadelkopfgroße Überwachungskamera. Unter dem Couchtisch klebte eine mikroskopisch kleine Wanze. Eine andere klebte in einem Kegelpokal im Wandregal. Die Visitenkarte der Esoteriktante hatte der Typ auch fotografiert.

„Subber“, lobte Karl. „Willste ä Bier?“

„Keine Zeit“, sagte der Elektroheini und ging.

Zuerst ging die Überwachungskamera kaputt. Herbert öffnete Bierflaschen am liebsten mit dem Zollstock. Dazu nahm er die Flasche in die linke Hand und setzte die Metallkante des Zollstocks an den Kronkorken. Dann schlug er von unten mit der rechten Hand an den Zollstock. Mit einem gewaltigen Plopp donnerte der Kronkorken an die Decke und zertrümmerte die Überwachungskamera.
„Das sind Profis!“, schrie Koch wütend.

Blieben noch die Wanzen und das abgehörte Telefon. Die Abhörprotokolle stellten die Auswerter des Verfassungsschutzes vor große Probleme. Im Amt gab es Spezialisten für Polnisch, Russisch, Italienisch, Serbokratisch, Türkisch, aber keinen Dolmetscher für Rheinhessisch.

„Was bedeutet denn ‚berschte'?, fragte der Auswerter hilflos. Die Abhörprotokolle bestanden im Wesentlichen aus rot unterstrichenen Wörtern, die nicht übersetzt werden konnten und wenn, dann ergaben sie keinen Sinn.

Heckler und Koch interpretierten die Abhörprotokolle sehr fantasievoll. Für ihren Vorgesetzten schrieben sie:

> Im Kontakt untereinander benutzen die Zielpersonen eine Vielzahl scheinbar völlig sinnloser Wörter. Die häufige Verwendung von ‚berschte, kachele, nachele, feile' kann kein Zufall sein und lässt nur einen Schluss zu: Es handelt sich hier um einen Geheimkode, verschlüsselt mit Hilfe des rheinhessischen Dialekts. Sehr auffällig ist vor allem die Verwendung eines Hauptworts, das sich ungefähr so anhört. ‚Guudberschtbild'. Vermutlich handelt sich hier um eine verschlüsselte Bezeichnung für eine größere Aktion oder ein wichtiges Unternehmen der RHF. Darauf weist auch die im Detektivbüro vorgefundene Visitenkarte von Katharina Weirisch hin. Vielleicht planen die Verdächtigen einen Sprengstoffanschlag gegen das Gutenberg-Denkmal oder das Gutenberg-Museum. Wir beantragen daher, die Überwachung fortzusetzen. Kennwort: Operativer Vorgang Gutenberg.

Kaum genehmigt, fiel die erste Wanze aus. Karl suchte unter dem Tisch nach Kleingeld, das aus der Hose gefallen war. Als ihm Herbert zum Spaß in den Hintern trat, fuhr Karl vor Schreck mit dem Kopf hoch, schlug mit dem Schädel an die Tischplatte und vernichtete Wanze Nummer eins.
„Das sind Profis!“, sagte Heckler grimmig.

Als sich Karl, Herbert und Franky über einen Ikea-Katalog beugten, rissen sie eine halbe Stunde Witze darüber, dass im Katalog ein Bett mit dem Namen „Gutvik“ angeboten wurde.
„Gutfick“, brüllte Karl, „des mußte der vorschtelle. Die Hutsimpel verkaafe ä Bett, unn des häääßt Gutfick, Huah!“
Das Gelächter war nicht leiser, als im Katalog auch das Bettmodell „Annavik“ angeboten wurde.
„Annafick!“, grölte Herbert.
Als sie am nächsten Tag zu Ikea fuhren, um ein Billy-Regal zu kaufen, schrieben Heckler und Koch: „... kann nicht ausgeschlossen werden, dass die RHF einen Anschlag auf die schwedische Möbelkette Ikea plant und ...“

Das Ende von Wanze zwei kam, als Erna die alten Pokale abstaubte. Das letzte Lebenszeichen, das Wanze zwei von sich gab, lautete: „Männer sinn doch all gleisch. Alles Wutze!“
Dann landete die Wanze im Putzeimer und ertrank im Lokus.
„Das sind Profis!“, sagte Heckler grimmig und schrieb:
Umfassende Sabotage unserer Observierungsbemühungen. Als ehemalige Polizeibeamte verfügen die Zielpersonen über entsprechende Kenntnisse, deren Anwendung skrupellos zur gezielten Zerstörung der Überwachungselektronik benutzt wird.

Mainzer, Määnzer, Meenzer, Vilzbächer

„Fahrn mir heit nach Wallertheim?“, fragte Karl.
Franky nickte.
Herbert schüttelte den Kopf: „Heit kann isch nit.“
„Warum?“
„Weil heit Mittwoch iss.“
„Na und?“
Herbert verschränkte die Arme: „Heit kann isch nit, weil heit Mittwoch iss. Basta!“
Karl grinste. Herbert hatte seit 40 Jahren ein heimliches Verhältnis mit seiner verheirateten Nachbarin. Deren Mann ging mittwochs immer singen. Im Kirchenchor. Anschließend spielte er Karten.

Deshalb trafen sich Herbert und seine Geliebte immer mittwochabends. Seit 40 Jahren. Und deshalb hatte er jetzt auch einen Schwimming Puhl. Von wegen für Rudi. Naturfreund Dickmilch und seine Freundin wollten in romantischen Sommernächten im Pool „schää berschte". Jeden Mittwoch. Aber das sagte er natürlich nicht. Herbert war da erstaunlicherweise sehr diskret.
„Also gut", sagte Karl. „Dann geh isch heit ääner saufe."

18 Uhr, Büro des Vorsitzenden der Mainzer Toskana-Fraktion.
Nobby hatte keinen Bock mehr, er machte Feierabend. Er fuhr nach Hause und suchte seine Frau. Er fand sie regungslos unter einer Gurkenmaske herumliegend.
„Was gibt's denn heute zu essen?"
„Schmier dir ein Brot, oder bestell Pizza!"
Nobby seufzte und bestellte Pizza. Sie aßen schweigend. Er kaute auf beiden Backen. Sie knabberte vorsichtig, damit die Gurken nicht verrutschten. Dann lasen sie schweigend. Er las seine Weinzeitschrift, sie blätterte in einer Beauty-Farm-Broschüre.
Plötzlich bewegten sich die Gurkenstücke: „Diese blondierte Schlampe neulich war ja wohl die Krönung deiner Laufbahn. Mit Silikontitten! Wie ordinär!"
Nobby verteidigte seine Exfreundin: „Sie schtudiert Medienökonomie und macht ein Praktikum beim Fernsehen. Woher weißt du überhaupt, dass ich mit ihr ein Verhältnis hatte?"
„Weil sie gestern hier war. Hat eine Riesenszene gemacht. Hat behauptet, Du hättest ihr eine Festanstellung bei der Friedrich-Ebert-Stiftung versprochen."
„Hab ich nischt!", log Nobby.
„Dann besorg ihr wenigstens einen Job beim Fernsehen, damit sie Ruhe gibt!"
„Das kann ich tun", sagte Nobby und las weiter.

Karl ging ins „Altstadtcafé". Da traf er einen der unzähligen Brüder Mayer. Es waren acht, vom Metzger über einen Zahnarzt bis zum Pilot und einem Kneipier. Ein Geschäftemacher war auch dabei.
„Karl, willste Millionär wern? Isch hab was Dodsischeres."

Karl hörte zu. Mayer wollte eine Kirche mit Sitz in der Schweiz gründen. Die „Church of free science“.
Karl: „Was hääßt dann des uff Deitsch?”
Mayer: „Wääß isch nit, dess iss englisch. Iss aach scheißegal. Es geht dadrum: Jedes Arschloch will än Titel, Doktor, Graf, Konsul odder son Käs. Religionsgemeinschafte derfe Titel verleihe. Deshalb gründ isch jetzt ä Kersch. Dadezu musste zu siebt soi. Zu sechst sinn mer schon. Isch brauch än siebte Mann. Unn dann mache mer uns die Dasche voll. Isch mach disch zum Konsul. Odder zum Bischof, dess iss scheißegal. Machste mit?“
Karl lehnte ab, weil er 50000 Euro Startkapital mitbringen sollte. Mayer zog weiter und suchte einen anderen Dummen.
Als das „Altstadtcafè“ um 20 Uhr geschlossen wurde, ging er genau drei Meter weiter ins Weinhaus „Bluhm“. Er quetschte sich an einen Tisch und griff voll daneben. Er saß neben einem Pärchen, das sich nichts zu sagen hatte und deshalb pausenlos telefonierte.
„Wir sitzen gerade in so einer Proletenkneipe, wo's Flaschenbier gibt, hihi. Wo seid ihr denn? Im ‚50 Grad' seid ihr? Iss da was los?“
„Nee.“
„Also wir kucken uns die Dumpfbacken hier an, und dann gehen wir ins ‚Kuz', haha. Oder sollen wir ins ‚Astoria' gehen?“
‚Astoria?', fragte eine Stimme aus dem Handy.
„Im ‚Astoria' isses total lustig. Da lungern immer blondierte Friseusen mit Silikontitten und breiten Ärschen rum.“
Karl stöhnte. Seit dreißig Minuten musste er dummes Geschwätz und pausenlos bimmelnde Handys ertragen. *Die schaffe beschtimmt beim Fernseh*, dachte er genervt.
„Arbeiten Sie auch beim Fernsehen?“, fragte der Mann.
Karl winkte ab. „Isch nit, abber moin Schwaacher. Der iss Koch in de Kantin unn jammert mer immer vor, dass die Affe vum Fernseh die allergreste Idiode sinn, die wos ibberhaupt gibt.“
Beleidigt drehte sich der Mann weg und laberte wieder ins Handy.
„Wir gehn ins ‚Astoria', sagte der Aufnahmeleiter zur Praktikantin.
„Das ist mir zu prollmäßig“, behauptete die Blondierte mit dem Silikonbusen und den aufgespritzten Lippen.

„Wieso?“, fragte der Aufnahmeleiter mit dem Riesenständer. Er hatte vorsorglich eine Nase gezogen und Viagra gefressen.
„Das ‚Astoria’ ist nicht mein Level“, sagte Silikonia. „Ich studiere nämlich Medienökonomie. Außerdem muss ich morgen früh arbeiten. Ich muss die Frühsendung moderieren.“
Unn fer so Idiode muss isch bei de GEZ Gebühre zahle, dachte Karl
„Du moderierst die Frühsendung?“, fragte der Riesenständer.
„Nicht ganz“, sagte Silikonia. „Aber ich bin Platzanweiserin im Rahmen meines Praktikums. Der Regisseur hat mir versprochen, dass ich im Abspann namentlich erwähnt werde.“
„Das ist wichtig“, sagte der brünftige Hirsch neidisch.
„Uffgebasst!“, brüllte Karl durch die Wirtschaft: „Uff alle wischdische Mensche vum Fernseh ein dreifach donnerndes ...“
„Helau! Helau! Helau!“, brüllte die Wirtschaft im Chor.
Die beiden sprangen zur Theke und bezahlten.
„Narhallamarsch!“, kommandierte Karl.
„Tätää, tätää, tätää!“, grölte der Chor zum Abschied.
Dann wurde es lustig. Auf die freien Plätze setzten sich zwei Sprachforscher und brachen sofort eine wissenschaftliche Fachdiskussion vom Zaun. Es ging um die wichtige Frage, wie man in korrektem Mainzerisch die Worte „Bein“ und „Main“ aussprach.
Experte eins: „Zwä Määnzer hänge die Baa in de Maa.“
„Du Depp“, sagte Experte zwei, „rischdisch heeßt dess: Zwee Meenzer hänge die Boo in de Maa.“
„Ihr sinn zwää Hutsimpel!“, behauptete Karl: „Dess hääßt nit Baa, des hääßt aach nit Boo, dess hääßt Bää!“
„Du bist än Aff!“, konterte Experte eins. „Boo! Wassen Kokolores! Klein hääßt jo aach klää unn nit kloo!“
Karl: „Tante Herta! Bring dem Kloone noch ä Bier!“
Auch im Stadium von 1,8 Promille kam die Expertenrunde zu keinem einhelligen Ergebnis. Experte zwei schlug einen Kompromiss vor. Weil im Mainzer Stadtgebiet alle zwei Kilometer etwas anders gesprochen wurde, plädierte er dafür, dass alle Varianten gültig seien. Statt „klein“ könne man sowohl „klää“, als auch „klee“ oder „kloo“ sagen.

„Alla gut“, lallte Karl. „Tante Herta. Noch en Korze fer de Klääne. Geht uff misch!“

Experte eins gab aber keine Ruhe. Er behauptete, dass es nur eine Sorte echte Mainzer gebe. Und das seien die „Vilzbäscher“, benannt nach der Vilzbach, die seit Urzeiten unter der Altstadt kanalisiert war, weshalb niemand genau wusste, wo sie verlief, was aber nichts zur Sache tat. Vilzbächer hätten immer Recht. Deshalb brach die Diskussion erneut aus. Diesmal ging es um den Eimer. Wild brüllten die Dialektprofis durcheinander: „Äämer!“ - „Eemer!“ - „Aamer!“

„Oomer!“, mischte sich jemand vom Nebentisch ein.

„Halt doi Maul“, krakeelte Karl durch die Wirtschaft. „Vun Määnzerisch hast du gar kää Ahnung. Du bist vun Finthe!“

„Isch bin aus Hexem, du Dollbohrer!“

„Des iss noch schlimmer!“, behauptete Karl und orderte Schnaps.

„Ääner geht noch, ääner geht noch noi“, sangen die Experten.

Der Rest des Abends verschwamm in einem Nebel aus viel Bier, Weinschorle, Kurzen und großem Dummgebabbel.

Als sich Karl vor der Haustür bückte, um den Schlüssel einzuführen, wurde ihm blitzartig schlecht. Er kübelte ungefähr einen Eimer Weinschorle samt Schnaps gegen die Haustür. Vielleicht war es auch ein Äämer. Oder ein ganzer Aamer. Womöglich sogar ein voller Oomer.

Mahlzahn, Kirsch, Verfassungsschutz und BKA beobachteten das Spektakel und schüttelten angewidert die niveauvollen Köpfe.

Jedenfalls trat ihn Erna vormittags aus dem Bett: „Schnapp der en Butzämer, du alt Wutz!“

Karl musste die Haustür putzen.

„Sauerei!“, brummelte er mit einer Riesenfahne.

Frau Schtolte rümpfte die Nase.

„Bleed Schneck!“, murmelte Vermieter Napp.

Herbert war an diesem Morgen ausgeruht und tatendurstig. In seinem Gesicht strahlten zwei glückliche Augen, Ausdruck eines ausgeglichenen Hormonhaushalts. Aber heute konnten sie nicht nach Wallertheim fahren. Karl fühlte sich unwohl.

Das Leben ist hart, aber ungerecht: Määnz Nullfümf

Franky polierte seine Sonnenbrille und fragte: „Was ist? Fahren wir morgen nach Wallertheim und klauen den alten Gutenberg?"
„Nä", sagte Karl. „Morsche hab isch en Termin im ‚Hafeeck.'
Franky: „Was gibt's denn so Wichtiges im ‚Hafeneck?'
„Ei des iss so ä Kuldurkneip. Die mache als Ausschtellunge mit Kunstbilder, Lideradurlesunge unn son Kokolores."
Herbert: „Unn was fer Kuldurprogramm mache die morsche?"
„Morsche", sagte Karl, „morsche ibbertraache se die Nullfümfer."
„Do geh isch mit", sagte Betze-Fan Herbert Dickmilch.

Auf dem Mainzer Bruchwegstadion war ein Fußballwunder ausgebrochen. Die Nullfümfer waren berühmt dafür, zwei Meter vor dem Tor freistehend zu vergeben und deshalb verdient am Tabellenende herumzukrebsen. Aber jetzt schaffte es ein Trainer aus den eigenen Reihen nicht nur erfolgreichen, sondern auch schönen Fußball spielen zu lassen. Die ganze Gutenberg-Stadt war aus dem Häuschen. Im letzten Saisonspiel brauchten die Nullfümfer nur ein Unentschieden, und die Sensation war perfekt.

Karl fuhr mit dem Fahrrad in die Kneipe. Stolz trug er die Nullfümfer-Kappe und seinen Schal. Herbert saß im Anhänger und schwenkte gehässig sein Betze-Fähnchen.

Die Kneipe war schon zwei Stunden vorher voll. Viele Fans auch. Arm in Arm grölten Schornsteinfegermeister und Punker ihre Schlachtgesänge. Forderungen nach dem UEFA-Cup wurden laut. Die blauhaarige Wirtin zapfte beidhändig, der rotblonde Wirt mit der lauten Stimme trank beidhändig Aufstiegsbiere.
„Ääner geht noch, ääner geht noch noi!", schrien die Fans, obwohl die Nullfümfer noch gar kein Tor geschossen hatten und seltsam verunsichert auf dem Rasen herumstolperten.
„Nie mehr wieda Zweite Liga!", schunkelten die Massen.
„Was fer än Scheißschpiel", nölte Herbert.
„Scheißegal!", lallte Karl fröhlich. „Unentschiede iss aach gut!"
Herbert wettete um zehn Bier, dass Mainz den Auftieg vergeigte. Dafür wurde er von der Menge fast zerrissen. Vorsichtshalber

steckte er sein Gebiss in die Tasche, damit es im Trubel nicht verlorenging. Karl wettete um zwanzig Bier dagegen und bestellte vor lauter Aufregung Schnaps.

Nach dem Abpfiff saßen nur noch heulende Männer und Frauen in der Wirtschaft. Ausgerechnet 90 Minuten vor Saisonende hatten die glorreichen Nullfümfer zu alten Werten zurückgefunden und das Spiel versäbelt.

Herbert versuchte, nicht zu grinsen. „Iff doch kään Weltunnergnang. Iff doch nur ä Fuffballspfiel."

„Halt's Maul!", heulte Karl.

„Na dann halt nepft Jahr", tröstete Herbert und bestellte Schnaps.

„Geht allef uff de Kall!", grinste er.

Der Wirt lag heulend unter dem Tisch, die Wirtin musste beidhändig Trostbiere zapfen. Es war eine Stimmung wie bei Stalins Beerdigung. Irgendwann schnappte Herbert den heulenden Karl, hockte ihn in den Anhänger, setzte sich aufs Fahrrad und fuhr in Schlangenlinien los. Aus nicht nachvollziehbaren Gründen fuhr er am Rheinufer entlang Richtung Theodor-Heuss-Brücke. Karl brabbelte nur noch dummes Zeug. Herbert machte Pause, pinkelte an einen Baum und griff in die Tasche. Das Gebiss war nicht mehr da, anscheinend verloren.

„Feiffe!", murmelte er.

Er bestieg wieder das Fahrrad und versuchte zu wenden, um den Weg abzusuchen. Dummerweise radelte er dabei um einen Baum am Rheinufer. Leider unterschätzte er dabei den Wendekreis und bedachte nicht, dass der Anhänger breiter als das Fahrrad war. Es rumpelte gewaltig, als das Fahrrad, der Anhänger und die beiden Ochsen eineinhalb Meter tief auf das Kopfsteinpflaster des Rheinuferparkplatzes donnerten. Karl schlug mit dem Schädel aufs Pflaster, Herbert bremste den Fall mit der Augenbraue.

Oben rieb sich ein Penner auf der Parkbank verwundert die Augen. Zuerst verschwanden zwei Männer samt Fahrrad und Anhänger spurlos vom Erdboden, dann tauchten sie blutüberströmt wieder auf. Rudi bellte erschrocken.

Noch mehr erschrak Frau Schtolte. Sie wurde wach, weil zwei Männer im Vorgarten herumgrölten und in die Rabatten fielen. Wütend öffnete sie ihr Fenster und erkannte ihren Vermieter samt seinem dicken Kumpel. Sie drückte auf den Türöffner und drohte mit Mietminderung wegen Ruhestörung.
„Bleed Bichs", nuschelte Karl Napp.
„Dollbohrer!", sagte Erna verschlafen und legte zwei Notverbände an. Dann rief sie einen Krankenwagen, die Platzwunden mussten genäht werden.

Weil die Nullfümfer den Aufstieg vergeigt hatten, mussten die weiteren Recherchen zum Gutenberg-Porträt etwas warten. Andere warteten nicht.

Egon Erwin und Josephine-Auguste

Josephine-Auguste Mahlzahn lüftete ihre schwarze Perücke. Sie schwitzte furchtbar unter dem filzigen Mob. Seit Stunden stand sie im Kaiser-Wilhelm-Ring gegenüber der Gaststätte „Zum Meenzer Bub". Mahlzahn hatte Ringe unter den Augen. Seit Wochen beschattete sie Karl Napp. Sie fühlte sich müde und ausgelaugt. Karl Napp war in der Kneipe. Die Frohnatur saß an der Theke im Warmen, babbelte dummes Zeug und freute sich seines Lebens. Gelächter drang auf die Straße.
„Frau Mahlzahn", sagte eine müde Stimme.
„Herr Kirsch", wunderte sich Mahlzahn.

Der Lokalreporter Egon Erwin Kirsch sah nicht gut aus. Er hatte Ringe unter den Augen und war grau im Gesicht. Schlafmangel, weil er seit Wochen Karl Napp beschattete.
„Geben Sie zu, Sie sind auch hinter dem Gutenberg-Porträt her."
„Ja. Das wäre die Story meines Lebens."
„Für mich wäre es die Krönung meiner kunsthistorischen Karriere."

Sie fuhren gemeinsam in Kirschs Wohnung und schlürften Tee. Zwei Menschen, die auf einer niveauvollen Wellenlänge funkten.
„Ich habe es satt, Karl Napps Sauftouren zu beobachten. Dieser Prolet widert mich an!"

„Mich auch. Dieses Subjekt ist derart primitiv, dass es mich ekelt. Eine Schande für ganz Mainz."
Mahlzahn: „Seit Wochen habe ich denselben Albtraum. Ich halte die Festrede für die Präsentation der alten Druckerpresse für das Gutenberg-Museum. Und Karl Napp platzt herein und enthüllt das Gutenberg-Porträt. Die Präsentation ist in drei Tagen!"
„Ein furchtbarer Albtraum", stimmte Kirsch zu.
„Ganz Deutschland wird über Mainz lachen, wenn Karl Napp betrunken durch die Talkshows zieht und in seinem grauenvollen Dialekt erzählt, wie er das Gutenberg-Porträt gefunden hat."
„Ganz Deutschland? Die ganze Welt wird über Mainz lachen!"
Josephine-Auguste nickte ernst: „Es geht nicht mehr um Sie oder mich. Es geht um die globale Glaubwürdigkeit des Kulturstandorts Gutenberg-Stadt."
„Genau", sagte Kirsch und machte einen heißen Vorschlag.
„Wir müssen es tun", stimmte Finschen zu. „Am besten gleich."
Gemeinsam fuhren sie mitten in der Nacht nach Wallertheim, um den guten Ruf der Gutenberg-Stadt vor Karl Napp zu retten.

Der Regulator

Weil die Mainzer Hells Angels mit ihren Bemühungen um das Gutenberg-Porträt nicht weiterkamen, holte Kai Hilfe von der höheren Konzernebene. Er rief den „Regulator". Der Regulator ist bei den Hells Angels eine Art Krisenmanager für schwierige Fälle.

Karl, Herbert, Franky und Rudi saßen im Büro und spielten Schafskopf. Herbert nahm den Stumpen aus dem Mund und verkündete: „Schippe Solo Du Dorschmarsch!"
„Voll grass, eij!"
„Schpritz", konterte Karl.
„Redour", parierte Herbert.
„Schpritz!", beharrte Karl.

Herbert machte es spannend. Er behielt die Pik Dame auf der Hand und kam mit dem Buben raus. Karl stand genervt auf und ging zum Kühlschrank. „Scheiße, Bier iss all. Frängie, geh Bier hole!"
„Hab schon das letzte Mal Bier geholt."
„Muss mer dann alles selber mache", maulte Karl und ging hoch zu Erna, um Bier zu holen. Es dauerte etwas länger, weil ihm Erna einen Vortrag über die Sauferei hielt.
Plötzlich klopfte es an der Kellertür.
„Komm eroi, Dir iss uff", rief Herbert.
Als die Tür aufging, zog Rudi sofort den Schwanz ein und verkroch sich unter das Sofa. Es wurde dunkel im Raum.

Der Mann war über zwei Meter groß und mindestens einen Meter breit. Er hatte einen kahlgeschorenen Schädel. Auf der Stirn war das Emblem der Hells Angels eintätowiert. Er trug einen bodenlangen Ledermantel. Als er den Mantel zurückschlug, sah man die Pumpgun, die an der Seite hing.
„Wo ist Karl Napp?", fragte er mit eisiger Stimme.
„De-, de-, der ist Bier holen", stotterte Franky.

„Dann warte ich solange", sagte der Riese. Es setzte sich auf einen Barhocker und legte die Pumpgun vor sich auf die Theke. Dann zog er einen Gameboy aus der Tasche und spielte.

Es war Totenstille im Raum. Man hörte nur die Geräusche des Gameboys. Herbert und Franky trauten sich kaum zu atmen. Einmal klingelte das Telefon. Der Riese riss einfach die Schnur aus der Wand und spielte weiter.
Als Karl kam und den Riesen sah, ließ er die Bierflaschen fallen.
„Wo ist das Bild?", fragte der Riese.
Karl stotterte herum. Der Riese saß immer noch. Blitzartig hob er den rechten Arm und zertrümmerte mit einem Schlag die Theke.
„In Wallertheim!", rief Karl, so schnell er konnte.
„Dann fahren wir jetzt nach Wallertheim."

Wie die Lämmer gingen die drei Detektive mit dem Riesen aus dem Haus. Vorm Haus stand eine riesige Limousine. Am Steuer saß ein Zwerg in Lederkluft mit Stachelhalsband.
Eisiges Schweigen herrschte auf der Fahrt nach Wallertheim.

Im Ort ließ der Zwerg einmal die Scheibe herunter und warf eine Kippe nach draußen. Brandgeruch lag über dem Dorf.
„Wo ist das Bild?“, fragte der Regulator.
Karl traute seinen Augen nicht. Das alte Haus war nicht mehr da. Es war eunfach weg. Das Fachwerkhaus war bis auf die Grundmauern niedergebrannt. Nur noch vereinzelt ragten verkohlte Balken in den strahlendblauen rheinhessischen Frühlingshimmel.
„Da drin war dess alt Guudebersch-Bild.“
Der Zwerg zeigte seine Hasenzähne und nuschelte wie Bugs Bunny: „Weißt du, was der Regulator mit euch macht, wenn ihr ihn verscheißern wollt?“
Karl wollte gar nicht wissen, was der Regulator in so einem Fall tat. Er stieg aus und fragte einen Passanten: „Wann issen des bassiert?“
„Heute Nacht“, sagte der Passant.
„Hat die Feuerwehr noch Zeusch aus em Haus rette könne?“
„Nein, ging alles zu schnell. Gestern war hier Polterabend mit Feuerwerk. Vielleicht ist eine Rakete ins Haus geflogen und ...“
Der Regulator hatte mitgehört. Er ließ die Scheibe summend wieder hochfahren. Dann sagte er: „Wenn das Bild auftaucht, seid ihr tot. Und jetzt raus, ihr Penner!“
Karl, Herbert und Franky stiegen aus. Die Limousine fuhr davon.
„Voll grass, eijh!“, atmete Franky durch.
„Heit nacht sinn uns Millione dorsch die Lappe gange!“
Karl rief sofort die Kripo Mainz an: „Mir sinn ebe vum Regulador vun de Hells Änschels bedroht unn entführt worn. Moi Dellefon hat er aach noch kabuttgemacht. Der Drecksack iss zwä Meder groß, hat ä Bumbgann unn fahrt en weiße Chevy. Am Lenkrad sitzt än Zwersch mit Hundehalsband. Frankforder Kennzeische. Isch buchschtabiere ...“
„Indressiert misch nit!“, brüllte der Assistent wütend. „Isch derf ja nix mache! Des mache die Subberbulle vum LKA. Verschtehste?“
Und damit knallte er den Hörer auf.
„Isch glaab, die Kripo schpinnt“, sagte Karl fassungslos.

Die Gutenberg-Fleischworscht-Imagekampagne: Finale

Die feierliche Präsentation der alten Druckerpresse wurde ein sensationeller Erfolg für die Stadt Mainz, ein ungeheurer Gewinn für das Image der Gutenberg-Stadt.

Es waren auch alle da. Alle wichtigen Freibiergesichter aus Stadt und Land, Politik, Kultur, Fernsehwelt und Kirche. Sogar ein leibhaftiger, gar nicht unsympathischer Kardinal. Die Mainzer Hottwollee feierte sich selbst. Aus Platzgründen wurde die Veranstaltung in den großen Sitzungssaal im Schloss verlegt. Neutrale Beobachter fanden dann auch, dass die Atmosphäre an die alljährliche Fernsehfassenacht erinnerte. Kein Wunder, es waren ja auch dieselben Gäste da und saßen auf denselben Plätzen.

Veredelt wurde das Ganze durch bundesdeutsche Prominenz. Hundsinger hatte alle Politfunktionäre herbeigepfiffen, die er unter Vertrag hatte. Ein Berliner Staatssekretär unterbrach extra seinen Urlaub und ließ sich auf Steuerzahlerskosten einfliegen. Optisch verschönert wurde die Veranstaltung durch ein ganzes Rudel Luder beiderlei Geschlechts, die ihre Oma verkauften und Hundsinger die Füße oder Gott weiß was alles leckten, um in Kameras grinsen zu dürfen. Das Presse-, Funk- und Fernsehaufgebot war ungeheuerlich.

Fleischworschttoni musste unzählige Pfoten schütteln. Der dicke rheinland-pfälzische Ministerpräsident hängte den beiden Kultursponsoren fette Landesverdienstkreuze um die dicken Hälse. Als Dankeschön, weil sie Parteispenden gegeben hatten. Und Toni musste unendlich viele schwülstige bis bombastische Reden anhören. Aus Langeweile schüttete er viele Biere in sich hinein. Grieser und Nobby schossen alle Vögel ab. Die beiden Brionis droschen auf die große Phrasenpauke, dass es nur so krachte. Dabei fokussierten sie bombastische Synergieeffekte von middelschtändischen Unternehmern mit globalen Visionen, von christlischen Werden mit sozialbolidischen Grundsätzen, von zukunftsweisender Kuldurbolidig mit aufgeblasenem Humbug. Und das alles in bester Tradition Gutenbergs, der den ewigen Ruhm des leuchtenden Medien- und Kulturstandorts Mainz begründet

hatte. Überhaupt: Gutenberg vorne, Gutenberg hinten, Gutenberg in der Mitte.
Beim gemütlichen Teil des Abends gab es aber Ärger. Toni rempelte Hundsinger zur Seite, stellte sich vor die Kultusministerin und sagte: „Isch bin de Toni, saach Du zu mir."
Hundsinger versuchte sich wieder dazwischenzudrängeln, aber Toni trat ihm auf den Fuß. Außerdem fanden die Frauen Tonis rustikalen Charme sehr viel witzischer als das aufgeblasene Geschwätz des Imageberaters. Als Hundsi eine saudumme Bemerkung über neureiche Proleten machte, platzte Toni der Kragen. Er krempelte die Ärmel hoch und sagte zu Brezelmüller: „Wenn des parfümierte Arschloch es nächste Mal brunze geht, geh isch hinneher unn schlaach em alle Zäh aus de Fratz!"
Das hätte er ganz sicher auch getan, aber Brezelmüller fand eine elegantere Lösung. Er kippte ein Reinigungsmittel aus der Schlossküche in Hundsingers Champagnerglas. Hundsi verbrachte viele Stunden jämmerlich auf der Klobrille und kackte sich die Rosette wund.
Beim Bankett nahm Toni seinen Platz ein. Links die Event-Managerin, in der Mitte Toni und rechts die Kultusministerin. Die Frauen lachten sich kaputt über Tonis brachialen Humor, mit dem er Schoten aus dem Leben der beiden Kulturpolitiker erzählte. Außerdem brachte er die Frauen so weit, dass sie gemeinsam mit ihm sangen: „Ääner geht noch, ääner geht noch noi!"
Unbestätigten Gerüchten zufolge verließ Fleischworschttoni gemeinsam mit den Beiden das Bankett, jedenfalls waren alle drei Stühle ab 23 Uhr frei.

Der große Katzenjammer kam eine Woche später. Grieser und Nobby riefen beim Spiegel an und fragten, wann ihr Interview endlich veröffentlicht würde. Beim Spiegel wusste niemand etwas von einem Interview. Stattdessen veröffentlichte das Magazin „Titanic" das Gutenberg-Gebabbel in voller Länge.
Vor allem die Titelseite war außerordentlich gelungen: „Helau! Die Mainzer Handkäsmafia macht Kulturbolidik."

Unter der Titelzeile war eine Fotomontage: Brezelmüller, Fleischworschttoni, Grieser und Nobby mit Narrenkappen auf den Köpfen. Aus den Mündern quollen Sprechblasen.
Brezelmüller: „Middelschtändische Unnernehmer ..."
Grieser: „... unn Logalbolidigger mit globale Visione ..."
Nobby: „... mache ääner uff Kuldur, Helau!"
Fleischworschttoni: „Isch bin de Toni, saach du zu mir!"

Gleichzeitig kam eine CD auf den Markt. Die Interviews im Originalton, unterlegt mit Fassenachtsmusik. Dazu gab es eine Singleauskopplung. „Gutenberg-Fleischworscht" hieß das Ding und stürmte alle Hitparaden. Es wurde der Brüller auf allen Partys zwischen Passau und Flensburg, Aachen und Görlitz.

Grieser und Nobby versanken im Erdboden, Hundsinger biss vor Wut in den Teppich und ganz Deutschland brüllte über die Mainzer Gutenberg-Imagekampagne.

Määnz bleibt Meenz

Nach dem Brand rieb sich der Wallertheimer Winzer die Hände und kassierte die Brandversicherungsprämie. Dass sein Elternhaus bis auf die Grundmauern abgebrannt war, war eindeutig eine Folge höherer Gewalt, wie der Gutachter feststellte.

Die freiwillige Feuerwehr konnte nicht eingreifen. Sie feierte gerade Polterabend, weshalb alle zu besoffen waren, um einen Schlauch zu halten. Die Berufsfeuerwehr kam auch zu spät, weil der Löschzug unterwegs eine Panne hatte. Auf der Landstraße lag geschredderter Metallschrott, und bis der Löschzug zum Stehen kam, hatte er gleich drei platte Reifen. Der Winzer ließ die abgebrannte Ruine abreißen und einen klotzigen Neubau hinstellen.

Das Ding war so hässlich, dass sein Schwiegersohn, der Architekt, einen Preis bekam. Der Denkmalschutzbeauftragte bekam ein Magengeschwür, weil er jeden Tag auf dem Weg zur Arbeit an dem Beton-Glas-Bunker vorbeifahren musste.

Der Brand in Wallertheim zerstörte nicht nur das weltweit einzige authentische Gutenberg-Porträt, sondern auch viele Illusionen.

Josephine-Auguste Mahlzahn wurde nicht berühmt. Tagsüber quälte sie weiterhin Studenten und Sekretärinnen, abends faselte sie als Festrednerin auf Vernissagen geschwollenes Blech.

Immerhin hielt sie sich zugute, dass sie zusammen mit Kirsch den guten Ruf der Gutenberg-Stadt vor Karl Napp gerettet hatte, indem sie gemeinsam das alte Haus in Wallertheim abgefackelt hatten.

Auch Egon Erwin Kirsch blieb weiterhin das, was er war. Ein schlechter Lokalreporter, der mit arroganter Verachtung auf alle Menschen herabsah, die Meenzerisch sprachen und lieber kegelten anstatt Vernissagen zu besuchen.

Um sich über diese Enttäuschung hinwegzutrösten, trat er dem „Mainzer Förderkreis für Rotwein- und Zigarrenkultur“ bei. Mit dem Vorsitzenden, dem Restaurantkritiker Schtolte und dessen diätender Ehefrau verstand sich Kirsch blendend. Gemeinsam erhoben sie sich über das „vulgäre Niveau“ der Mainzer und tranken stilvoll Dornfelder, in Barrique ausgebaut.

Ansonsten saß Kirsch einmal die Woche zu Füßen der nackten Handkäsmafia in der Sauna und durfte sich nützlich machen: „Soll ich noch einen Aufguss machen?“

Ohne Gutenberg-Bild wurden Karl, Herbert und Franky weder reich noch berühmt. Deshalb bekamen auch der Richter und der Staatsanwalt von der Handkäsmafia den versprochenen Malediven-Urlaub gestrichen. Die unabhängigen Juristen ließen ihre Wut an dem Alkoholsünder Karl Napp aus. Sie verdonnerten ihn zur Höchststrafe. Führerscheinentzug, zwei Jahre Fahrverbot, Geldstrafe wegen Sachbeschädigung, gefährlichem Eingriff in die Straßenverkehrsordnung, Fahrerflucht, Beamtenbeleidigung und versuchter Beamtenbestechung. Dazu noch 100 Stunden gemeinnützige Arbeit in einer sozialen Einrichtung und die Auflage, sich in psychologische Behandlung zu begeben.

Weil Karl Napp genug Selbstachtung besaß, um sich niemals vor einem Psychologen zwecks Idiotentest zu erniedrigen, bekam er nie mehr einen Führerschein. Der überzeugte Fahrradhasser wurde zum fanatischen Autohasser. Wenn er mit „Fahrrädsche“ und „Karrnsche“ durch Mainz zuckelte, beschimpfte er alle Automobilisten dieser Welt, sammelte Beleidigungsklagen und bombardierte die Zeitungen mit Leserbriefen, in denen er den radikalen Ausbau aller Radwege forderte.

Ansonsten blieb alles beim Alten. Bürogehilfe Franky trainierte weiterhin verbissen für den alljährlichen Gutenberg-Marathon, Herbert und seine Nachbarin berschteten im Sommer jeden Mittwoch im Schwimming Puhl.

Auch rockermäßig blieb alles beim Alten – zumindest fürs Erste. Unter den Fittichen des LKA durften die Hells Angels weiterhin tun und lassen, was sie wollten. Irgendwann war es dann aber doch so weit. Das LKA stürmte die Rockerkneipe in der Zanggasse, hob das Klubheim in Ginsheim aus, beschlagnahmte jede Menge Waffen und nahm ein ganzes Rudel Angels wegen Bildung einer kriminellen Vereinigung fest. Beim Prozess sagte Kai als Kronzeuge aus und kam mit einer milden Strafe davon. Er lebte fortan unter Polizeischutz mit neuer Identität auf Staatskosten und lachte sich ins Fäustchen.

Die grosse Mainzer Gutenberg-Fleischworscht-Imagekampagne zeigte durchwachsene Ergebnisse. Die gefälschte Druckerpresse verschwand nach ein paar Monaten im Keller. Niemand wollte den guten Ruf des Gutenberg-Museums schädigen oder gar Sponsoren abschrecken.

Zum Ausgleich kaufte die Stadt für viel Geld eine riesige Ausstellungshalle, um Gutenberg als „Man of the millennium“ zu feiern. Danach wusste man nicht, was man mit dem „Gutenberg-Pavillon“ anfangen sollte. Das Ding wurde für einen Klicker und einen Knopf an eine hessische Stadt verscherbelt. Die Bembelköpp lachen sich über diesen Spottpreis noch heute darüber kaputt und freuen sich, den Schnapper des Jahrtausends gemacht zu haben.

Für die beiden unverwechselbaren Marken Grieser und Nobby endete die Gutenberg-Fleischworscht-Imagekampagne im politischen Worstkäs. In der humorlosen Hauptstadt Berlin war man sauer über die beiden „Kulturfassenachter“. Hundsinger löste seinen Beratervertrag, schrieb der Stadt Mainz eine gesalzene Rechnung und distanzierte sich energisch von den beiden Phrasendreschern. Er selbst hatte dadurch keinen Schaden. Es gab haufenweise Berufsfunktionäre aller Parteien, die beim Imageberater Hundsinger Schlange standen, um in Talkshows aufzutreten und fette Beraterverträge zu angeln.

Jedenfalls mussten sich Grieser und Nobby abschminken, eine politische Rolle außerhalb von Mainz zu spielen. Um ihren Ruf zu retten, hängten sie die schicken Brioni-Anzüge in den Schrank, tranken öffentlich Bier statt Rotwein und gaben sich wieder betont volksnah. Von Kulturpolitik wechselten sie übergangslos zur Sportpolitik. Beide zogen sich Nullfümfer-Kappen über die Köpfe und forderten den Ausbau des Mainzer Fußballstadions.

Nobby: „Schport ist auch Kuldur: Volkskuldur! Die Sozialbolidische Bardei Deutschlands hat schon immer ...“

Grieser: „Gerade der Ausbau des Bruchwegschtadiums würde das middelschtändische Handwerk mit öffentlischen Aufträgen unterschtützen und wirtschaftsbolidische Synergieeffegte ...“

Für die beiden Kultursponsoren wurde die Kampagne aber zu einem Erfolg. Nach dem Motto „Es gibt keine schlechte Werbung“ taten sie sich mit der Zeitschrift „Titanic“ zusammen und verkauften die CD in ihren Geschäften. Die Gutenberg-Metzgerei mit der original Gutenberg-Fleischworscht nach altem Hausrezept von 1454 für nur 5 Euro wurde ein echter Renner. Toni ließ sich als Meenzer Fleischworschtkönisch feiern, hängte das Landesverdienstkreuz stolz in der Metzgerei auf und gab Autogrammstunden.

Blieb noch die merkwürdige Sache mit der RHF und Katharina Weirisch. Das BKA entzog dem Verfassungsschutz den Fall. Zur Belohnung für ihre hervorragende Arbeit wurden Heckler und Koch befördert, die völlig sinnlose Abteilung deutscher Linksradikalismus blieb erhalten, der Etat wurde sogar aufgestockt.

Sämtliche Verfahren wegen Unterstützung einer terroristischen Vereinigung wurden eingestellt.

Der Soziologe Helmut Schulte behielt seinen Beamtenstatus und legte weiterhin naive Mädchen in seiner Toskana-Villa flach. Seiner Frau erzählte er immer, dass er auf einen sauwichtigen deutsch-italienischen Soziologenkongress in Florenz müsse.

Auch Karl Napp blieb von weiteren Überwachungen verschont. Das Esoterikzentrum blieb geschlossen, Katharina Weirisch unbekannt verschollen.

Monate später landete ein Brief ohne Absender in der Detektei.

Hallo Karl, Herbert, Rudi!

Ich wollte euch nur mitteilen, dass es mir ausgesprochen gut geht und ich putzmunter bin. Die Sache war folgende: Nach vier Jahren Knast hatte ich genug. Ich hatte Brustkrebs. Niemand wusste, ob ich noch 5 oder 25 Jahre leben würde. Außerdem hatte ich mich in den Gefängniskoch verliebt (mein späterer Guru!). Deshalb habe ich ausgepackt und ein paar Genossen verraten. Zur Belohnung wurde ich früher entlassen, bekam eine neue Identität und jede Menge Geld als Starthilfe, um das Seminarzentrum aufzubauen. Diese humorlosen Esoteriker gingen mir aber mit jedem Jahr mehr auf den Senkel. Ich wollte endlich etwas machen, was mir Spaß macht.

Dazu brauchte ich aber vom BKA Geld. Das bekam ich nur, wenn meine Tarnung als Esoteriktante in Gefahr war. Und dann seid ihr zufällig bei mir reingeschneit. Mir kam sofort die Idee, dass ein Mainzer Privatdetektiv genau der richtige ist, um viel Wirbel zu veranstalten. Am besten mit dem alten Gutenberg-Bild. Und ich dachte an die Konkurrenz zwischen den Staatsschutzämtern, die verzweifelt nach Beschäftigung suchen, um die ganzen Staatsschutzbeamten zu beschäftigen. Jedenfalls hätte es einen riesigen Pressewirbel gegeben, wenn meine Tarnung aufgeflogen und herausgekommen wäre, mit wie viel Geld mich das BKA bisher schon unterstützt hat. Um einen Skandal zu vermeiden, hat mir das BKA noch mal Kohle und eine neue Identität gegeben.

Offiziell bin ich an Brustkrebs gestorben und liege unter einem namenlosen Grabstein auf einem Friedhof in der Toskana.

Mein Guru und ich jedenfalls genießen unser neues Leben. Wir haben in Australien eine deutsche Kneipe eröffnet. Es gibt Sauerkraut und Haxen, Königsberger Klopse und selbstgebackenen Kuchen aus einer Backfabrik. Wir haben jede Woche bayrischen Abend mit live

Volksmusik. Die Australier rennen uns die Bude ein, tanzen auf den Tischen und saufen Bier aus Eimern. Die Aussies sind wunderbare Menschen. Sie reden gern, sie lachen gern, singen laut, sind freundlich und völlig unkompliziert. Wir heißen jetzt übrigens Resi und Alois Huber. Ich renne immer im Dirndl rum und habe immer noch keine Silikontitten. Mein Guru trägt kurze Lederhosen. Sieht zum Schießen aus, wenn er zugekifft Zitherkurse gibt und mit seinen dünnen Waden Schuhplattler tanzt. Das Leben ist schön, Katharina.

Uroma Napp feiert Geburtstag

„Karl! Doi Mudder hat Gebortsdaach. Was willsten der schenke?"
Karl brummelte: „Am beste en Maulkorb!"
Karls Verhältnis zu seiner Mutter war unkompliziert. Sie sagte zu ihrem Sohn immer „Dollbohrer", er nannte sie „die alt Beißzang". Schließlich fand Erna ein passenden Geschenk, ein Buch. „Bomben auf Mainz" hieß das Ding.

Es gab Kaffee, Kuchen und jede Menge bucklige Verwandschaft. Karl trank Bier und versuchte sich zusammenzureißen. Es fiel ihm schwer. Seine beiden älteren Schwestern behandelten ihn so, wie sie ihn schon immer behandelt hatten. Als das „klääne Karlsche", das man nicht sonderlich ernst nehmen musste.

Auch Familie Napp-Mahlzahn war vollzählig vertreten. Karl-Heinz und Monika-Ellen zeigten voller Stolz ihren jüngsten Sprössling. Jean-Baptist Napp-Mahlzahn hieß er und brüllte wie am Spieß, als ihm seine Schwester Gwendolin-Virginia eine Wäscheklammer auf die Nase setzte. Josephine-Auguste sprach wenig und fuhr nach dem ersten Wiesbadener-Witz beleidigt nach Hause. Karl-Heinz, Monika-Ellen, Gwendolin-Virginia und Jean-Baptist fuhren gleich mit.
„Was ä Glick", sagte Uroma Napp.

Karls Mama war jetzt 85 Jahre alt. Nach zwei, drei Likörchen enfaltete sie ihr „Schlappmaul" und lästerte. Vor allem über ihren ältesten Schwiegersohn: „Wenn isch den oikaafe schick, dann

vergisst er die Hälft. Dadebei iss er erst 65 Jahr alt. Isch glaab, der hat schun de Alzheimer!"
„Hähä", grinste Karl und schlug seinem Schwager auf die Schulter.

Dann sang die ganze Familie Napp das uralte Lied der Mainzer Kirchenglocken. Die Kunst dabei war es, genau den Ton und die Melodie des jeweiligen Glockengeläuts zu treffen.
Sankt Emmeran: „Es Meedsche hat ä Kind krieht."
Sankt Quintin: „Ei, vun wem dann, ei, vun wem dann?"
Die Domglocken: „Vom Domherr, vom Domherr!"
Sankt Emmeran: „Was e Schand, was e Schand!"
Sankt Ignaz: „Schwamm dribber, Schwamm dribber."
Christuskirche, schadenfroh: „Da wackelt de Dom, da wackeln die Bääm, heit geht de Bischof noch lang nit hääm."

Später vertiefte sich Uroma Napp in das Bombenbuch. Sie und ihre Freundinnen übertrumpften sich gegenseitig mit Kriegserlebnissen. Wie so viele alte Leute teilten sie ihr Leben in drei Zeiten ein: „vorm Kriesch", „im Kriesch", „nach em Kriesch".
„Des mit dem Kriesch kannste alles vergesse, wenn schon Kriesch, dann gesche die Hesse!", rief Karl voller Überzeugung.
„Dollbohrer", sagte Karls Mama und legte ihre Lieblingsmusik auf. Ernst Negers melancholische Stimme dröhnte durch den Raum, die Nadel kratzte über die alte Platte.

„Das Leben ist kein Tanzlokal", sang der alte Ernst, und die alten Mädchen sangen mit. Es war, ist und bleibt die Hymne aller Mainzer Trümmerfrauen. Danach erzählten sie von ihren Hamsterfahrten ins rheinhessische Umland. Das war „in de schlescht Zeit", also „korz nachem Kriesch".

Uroma: „Äämal hatt isch so en Hunger, dass isch mittem Fahrad un em Karrnsche hinnedra bis nach Wallertheim gezuckelt bin. Unn moi ältst Dochter hab isch aach noch mitgeschleppt."
„Och jo?", zweifelte eine Trümmeroma.
„Wenn isch ders saach!", behauptete Uroma.
Karls Schwester bestätigte: „Wääß isch noch wie heit. Da war isch fümf Jahr alt."
„Annemie, was hasten da verkaaft?"

„Ei, Silberbeschteck, alte Goldmünze unn so ä hässlisch Bild vum Goethe. Hab isch in ere alt Kist gefunne, die isch zu Brennholz gehackt hab. Uff de Kapp vum Goethe hat nämlisch Jot Geh geschtanne. Dadevor hab isch sogar ä Fleischworscht krieht."
Wie von der Tarantel gestochen stürzte Karl zu seiner Mama.
„In Wallertheim?", keuchte er. „Wie hat dann des Bild ausgesehe?"
„Eischentlisch war's kä Bild, es war ä Zeischnung uff so komisch Babier. Uff de Rickseit warn so uralde Druckbuchschtabe."
Karl zog das Foto aus der Tasche. „Hat dess so ausgesehe?"
„Dess isses!", sagte Uroma begeistert. „Wo haste dann bloss dess Fodo her?"
Karl fiel um. Zwecks Wiederbelebung schlug ihm Erna links und rechts auf die dicken Hamsterbacken.
Annemarie: „Was hat dann der Dollbohrer?
Als Karl Napp wieder zu sich kam, schnappte er eine Weinschorle und stöhnte: „Ääner geht noch!"

Nachwort
Die Mainzer Fleischwursterotik: Bitte um Mitarbeit

Die Mainzer sind die Brasilianer Deutschlands. Sexualwissenschaftler sprechen von der „Määnzer Fleischworschterotik", einer Sprache und Mentalität, die schon Carl Zuckmayer im fröhlichen Weinberg begeisterte. Tatsächlich verfügt der Mainzer Dialekt über einen unglaublichen Wortschatz in Sachen Sex. Kennerinnen und Liebhaber lassen sich diese saftige Sprache aus der prallen Mitte des Lebens genießerisch auf der Zunge zergehen. Tatsache ist, dass diese Fachsprache ungeheuer an Witz, Poesie und Ausdruckskraft verliert, wenn sie in langweiliges Hochdeutsch übersetzt wird. „Den Geschlechtsverkehr vollziehen" muss eine furztrockene und langweilige Angelegenheit sein im Vergleich zum fröhlichen „berschte". Das klangvolle Wort sollte man sich laut und deutlich vorsagen: **„beerschte"**.

Niveauvolle Landeshauptstädter halten ihre Muttersprache aber für ungeheuer primitiv und vulgär. Mainz ist heute eine Stadt mit wenig Mut zur eigenen Identität. Die Mainzer werden in Sprache und Verhalten immer vornehmer, langweiliger und austauschbarer. Wenn die so weiter machen, sind sie bald kaum noch von Wiesbadenern zu unterscheiden.

Deshalb arbeitet der Karl-Napp-Verlag an einem wichtigen kulturwissenschaftlichen Forschungsprojekt, dem Wörterbuch der Mainzer Fleischwursterotik. Von A wie **„Arschkrätzje"** bis Z wie **„isch beiß der gleisch de Zippel ab!"** sollen hier alle Fachbegriffe gesammelt und erläutert werden, bevor sie verloren gehen. Hier ein paar ausgewählte Beispiele.

Hinne kä Arsch, vorne kä Titsche, sieht aus wie Schneewitsche: so sehen Mainzerinnen ihre diätenden Geschlechtsgenossinnen.

Arschkrätzje: Arschkratzerschen, Hinterngrapscher

uff de Ast hocke: beim Geschlechtsverkehr auf dem Penis sitzen

die babbisch Woch: die klebrige Woche, die Monatsblutung

lass der nit de Bengel in de Kacker dricke: lass dir nicht den Penis in den After schieben; so warnen katholische Mainzer vor den unchristlichen Praktiken des Analverkehrs

berschte, feile, heckele, juckele, kachele, nachele: bürsten, feilen, häckeln, juckeln, kacheln, nageln
de Bibbes: der Penis
de Bibbes in die Dür klemme unn middem Schlabbe druffschlaache: den Penis in die Tür klemmen und mit dem Pantoffel draufschlagen. Gut gemeinter Tipp von Mainzer Müttern an ihre pubertierenden Söhne
Bibbeswackeler: Penisschwenker, Sexprotz, Angeber, Idiot
en Harte habbe: einen Harten, eine Erektion haben
isch hab en Harte so lang wie die Gaugass: behaupten Bibbeswackeler
geile Kuttebrunzer: Kuttenbrunzer ist eine uralte Bezeichnung für christliche Priester, die nur die Kutte heben müssen, um zu **brunze**, zu pinkeln, oder auch zum **berschte**. In Mainz ein besonderes Problem, weil hier die Kuttenbrunzer seit etwa 1700 Jahren in sexueller Hinsicht Wasser predigen und Wein saufen.

Wenn Sie Beiträge zum Mainzer Wörterbuch der Berschterei haben, bitte melden Sie sich! Wenn Sie möchten, auch Name und Adresse angeben. Falls ein Buch daraus wird, sollten die Leser auch wissen, von wem die Beiträge kommen. Auch Zeitzeuginnen und Zeitzeugen vom Mainzer Bordell **Rotkäppchen** (Seite 55), dem **Fassenachtspuff** (Seite 91) und den ewig geilen **Kuttenbrunzern** sind gesucht. Die werden auf Wunsch anonym behandelt, damit's kää Uffzüsch gibt. Diskretion werd bei uns groß geschribbe!

Beiträge an:
Dieter Schmidt
Am Pionierübungsplatz 7
55252 Mainz-Kastel
Tel: 06134-26732
Fax: 06134- 63022
Internet: www.karl-napp-mainz.de

Falls Ihnen dieser Karl-Napp-Krimi gefallen hat, es gibt noch drei:

Der Hund vom Lerchenberg

Mainz. Fiese Verbrecher entführen Ken, fordern Lösegeld und drohen, seinen Schwanz abzuschneiden. Ken ist ein Yorkshire- Terrier. Echte Meenzer nennen diese Sorte Hund „Fotzelecker".

Der Köter gehört Doktor Neumüller und seiner Freundin Barbie. Neumüller ist ein hohes Tier beim Zweiten Fernsehen Deutsch-lands und sieht aus wie ein dicker Mops. Barbie ist ein Partyluder aus Wiesbaden mit riesigen Silikonbrüsten und Lippen so dick wie Fahrradschläuche.

Neumüllers Ehefrau darf aber nicht wissen, dass es Barbie gibt. Deshalb gehen Herrchen und Frauchen nicht zur Polizei, sondern zum Privatdetektiv Karl Napp. Auf der Suche nach dem Hund schnüffelt Karl im Frankfurter Boxmilieu und stolpert in die Wiesbadener Pornobranche. Die Spur des Verbrechens führt aber in die hessisch besetzte Zone von Mainz.

Pressesprecher der Mainzer Handkäsmafia
Genau. Alle Hesse sinn Verbrescher, klaue AKK unn Aschebescher!

Wiesbadener Literaturkurier
Das ist richtig. Aber noch krimineller sind die Zustände in der irren Fernseh-Anstalt auf dem Mainzer Lerchenberg.

Wörrstädter Landbote
Stimmt. Erstens verschleudern die Lerchenberger unsere GEZ-Gebühren und zweitens sind sie arrogant!

Fernseh-Redakteurin in einer Mainzer Boutique: Ich arbeite beim Fernsehen. In gehobener Position. Wieviel Rabatt bekomm ich hier?

Frau Babbisch, Putzfrau: Also, isch butz hier seit 30 Jahr. In Werklischkeit iss alles viel schlimmer als wie in dem Buch. Abber egal. Hauptsach, die Nullfümfer sinn in de erst Bundesliga unn butze de Betze weg.

Der Hund vom Lerchenberg.
Mainzer Kriminalroman von Dieter Schmidt.
Karl-Napp-Verlag 2005. ISBN: 3-9809395-1-0 9.95 €

Big Deal oder der tote Kuttenbrunzer im Sado-Maso-Käfig

Mainz. Ein katholischer Priester wird nackt und tot im Käfig eines Sado-Maso-Bordells aufgefunden. Vorläufige Todesursache: Zuviel Suff, zuviel Koks, zuviel Viagra, zuviel Puff. Nachforschungen ergeben, daß der tote Pfaffe zu Lebzeiten ausschweifend der bisexuellen Fleischeslust frönte.
Außerdem war der geile Kuttenbrunzer tief in den Parteispendenskandal verwickelt. Wurde er vielleicht doch ermordet? Von der Kirche? Von der Partei? Von katholisch-fundamentalistischen Terroristen? Oder steckt die Mainzer Handkäsmafia dahinter? Privatdetektiv Karl Napp ermittelt.

Johannes Gutenberg

In dem Krimi geht's um Geld, Sex, Politik und Religion. Geiles Buch, hätt isch aach gern gedruckt.

Ein Vertreter des real existierenden Feuilletonismus

Ein peripeteienhaftes Konvulat auf Ballermann-Niveau!

Frau Doktor Babbisch, Südwestdeutscher Literaturrundfunk

Schpannend, witzisch unn sorgfäldisch rescherschiert. Subber! Son Kokolores find isch immer gut.

Journal litteraire hebdomadaire

Das ist eine sehr originelle Buch mit viel lustiges Ferkeleien.

Eine ehemalige Nonne, heute Betreiberin eines Sexshops

Genau so isses.

Big Deal oder der tote Kuttenbrunzer im Sado-Maso-Käfig

Mainzer Kriminalroman von Dieter Schmidt. Selbstverlag 2002, zweite Auflage 2003. ISBN: 3-00-010351-1 9,95 Euro

Big Deal oder der Stecher von Mainz

Mainz: Hausmeister und Privatdetektiv Karl Napp erhält den Auftrag, die Frau eines stadtbekannten Unternehmers der ehelichen Untreue zu überführen. Karl Napp stößt bei seinen Nachforschungen auf einen Skandal, daß der Dom wackelt. Sex, Lügen, Videos, Korruption, Erpressung.
Mittendrin: die ehrenwerten Mitglieder der Mainzer Handkäsmafia. Unternehmer, Ärzte, Anwälte, Polizisten, Beamte, Lokalpolitiker, Fassenachter, Nullfümfer.

Emma
Sexistisch, vulgär, unterstes sprachliches Niveau!

Mackenbacher Landbote:
Schnell, spannend, witzig, Sex und Crime: so sollten Krimis sein!

The royal litterature Observer
We are not amused

Journal litteraire hebdomadaire
Quel esprit!

MRR an einem schlechten Tag
Diesäs Buch ist ein schlächtes Buch!

MRR an einem guten Tag
Diesäs Buch ist ein gutäs Buch!

Big Deal oder der Stecher von Mainz
Mainzer Kriminalroman von Dieter Schmidt. Verlag Editions Treves, Postfach 1550, 54205 Trier. Erste Auflage 2001.
ISBN 3-88081-228-4 9,80 Euro

Und hier noch zwei Lese-Tipps aus dem Rheinlese Verlag Ingelheim für die Freunde des seriösen Kriminalromans.

Tod im Stadion

Meenzer Fußball-Krimi von Reinhard Boos

Wiesbadener Kurier

„Tod im Stadion" – klingt nach einem neuen TV-Titel der Privaten, ist aber in Wirklichkeit ein Kriminalroman aus der Fußballszene. Boos verknüpft Krimi-Elemente mit Einblicken in die von Abhängigkeiten geprägte Welt des Profifußballs.

Mainzer Allgemeine Zeitung

Schließlich spielt die Handlung nicht nur im Stadion, sondern auch in der Neustadt, in Ober-Olm, Mombach und den Weinstuben der Innenstadt. Am Flamingoteich im Rosengarten liegt eine zweite Leiche. Selbst eine Lokalredakteurin der AZ spielt eine nicht unbedeutende Rolle. Und Dialekt wird auch gesprochen.

Mainzer Rheinzeitung

Das erstaunlich gut und mit Liebe zum Detail recherchierte, unterhaltsame und bis zur Auflösung spannende Erstlingswerk eignet sich besonders für Anhänger des Zweitliga-Spitzenreiters hervorragend als Weihnachtsgeschenk.

Tod im Stadion

Meenzer Fußball-Krimi von Reinhard Boos. ISBN 3-00-008531-9 Euro 9,95. Rheinlese Verlag, Postfach 1108, 55204 Ingelheim, Tel: 06132-431731

Tödliches Finale

Für die 05er geht es um den Aufstieg in die Erste Liga. Aber vier Tage vor dem entscheidenden Spiel verschwindet der Torjäger spurlos. Ein Wettlauf mit der Zeit beginnt. Kommissar Fuchs begegnet bei seinen Nachforschungen einem Teufelskreis aus Existenzangst, Machtbesessenheit und Geldgier.

Frankfurter Allgemeine Sonntagszeitung, 30. 11. 03

In „Tödliches Finale“ ermittelt wiederum Kommissar Siegfried Fuchs, sein Assistent Florian Frischlin, und auch die mittlerweile von der Lokal- in die Sportredaktion versetzte Journalistin Ina Meisel ist eine bekannte Figur. Konstruiert hat Boos seine neue Story um das dramatische Aufstiegsfinale zwischen Eintracht Frankfurt und Mainz 05.

Mainzer Allgemeine Zeitung, 15. 12. 03

Mit viel Insider-Wissen gewährt Boos einen Blick hinter die Kulissen, zeigt Abhängigkeiten und Verquickungen in der Welt von Glückspiel, Wetten, Fußball und Journalismus. Er lässt seinen Roman nicht nur in Mainz und Umgebung spielen, sondern führt den Leser auch nach Freiburg, natürlich nach Frankfurt ins Waldstadion und nach Kaiserslautern, wo ein alternder Star, unschwer als Mario Basler zu identifizieren, seinen Abschied gibt, bevor er in die Wüste geschickt wird. Drumherum strickt der Autor geschickt ein Gewebe verschiedener Handlungsstränge, die zum Schluss in einem grandiosen Showdown zusammengeführt werden.

Tödliches Finale